친구와 그 옆 사람

친구와 그 옆 사람

이남희 소설집

차례

친구와 그 옆 사람

주변 풍경들이 부옇게 흐려졌다.
부동커안은 남녀의 모습이 카메라 렌즈를 줌인하여 피사체를 잡아당기는 것처럼
점점 더 크고 뚜렷하게 시야에 들어왔다.
그들은 거의 움직이지 않았다.
포옹한 자세 그대로 석상처럼 굳어버린 것 같았다.

초록 정글

그해 봄, 영우는 친구 이경택이 작업실 겸 모임방으로 쓰는 사무실 문짝을 칠하는 걸 도와주러 갔다가 경택에게서 그의 후배인 김환과 사귀느냐는 질문을 받았다. 돌연하긴 했어도 찔리는 구석이 아주 없는 건 아니어서 찔끔하고 말았다.

"아닌데."

어디까지나 시치미를 뗐다.

"흠, 냄새가 나는데……."

경택은 예의 빈정거리는 투로 말하더니 뒤에 말없음표를 찍는 것처럼 코를 킁킁거렸다. 서로 등을 대고 선 위치에 있었으나 그가 실눈을 뜨고 곁눈질로 살피는 건 알아챌 수 있었다.

그럴 때면 할리우드 배우 로버트 드니로가 생각났다.

그 배우와 경택이 닮았다고 말하면 모두들 웃으며 고개를 저었다. 왼쪽 뺨에 난 사마귀 정도나 닮았을까, 시골 면서기와 배우를 비교하는 거나 마찬가지라는 의견들이었다. 사람들은 로버트 드니로 하면 영화 〈언터처블〉에 나오는 마피아 보스의 카리스마가 연상되는 모양이었으나 그 배우의 열혈 팬인 영우는 그가 소시민 역할을 맡았을 때 보여주는 과민할 정도의 야비한 모습이야말로 아무나 흉내 내기 어려운 연기의 본색이라고 감탄해왔다. 그런 껍질 뒤에는 상처받기 쉬운 여리고 순수한 마음이 감춰져 있다.

말하자면 경택은 대한민국 보통 남자로서는 체격이 작은 편이고, 얼굴은 동안이며, 가느다란 눈가에는 늘 엷은 웃음이 어려 악동 같은 인상이었다. 그런 자신의 모습이 싫었는지 경택은 항상 험악하게 보이려고 애를 썼다. 의식적으로 내뱉는 말은 싸가지 없고 거칠었으며 만사를 이익과 손해의 관점으로만 본다고 큰소리쳤다. 기쁨이나 슬픔 같은 감정은 빈정거리는 기색 없이는 드러내려 하지 않았고, '다른 사람이 잘못되는 게 곧 나의 즐거움'이라는 말을 입에 달고 살았다. 그러나 그게 어디까지나 위악적인 가면으로 보인다는 게 문제였다. 경택이 거친 억양으로 상스러운 단어를 입에 담고 만사를 비꼬면 비꼴수록 그 밑에 숨은 여린 마음이 더 잘 드러나는 듯싶었다. 적어도 영우에게는 그랬다. 그건 수채화를 그릴 때 얼룩을 덮는답시고 하얀 물감을 덧칠하는 것처럼 헛수고였다. 덧칠을 하면 할수록 얼룩은 점점 더 두드러지게 마련이었다.

"냄새라니? 무슨 근거로?"

"지난번. 인사동. 둘만 뒤에 처지더니 나중에 보니까 없어졌던데. 아무래도 냄새가 나."

영우는 쿡 웃음이 터졌으나 억지로 씹어 삼켰다. 그날 밤, 김환이 택시를 잡으러 동분서주하던 광경이 떠올랐던 것이다. 웃는 바람에 붓에 묻은 페인트가 사방으로 튀었다. 책상을 덮은 흰 미농지 위에도 점점 초록 얼룩이 생겼다. 작게 웅크린 그 얼룩들은 비밀이라도 감춘 양 단호하게 몸을 도사리며 선명한 빛을 뿜었다.

"그땐 우연이었어. 그리고 요즘은 할 얘기가 있어서 좀 만났고."

"무슨 얘기?"

주로 김환의 고민거리였으므로 말하기가 꺼려졌다.

"미안하지만 말하기가 좀 그런데."

"미안? 그거 요즘은 한 근에 얼마씩 하는데?"

경택은 실눈을 뜨고 살피다가 다시 칠하기 시작했다.

이제 문짝은 절반이 초록색이었다. 사용법을 꼼꼼하게 읽은 다음 지시에 따라 젯소를 바르고 다듬어서 잘 말린 뒤 그 위에 초록색 페인트를 칠하자 꿍무늬에 어둠을 거느린 것 같던 초록색이 훨씬 밝고 명랑해졌다. 이만하면 경택이 바라던 오월의 초록이라고 할 만했다.

페인트칠은 매니큐어를 바르는 공식과 같았다. 원하는 색을 내고 싶다면 우선 바탕을 잘 다듬어서 고르게 한 다음에 색을 칠할 것. 물감을 희석해서 여러 번 칠할 것.

봄이 오자 이상하게 자꾸 문짝을 걷어차고 싶어진다며 문을 다른 색으로 바꿔야겠다는 것이 경택의 변덕이었다. 말이 나오자마자 당장 페인트를 사다 칠하겠다고 난리를 쳤다. 어떤 색이 좋을지 몇 번이나 영우를 붙잡고 상의하였다. 영우는 일반에겐 그다지 알려지지 않은 색 명칭 몇 가지를 안다는 정도에 불과했으나 어쩌다 보니 경택의 상담역이 되고 말았다.

처음에 경택이 짚은 것은 치색이었다. 이름이 마음에 든다고 했다.

"그 치는 검게 물들인 중의 옷 '치(緇)'야. 그러니까 무채색 계열인데 괜찮겠어? 회색이긴 해도 칙칙할 텐데. 보통 회색이 좀 어둡고 푸른 기가 돈다고 생각해봐."

그러면 아니라고 했다. 그가 원하는 건 고함치는 것처럼 강렬하고 선명한 색상이라고 했다.

"그렇다면 오렌지색으로 하면 되겠네. 칸딘스키가 그랬지. 오렌지색은 귀가 따갑다. 거기서는 트럼펫과 북 치는 소리가 난다."

경택은 선뜻 결정하지 못하고 망설였다. 옅은 노랑을 들먹이다가 불안할 것 같다고 머뭇거리더니 단호한 빨강과 심오한 파랑 사이를 오갔다. 그러다 결국 초록에서 주저앉았다. 너무 진지하게 고민하고 있어 우스웠다.

"초록색도 여러 가지야. 내가 아는 것만 해도 녹색, 명록색, 유록색, 춘유록색, 양록색, 뇌록색, 흑록색, 삼청색, 비색, 하엽색……."

12

알고 있는 초록색 계열의 색명을 죽 늘어놓자 경택은 몇 개 듣지도 않고 질린 표정이었다.

"그걸 다 구별할 수나 있어서 말하는 거야? 색 차이가 아주 미세하겠다? 근데 하엽색은 뭐야?"

"연꽃 '하', 잎 '엽'. 연꽃 이파리 색. 이끼처럼 융단 질감이 도는 초록색. 그런데 보통 초록색은 불길하다고 문짝 같은 덴 안 쓰지 않나?"

"나는 행운을 가져다주는 색으로 아는데? 사랑에 빠진 사람들의 생명력을 나타내는 색이라고도 하고. 그래서 약혼은 에메랄드 반지로 한다던데?"

"아냐. 초록뱀은 사악한 이미지잖아. 영화 〈지옥의 묵시록〉에서도 그렇고. 초록의 정글이 사람들의 생명력을 점점 빨아들여 질식시켜간다, 뭐 그런 느낌이라고 했는데?"

영우의 반대에 자극을 받았는지 경택은 초록색으로 결정하겠다고 했다. 물론 깊숙한 정글의 초록이 아닌, 뒤에 어둠을 감추지 않은 맑고 가볍고 찬란한 색감이어야 했다. 5월의 바람처럼 만물을 훈훈하게 어루만져주는 초록색.

"공기처럼 가볍게 날아오르는 색감이면 좋겠어."

그래서 영우는 페인트 가게에 함께 갔고, 칠에 필요한 시너와 마스킹 테이프, 롤러와 솔 같은 것도 샀다. 여러 사람이 함께 쓰는 모임방 문을 독단으로 칠한다는 게 무리일 것 같았으나 경택은 개의치 않았다.

"다들 상관 안 한대. 그냥 문짝이 붙어 있고, 같이 칠해야 된다고 강요하지만 않으면 된대."

내친김에 영우는 칠하는 것까지 도와주게 되었다.

갑자기 상냥한 누나가 되어버린 느낌이었다.

'누나라니? 같은 나이인데?'

느낌이 낯설었다.

'이상도 하지.'

영우는 혼자 고개를 갸우뚱거렸다.

'올해 들어선 자꾸 누나 비슷한 역할을 하게 되는 거 같아. 누나라니? 정말 싫은데. 여자는 서른 살을 넘기면 어쩔 수 없는 건가?'

김환과도 그랬다.

인사동에서 그날, 영우는 일행이 3차로 갈 술집을 고르는 동안 슬그머니 뒤로 처졌다가 아예 떨어져 나왔다. 말없이 집으로 가버릴 속셈이었다. 술기운이 잔뜩 올라 머릿속이 얼얼하고 사지의 맥이 풀렸다. 아마도 술자리는 3차, 4차, 어쩌면 여관방으로 이어질지도 모른다. 종로 2가 쪽으로 나오다가 악기상가로 구부러지는 네거리 횡단보도에서 김환을 발견했다. 언제 술자리에서 빠져나온 것인지 혼자 택시를 잡으려고 애쓰고 있었다. 열두시가 가까운 시각이었다. 수은등 불빛만 듬성듬성 빛나는 거리엔 푸르스름한 납빛 스모그 같은 찬 공기가 엷은 담요처럼 덮여 있었고, 멀리 상

짐들이 서터 내리는 소리가 텅텅 울려 퍼졌다. 떠돌이 악사가 아코디언으로 연주하는 〈장밋빛 인생〉이란 샹송이 끊어질 듯 애잔하게 들려왔다.

모르는 척하고 그냥 지나쳐도 됐을 것이다. 그럼에도 굳이 다가가 알은체한 것은 그의 스웨터에 난 구멍 때문이었다. 술판이 벌어지기 전만 해도 분명 점퍼를 입고 있었는데, 술집에다 벗어둔 채 그냥 나왔을까? 낡은 스웨터 한 장으로 버티기엔 봄밤은 추웠고 때로는 알싸하니 황사 섞인 매운바람이 손톱을 세우곤 했다. 그는 택시를 잡으려고 동동거렸는데 팔을 번쩍 들 때마다 겨드랑이의 솔기가 터진 검은 구멍이 물고기 입처럼 뻐끔뻐끔 드러났다. 그런 모습이 왜소하고 초라해 누가 버리고 간 아이 같았다.

택시는 김환이 서 있는 곳으로 미끄러지듯 다가왔다가 그냥 떠나곤 했다. 문을 닫은 화원 앞의 시든 화환에선 시큼하고 얼빠진 국화 향기가 진동했다. 그 틈에 서서 영우는 그냥 떠나곤 하는 택시를 일곱 대까지 세었다.

또다시 택시가 나타나더니 슬금슬금 다가왔다. 김환은 이번엔 차도 깊숙이 내려서서 커다랗게 팔을 휘저으며 '제주도' 하고 외쳤다. 차가 멈칫 부르르 떨더니 기사는 차창을 내리고 욕을 하기 시작했다. 영우가 얼른 나서서 김환의 팔을 잡아끌며 대신 사과했다.

"어서 인도로 올라와. 이러다 사고 나겠다."

"아, 영우 형이네. 나, 말리지 마. 말리면 안 돼. 오늘 나는 제주도 가야 돼."

그가 혀 꼬부라진 소리를 하며 응석을 부리듯 가슴팍으로 마구 얼굴을 들이대었다. 가만 보니 눈가가 축축이 젖어 있었다.

"그래, 가더라도 정신은 차리고 가. 이리로 와."

팔을 잡아끌자 그는 후두두 몸을 떨곤 허수아비처럼 그대로 풀썩 주저앉았다. 몸을 지탱하는 막대기를 휙 빼버린 것 같았다. 그렇게 한참을 웅크리고 있었다. 난감했다. 영우는 같이 쪼그리고 앉아 어깨를 흔들었으나 그는 고개를 들지 않았다. 언뜻 볼 때와 달리 등판이 퍽 작았다. 이렇게 등이 초라하고 쓸쓸해 보이는 남자라니. 영우는 어쩔 줄 몰라하다가 슬금슬금 등을 어루만져주었다.

그날 밤 새벽이 올 때까지 그들은 사람들이 드문드문 남은 포장마차의 야외 테이블에 앉아, 오들오들 떨면서, 반딧불처럼 허공에서 깜빡거리는 담뱃불을 연신 만들면서, 이런저런 이야기를 나누었다.

뜨거운 어묵 국물에 정신을 차린 것인지, 김환은 횅한 눈빛이 되어 변명하기 시작했다. 얼마 전에 헤어진 여자친구의 고향이 제주도라고 했다.

"어떤 여자라고 해야 하나……. 감귤 같은 여자야. 에이, 진부하다. 아무튼 톡 쏘는 맛이 일품이었어. 게다가 달콤하기도 하고. 아니, 여자였다고 하는 게 맞겠네. 이젠 아무 사이도 아니게 됐으니까. 그녀는 한참 선을 보러 다닌다고 하더니 이제 드디어 남자를 정했나 봐. 곧 결혼할 거래. 전화로 그 말 하면서, 그 여자, 울더라."

침묵이 이어졌다. 포장마차의 주인은 천막 모퉁이에서 석유난로를 껴안다시피 하면서 졸고 있었다. 남의 속내 이야기를 듣는 일에 익숙지 않은 영우는 괜히 무안해져서 계속 시선을 이리저리 돌렸다. 빌딩 사이로 드러난 고가선 너머 저편 도심에선 여전히 축제가 계속되는 양 밤하늘의 밑자락이 형광 노랑과 연지, 주황 같은 빛깔로 불타고 있었다. 폭발하듯 번지는 네온의 무리. 홀연히 떠올랐다가 스러지곤 하는 빛들과 하얀 유령처럼 거리를 휩쓸고 다니는 쓰레기들. 왁자하니 웃으며 떠도는 사람들……. 터벅, 터벅, 시간이 느리게 밤을 가로지는 발소리가 귀를 울려왔다. 체한 것처럼 가슴이 그들먹해져서 영우는 잔기침을 했다.

"그 여자, 김환 씨하고 동갑이지? 그렇담 이해해줘야겠다. 당연한 일이잖아. 여자한텐 어려운 나이니까. 조금만 한눈팔았다간 노처녀 소리를 듣게 되잖아. 우리 사회에선 노처녀가 되면 엄청 불편해져. 신체장애자나 성격이상자 취급을 하거든. 당사자도 어쩐지 떳떳지 못한 기분이 들어서 자꾸 위축되고. 겉으로는 큰소리를 칠지 몰라도 다 그래. 그게 우리 현실이거든. 여자는 그 나이가 되면 남자하고 달라. 불안하고 많이 힘들고 그래."

아무리 그래도 넌 왜 잡으려는 시도조차 하지 않느냐고 물으려는데 김환이 먼저 영우에게 질문을 던졌다.

"그렇게 말하는 형은 왜 서른이 넘도록 결혼을 안 한 거야?"

"나? 나도 그 나이 땐 결혼하겠다고 난리를 쳤었어."

"근데?"

"남자가 못 하겠다고 선을 그었어."

"어? 정말? 왜?"

"내 성격이 많이 불안하다나."

"그래서?"

"그 후로는 결혼하고 싶은 남자가 없었어."

"그래? 그 남잔?"

"지난 2월에 결혼했다는 소식을 들었어."

"되게 슬펐겠네."

김환은 대신 울어주기라도 할 것처럼 축축하게 가라앉은 목소리로 말했다. 꽁꽁 언 볼을 가만가만 쓰다듬는 것 같은 말투였다.

"응, 조금 울었어. 그러다 에잇, 못 살아라, 하고 접었어."

"힛. 기왕이면 잘 살아라, 해주지 그랬어?"

"그래도 그건 아니지. 경택 씨가 노상 하는 말이 있잖아. 남 잘되는 건 눈꼴시다고. 다른 사람의 불행이 바로 나의 행복이다."

"이경택 그 선수? 만날 그딴 소리 하지만 사실은 되게 착해. 까놓고 보면 남 잘되기 운동본부 대표쯤 하면 딱 맞을 거야."

"그렇지? 나도 알아. 그런데 그거 국가기밀 아냐?"

그들은 허튼소리를 주고받다가 웃음을 터뜨렸다. 졸고 있던 아줌마가 눈꺼풀에 잠을 잔뜩 묻힌 채 두리번거렸다. 그들은 더욱 크게 웃으면서 눈짓으로 안주를 더 시킬 것인지 의논했다. 웃음이 그치질 않았다. 참으려고 해도 자꾸만 실실 비어져 나왔다. 우리들만 아는 비밀. 그 웃음은 한 콩깍지에 든 콩알처럼 나란히 어깨

동무를 한 기분이 들게 만들었다.

새벽으로 다가갈수록 김환은 더욱 느슨해졌고, 더욱 다정해졌으며, 무슨 말을 꺼내든 척척 공감해주었다. 절친한 동성 친구와 무릎 맞대고 수다를 떠는 것 같았다.

그 자리에서 알게 된 것으로 김환과 영우에게는 자기 이름을 싫어한다는 공통점이 있었다. 영우가 자기 이름이 남자 같다고 불만스러워하는 것처럼 김환은 김춘복이라는 본명을 쪽팔려 했다. 모르는 사람을 만나면 댓바람부터 자기를 김환이라고 불러야 된다고 강조하는 버릇이 있었다. 그럴 때 옆에서 보면 얼간이스러웠다.

"내가 아는 중엔 양병기라는 이름도 있어. 좌변기가 아니고 양변기. 그보다는 나으니까 너무 그럴 건 없잖아?"

"그래도 춘복이라니, 완전 핫바지 같은 이름이야. 시장 골목이나 주름잡는 양아치 같기도 하고. 게다가 성까지 흔해터진 김씨. 아아, 정말 싫어. 이름이란 어딘지 모르게 신비스러운 분위기도 있고 독특하기도 하고 그래야 돼."

그래서 고른 '환'이라는 글자는 허깨비라는 뜻이니까 신비스럽다는 점에는 그가 바라는 대로인 모양이었다.

아무튼 영우는 자기 이름을 고칠 수도 있다는 생각을 해보지 못했다. 막연히 불만스러워 했고 돌림자니 하는 건 따지지 않고 샛별이라든지, 가람, 봄 같은 신선한 이름을 가진 사람들을 부러워했다. 하다못해 흔한 은지나 지영 정도만 되어도 괜찮을 것 같았다.

"시시해. 여자 이름은 중성적인 게 멋있어. 현대적이고 유능한

커리어우먼 필이 나니까. 지영이나 은지는 너무 흔해서 별로야."

"그래서 예쁘잖아. 편지 끝에 지영 올림, 하고 써 있는 걸 상상해봐. 똑 떨어지게 단정하고, 상냥하고, 애교스러운 여자의 모습이 떠오르잖아. 이름은 그래야 돼. 지영 올림!, 여성 그 자체야."

"난 여자답다는 거 정말 속 터지던데. 진절머리가 나…… 참, 나, 궁금한 게 하나 있어. 여자들은 도대체 왜 그러는지 몰라. 자꾸 사랑을 말로 확인하려고 들더라. 이해가 안 돼. 사랑하느냐고 묻고 또 묻고. 그렇다고 대답해줘도 조금 지나면 또 확인하려고 들고. 나중에는 그 땜에 진절머리가 나서 마음이 멀어지고 말아. 그런데도 여자들은 그런 것도 모르나 봐."

김환의 투덜거림을 듣고 있으려니 영우의 눈앞에는 어떤 풍경이 선연하게 떠올랐다.

갑자기 퍼붓는 소나기. 축 늘어진 현수막. 비에 젖어 쭈글거리는 포스터, 방수포를 덮은 리어카들. 갑작스레 불어난 빗물은 아스팔트 위로 시내를 이루며 넘쳐흐르고, 비를 그으려는 사람들이 문 닫은 상점 앞 추녀 밑마다 옹기종기 서 있다. 돌연 거기서 어떤 여자가 뛰어나와 김환을 얼싸안는다. 땅에 떨어진 우산이 뒤집힌 채 팽그르르 돈다. 모서리가 뭉개진 소음들. 여자는 눈물인지 빗물인지 모를 물기로 범벅이 된 얼굴을 가슴에 부비면서 애절하게 묻는다.

'말해봐, 제발 말을 해봐. 날 조금은 사랑했던 거야?'

그림을 거기까지 그려보다가 영우는 설레설레 고개를 저었다.

'정말 바보군. 조금은 사랑했다니. 사랑했든가 사랑하지 않았든가 둘 중 하나지, 조금이나 약간 사랑한다는 건 성립되지 않는 말이야. 조금 허용된 자유를 자유라고 부를 수 없는 거나 마찬가지야. 자유가 그런 것처럼 사랑도 절대적인 개념이야.'

아무렇든지 그 여자는 김환이 사랑한다고 말하며 붙잡아주기를 바랐는지도 모른다. 그러나 김환은 슬퍼하기는 해도 그럴 의사는 없는 것 같았다.

자기 처지 때문인지도 모른다. 김환은 안정된 직장이 있거나 재산을 갖고 있지 못했다. 대신 내세울 만한 멋진 인생계획이나 전망이 있는 것도 아니었다. 장래 뭘 하려는지 몰라도 현재로선 미래가 불투명한 프리랜서에 불과했고, 영우라면 창피해서 죽어버리고 싶을 정도로 낡아빠진 옷들을 태연하게 입고 다니며, 정말 집이 없는 게 아닌가 싶은 떠돌이 행색으로 나돌아 다니며 술이나 마시고 있는 것이다.

이런 무책임한 남자라니, 위험해.

그 여자는 현실을 똑바로 보자고 작정하고 눈물을 훔쳤으리라. 그리고 더 나이가 들기 전, 제대로 된 남자를 구해서 바람직한 결혼을 하려고 마음먹은 것이리라.

"바람직한 결혼이 어떤 건데?"

김환이 입술을 삐죽거리며 물었다. 조소하는 기색이 역력했다. 갑자기 영우는 혼란스러워졌다. 물론 교과서에 나옴 직한 대답이 준비되어 있기는 했다. 2세를 낳아 안정된 환경에서 잘 키울 수 있는 결혼. 그러나 자신이 그렇게 진심으로 믿고 있는지 자신할 수 없었다. 영우는 한참이나 입술을 잘근잘근 씹으면서 망설였다. 김환의 눈이 더욱 가늘어졌다. 그는 질문을 바꾸었다.

"영우 형은 인생에서 뭐가 젤 중요하다고 생각해?"

두 번 생각할 것도 없이 사랑하고 사랑받는 것이었다. 그러나 재차 생각해보면 그것 또한 상투적인 것 같아 대답하기가 망설여졌다.

솔직하게 자신을 드러내기에 영우는 겁이 많았다. 그런 말을 하면 모두가 비웃을 것 같았다. 미숙아를 보듯 고개를 저을지도 모른다. 어쩌면 여자라서 어쩔 수 없다거나, 가족 이기주의에 푹 빠졌다거나, 심지어 부르주아적인 감상에 젖어 있다고 할지도 모른다. 여느 남자들과 다르게 김환과는 속내 이야기를 나누듯 편안하게, 거리낌 없이 대화를 나눌 수 있고, 공감하기를 부끄러워하지 않으며, 아무런 유보 없이 감정을 드러내곤 한다 할지라도 아주 마음을 놓아선 안 될 것 같았다. 이제껏 영우가 알아온 남자와 크게 다르지는 못할 것이었다.

어정쩡한 태도로 술잔만 만지작거리다가 영우는 화제를 바꾸기로 했다.

"넌 여자하고 노는 게 더 편한 모양이야?"

"그렇게 보여? 사실이 그래. 난 남자들하고는 재미없더라. 여자들하고 이야기하는 게 훨씬 편하고 좋아."

그러고는 길게 하품을 했다.

새벽이 다가오는 거리가 영우의 눈엔 아지랑이가 끼어 색채의 경계가 흐려진 초봄의 들판처럼, 아련한 꿈의 배경처럼 어른거렸다.

찌들어 우중충한 미색에서 뽐내듯 왕성한 초록으로, 단지 문 색깔만 바뀌었을 뿐인데도, 그걸 분기점으로 모임방 분위기가 달라졌다.

미색일 때는 문이 그토록 육중하고 무겁지 않았었다. 언제나 이런저런 사건이 발생하고 모임도 자주 열려 사람들은 무시로 들락거렸고, 특별한 일 없이도 여럿이 밤을 새우는 일도 있었다. 문을 마주한 벽에는 앤디 워홀 풍 보색대비로 인쇄된 체의 초상이 붙어 있었는데, 그 옆 말풍선의 '이상적인 것이 현실적이다'는 내용처럼 체의 얼굴은 어디까지나 낙관적으로 너그럽게 모임방 풍경을 지켜보고 있는 듯했었다. 모임방 문은 한여름의 부채 같았다. 쉴 새 없이 펄럭거리며 누구나 거리낌 없이 드나들었다. 해서 세일 판매대처럼 소란해지기도 했고, 누가 나타나든 농담과 진지함이 뒤섞인 웃음과 말소리가 환영해주었다. 대학의 동아리방을 사회까지 연장해온 분위기, 아직은 생활에 발목 잡히지 않은 청년들의 몸 가볍고 당돌한 명랑성이 지배적인. 청년이 그렇듯 모임방 사람들도 여전히 자기만의 수호천사의 존재를 굳게 믿고 있는 듯 넉넉하고 낙천적인 분위기였다.

그러나 초록색으로 덧칠하고 나자, 날씨가 점점 따뜻해지는 데 반비례하듯, 문은 자주 닫혀 있었고, 나중에는 굳게 잠겨 있기도 했다. 형광등 개수를 반으로 줄인 듯 갑자기 모임방 분위기가 칙칙하게 가라앉았다. 책상이며 의자, 선반과 테이블 위엔 이웃한 지하철 공사장에서 날아온 흙먼지가 희뿌옇게 덮여 서걱거렸다. 모임이며 회의는 드물게 열리게 되었으며, 어쩌다 익숙지 않은 얼굴이 나타나면 힐끔거리며 경계하는 기색을 띠기도 했다. 그 무렵, 갑자기 발길을 끊어버린 누군가를 두고 짭새는 아니었을까 하는 화제가 나왔는데, 이어 정말 새였을까, 그런 몰골인데 새일 수나 있었을까 등등, 온갖 비아냥거림과 자조가 닫힌 실내에 고인 반찬 냄새처럼 역하게 한동안 떠돌기도 했다.

문득 영우는 문의 돌쩌귀가 비명을 지른다고 느꼈고, 신경이 곤두선 나머지 방청 스프레이를 사다가 뿌렸으나 거슬리는 그 소리는 없어지지 않았다.

갑자기 고스톱 바람이 불기 시작했다.

누군가 흥분해서 말했다.

"이번 3월에 열린 소련의 인민대표 회의에서 고르바초프 서기장이 대통령으로 선출되었다던데…… 난 고르바초프가 시작한 개혁이 소련이고 동구권이고 할 것 없이 다들 붕괴로 이어지는 건 아닌지……."

서로 말없이 멀뚱멀뚱 바라보다가 갑자기 소파 탁자에 국방색 담요가 꺼내 펼쳐졌다. 모두들 안도의 표정으로 담요를 둘러싸고 앉았다. 그 속엔 화투가 있었다.

"고스톱이나 치는 게 어때? 시간 보내는 덴 고스톱만 한 게 없지. 그냥은 재미없으니까 옆에 지갑을 꺼내놓고. 점에 백 원? 좋지?"

의견을 기다릴 것도 없이 성급하게 화투장이 섞이기 시작했다.

"하지만 어떻게 생각해야 되는지……. 지난 연말엔 루마니아에서 차우세스쿠가 끌려내려와 처형되었지, 요즘 동독은 서독으로 자유여행을 허용하기 시작했다지, 게다가 폴란드에선 자유노조 대표 바웬사가……."

"에이, 이 선수, 분위기 깨고 앉았네……. 여기서 그런 걱정해봤자지……. 부평 후배들한테서 산 혁명채권이 휴지 조각이 될까 봐 그래? 그건 어차피 살 때도 이름만 채권이지 기부금인 거 알았잖아? 닥치고 패나 돌리서."

말소리가 끊기고 숨소리와 화투 치는 소리가 높아졌다.

점차 두 명만 있어도 세 명이 있다고 가정하고 치는 '로보고'라는 게 소개되었고, 나중에는 한 명만 있을 때도 책을 읽거나 하는 대신 그날 일진을 점치는 운수 보기 패를 떼거나 트럼프로 솔리테어를 했다.

열풍은 광풍으로 변해갔다. 사람들은 마주치면 말도 꺼내기 전에 화투부터 꺼내곤 했다. 마치 눈 덮인 급경사의 슬로프에서 나동그라진 참에 그대로 몸을 내맡기고 쓸려 내려가는 것 같았다. 슬로프 끝에는 컴컴하고 질척한 웅덩이가 기다리고 있을 테지만 그대로 체념해버리고 딴전을 피우며 추락에 몸을 내맡기고 있는 것이었다.

그런 모습이 후배들 보기 민망하다고 문을 잠그기 시작한 모양이었는데, 나중에는 고스톱을 방해받지 않으려는 의도에서 미리 문부터 잠갔고, 한번 잠그면 웬만해선 열어주지 않게 되었다. 그렇게 시작된 고스톱은 밤을 새우면서, 때로는 하루 꼬박, 심지어는 이틀 밤을 새우면서 이어지곤 했다.

영우는 고스톱을 칠 줄 몰라 다행이라고 생각했다. 칠 줄 알아서 그 판에 낀다면 한재산 날렸겠다 싶을 정도로 분위기가 살벌했던 것이다. 그들의 위악적인 태도는 고스톱을 칠 땐 더욱 철저하게 적용되었다. 패 한 장도 물려줄 수 없다고 핏대를 세우며 다투는가 하면, 누가 지갑을 완전히 털렸다고 말해도 눈도 깜짝하지 않았다. 중간에 손을 턴 사람이, 열두시가 넘어 대중교통이 끊어진 시각이어서 집에 갈 택시비조차 없다고 징징거려도 아무도 거들떠보려 하지 않았다.

저녁 무렵, 영우는 지나치려다 문득 버스에서 내렸다. 코발트블루에서 군청으로 어두워가는 퇴근길에 모임방 창문은 어스름한 과수원의 잘 익은 감귤처럼 오렌지색으로 빛나고 있었다. 원고를 퇴짜 맞은 터여서 씁쓸한 참이었다. 들르면 같이 맥주라도 마실 상대가 있을 것이다.

다 좋은데 추모공연이라는 제목이 붙어서, 그 살풀이춤은 정치적이라고 봐야 하며, 따라서 어디까지나 중립적이어야 할 문화면에는 맞지 않는다는 게 잡지데스크의 의견이었다. 그렇다면 애초에 그 춤판을 취재하자는 기획안엔 왜 동의했느냐고 따지고 싶었으나 그냥 물러서고 말았다. 단지 속으로, 이거 큰일 났네, 이번 달은 일을 안 한 거나 마찬가지가 되겠네, 하며 통장잔고를 걱정하는 게 고작이었다. 아무리 자신이 방방 뛴들, 그 원고는 감춰놓은 '다른 날'이란 이름의 폴더에 들어가게 될 터였다. 그게 현실이었다. 미리 그렇게 주저앉는 것이 바로 자신의 한계라고 생각하자 영우는 더욱 쓸쓸해졌다.

맥주 한잔과 울분 섞인 수다. 쓸쓸한 공감의 웃음을 기대하며 영우는 층계를 올라갔다. 역시 문이 잠겨 있었다. 노크했으나 안에선 응답이 없었다.

불이 켜 있으니 열어보지 않아도 안의 풍경은 뻔했다. 핏발 선 눈을 하고 화투장을 골똘하게 들여다보고 있을 시커멓게 죽은 얼굴들. 담배 연기와 기름기로 떡이 진 머리칼과 연신 선하품을 내뿜는 조갈증으로 말라붙은 입.

'쉿, 조용히, 찍 소리도 내지 마. 가만히 기다리면 노크 소리는 그칠 거야. 어서 가버리게 우리 죽은 척하고 있자.'

서로 눈길이 부딪치고 숨죽인 키득거림이 시작된다. 어디까지나 쑥스러워서. 어쩌면 자괴감으로 허물어지면서.

영우는 그 문 앞을 쉽사리 떠나지 못하고 서성거렸다.

경택을 처음 만난 순간이 선하게 떠올랐다. 그때 경택의 눈은 지금처럼 핏발이 곤두서 새빨갛지 않았다. 갓난아기의 눈이 그렇듯, 새파랗고 맑고 선명했었다.

산간지대의 겨울은 이르게 찾아와 있었다. 서울은 겨우 나무들이 옷을 벗은 정도인데도 강원도에는 눈이 이미 여러 차례 내린 뒤였고, 그게 꽁꽁 얼어 시야가 하얬다. 세시에 치러질 예정이었던 고사는 상이 진설된 채로 자꾸 미뤄졌다. 표면적으로는 노동자문화센터 개소식이라는 명분이었으나, 은밀하게는 진보정치단체 결성을 기념하는 것이기도 했으므로 그게 문제가 되는 모양이었다. 지나치게 앞서 가다가 역풍을 맞을 수도 있다는 염려와 소련 공산당도 개혁되는 마당에 더 이상 움츠러들 필요가 없다는 주장이 팽팽하게 맞서 있다고 했다. 여전히 선명성 경쟁이 타협의 미덕보다 우세했고, 속사정까지는 모르는 보통 사람들은 발을 동동 구르면서 기다렸다.

황혼은 빠르게 찾아왔다. 사방이 산으로 둘러싸인 곳이라 땅거미는 급속히 퍼져갔다. 가장 높은 산봉우리만 기운 햇살을 받아 모자를 쓴 것처럼 빨갛게 빛났으나 골짜기에는 벌써 암녹색 어둠이 깔리고 있었다. 어둠 속에 희끗희끗 떠오른 눈 둔덕들은 봄이 올 때까지는 얼어붙은 채 그대로일 것이다. 야외 마당에는 아크등이 켜지고 고사상이며 사람들 모습이 주황빛으로 물들었다. 그 뒤는 캄캄했다.

경찰들이 늘어선 줄의 간격을 좁혔다. 이윽고 하얀 두루마기를 입은 이가 상 앞에 서서 느리게 축문을 읽었다. 맥없이 휘청거리는 실루엣이 초상집에 흩날리는 하얀 명주오라기처럼 섬뜩했다. 그의 얼굴빛은 거기서 잔뼈가 굵은 광부들보다 더 검었다. 다 읽고 난 축문을 사르려고 촛불 가까이 다가간 손이 부들부들 떨렸다. 바람이 불어와 촛불 하나가 획 꺼졌고 웅성거림이 일어나기 시작했다. 그 찰나에 경택이 나서서 다시 불을 붙였다. 분위기가 고조되기 시작했다. 둘러선 사람들은 웃음을 섞어가며 절하는 사람들에게 추임새를 보냈다. 점차 웃음소리가 풍성해졌다. 사진기자를 대동하지 못한 영우는 직접 광부들이 절하는 모습을 찍었다.

"이런 오지에서부터 시발점을 만들겠다니…… 잘될까요?"

"저절로 잘되지는 않겠죠. 잘되게 만들어야죠."

경택은 힘주어 대답했다.

영우는 서울로 돌아가는 기차 안에서 경택과 다시 마주쳤고, 빈 좌석이 많았던 까닭에 좌석 번호를 무시하고 나란히 앉아 밤새워 이야기를 나누었다. 차창은 캄캄한 거울로 둘러싼 것 같았으나 눈 쌓인 밤의 바닥이 희부윰하게 떠올라 샤갈 그림의 배경 같았다. 기차의 규칙적인 진동, 천장까지 부풀어 오른 나른한 잠기운. 누군가 내뱉는 잠꼬대는 강원도 사투리였다.

"오해라예, 아무 일도 아니더."

경상도 사투리도 이북 사투리도 아닌 꼬리를 치켜든 억양. 그리고 소리 죽여 주고받는 그들의 애국지사풍 잡담.

"……우리 문화라는 게 그래요. 한심하기 짝이 없어요. 대학 시절에 말이죠, 강의시간마다 미국 유학 경험만 줄곧 늘어놓으며 시간 때우는 걸로 유명한 교수가 있었어요. 순전히 개탄만 하다가 끝나는 거죠. 그 요지가 그래요. 미국은 이래서 좋은데 한국은 이래서 나쁘다. 미국은 이래서 잘사는 거고 한국은 이래서 못사는 게 당연하다. 한국 사람은 근성이 글러먹었다 등등. 듣기가 하도 역겨워서 하루는 내가 손을 번쩍 들고 물어봤죠. 교수님은 미국이 그렇게 좋으면 그냥 미국에서 눌러 사시지, 뭐 하러 한국에 와서 고생하시느냐고."

"우와, 용감했군요. 그래서? 그래서 학점은 안 흘렸어요?"

"뭐 그야…… 아무튼 그게 바로 한국 지식인의 한계예요. 박래품, 물 건너온 거라면 정신을 못 차리고 흠모하죠. 변방 콤플렉스에 사로잡혀서. 조선시대, 일제강점기, 해방 후, 지금까지 죽 그랬어요. 그걸 바꾸지 못한다면 우리에게 내일은 없을 겁니다."

입석역을 지날 즈음, 새벽이 밝아오기 시작했다. 허연 석회석 더미들 위로 눈발이 흩날리는 풍경이 차츰 선명해졌다. 부옇게 동트는 새벽빛으로 물든 차창을 배경으로 경택은 눈부실 정도로 생생한 얼굴을 하고 있었다. 맑게 갠 새파란 눈빛. 잠이 깨는 기분이었다. 기차는 빠르게 달리고 있었다.

한참을 머뭇거리다 영우는 단념하고 층계를 내려가기 시작했다. 맥이 풀려 다리가 무거웠다. 비상등이 깨진 계단참은 캄캄했다. 중이층 계단참을 돌아가는데 시커먼 그림자가 불쑥 올라왔다. 경택의 부인이었다. 둘 다 걸음을 멈추었다. 어둠 속 희멀겋게 떠오른 창백한 안색이 짐작되었다.

"안에…… 있어요?"

층계를 오르느라 숨이 찼던지 그녀는 단어를 짧게 끊고 간격을 두었다. 단어 사이에 시퍼런 날이 숨어 있는 것 같았다. 꾹꾹 밟아 날을 감추려고 애쓴 울분. 그래도 용수철처럼 자꾸 튀어 올라 사람을 여기저기 쿡쿡 찔러대는 울분. 영우는 쓴웃음을 지으며 고개를 흔들었다.

"아, 없군요."

그러고는 돌아서서 내려가려고 하였다. 그녀는 한 발자국 뗐다가 갑자기 난간을 붙잡은 채로 섰다. 영우는 같은 층으로 내려서면서 말을 고쳤다.

"난 몰라요. 안에 있는지 없는지. 올라가보니 문이 잠겼더라고요. 불빛이 보이길래 들러본 건데…… 혹시 안에서 중요한 일을 하느라 문을 안 열어준 건지도 몰라요."

그녀는 이마를 짚으며 벽에 기대 웅얼거렸다.

"어떡하나…… 같이 집에 들어가려고 했는데……. 오늘은 오랜만에 내가 제시간에 퇴근했거든요."

움직이려는 기색이 없었다. 영우는 나란히 서서 담배를 꺼내어 권하고 자신도 피우기 시작했다. 어둠 속에서 빨간 두 개의 점이 밝아졌다가 흐려졌다가 했다. 그들은 드문드문 말을 주고받았다.

"요즘 많이 힘든가 봐요?"

"사는 게 다 그렇겠죠? 어떤 땐 그 사람이 일 생겼다고 안 들어오고 또 내가 야근한다고 늦게 들어가서 며칠씩 얼굴을 못 보기도 하고……. 우리, 참 우스운 부부죠? 이렇게 서로를 찾아다니면서도 일주일에 한 번도 얼굴을 볼까 말까 하고 있으니……. 마치 플랫폼에서 사는 부부 같아요. 늘 떠날 준비를 하고서, 공연히 서로를 찾는 척하고…… 인파를 헤집고 다니면서 보란 듯이 소리치는 거죠. 난 여기 있는데, 당신은 어디 있어? 어디야? 어디? ……후후."

그녀는 낮고 음산하게 웃더니 웃음 끝에 사레가 들려 콜록콜록 밭은기침을 했다.

"전화해보고 오지 그랬어요?"

"요새 툭하면 전화 안 받기예요. 대파업 때보다 더 연락이 안 돼요."

그녀는 폭 한숨을 쉬더니 꽁초를 내던지고 발뒤꿈치로 힘껏 짓밟아서 껐다. 그러고는 잠시 위쪽을 노려보더니 층계를 한달음에 뛰어올라갔다. 지쳐 금방이라도 쓰러질 기색이었던 사람이 어디서 그런 힘이 나오는지 놀라웠다. 영우는 내처 따라 올라가지도, 그대로 내려가지도 못한 채로 층계참에 서 있었다. 그녀는 모임방 문을 힘껏 노크했다. 응답하지 않는 모양이었다. 다시 문을 두드리기 시작했고 이어 발로 문을 차기까지 했다.

"어떻게 이럴 수가 있어? 너네가 사람이야? 사람이냐고?"

그녀가 악을 썼다. 고함 소리는 계단통을 타고 오르내리며 우렁우렁 울려 퍼졌다. 그러고는 정적. 여전히 안에선 기척이 없었다. 보다 못해 영우가 올라가 그녀의 팔죽지를 잡아당겼다. 그녀는 메마른 눈길로 영우를 바라보았다. 모든 수분이 증발되어 풍경은 풀썩거리는 모래유적으로 변한 느낌이었다. 그녀는 휘청거리는 걸음으로 순순히 영우를 따라 계단을 내려왔다.

밖으로 나오자 그녀는 아무 말 하지 않고 골목 저편으로 빠르게 걸어갔다.

영웅본색

그해에도 홍콩 무협영화 붐은 대단해서 많은 청년들이 배우 주윤발을 흉내 내어 입 가장자리에 성냥개비를 물고 거리를 활보했는데, 그 와중에도 서양 영화 〈프라하의 봄〉이 개봉되어 인기를 끌었다.

그 영화의 원작인 밀란 쿤데라의 소설 『참을 수 없는 존재의 가벼움』은 1968년 체코 민주화운동, 프라하의 봄을 배경으로 그 운동이 좌절되면서 맛본 정치적 환멸을 연애문제와 대비시키며 에세이적인 담론으로 풀어낸 독특한 것이었다.

쿤데라는 그 환멸을 잊을 수 없었던 모양, 나머지 인생을 질문하는 사람으로만 살기로 작정한 모양이었고, 따라서 인생을 놓고 그에 대한 답을 알고 있다고 주장하는 사람들의 엄숙하고 진지한 태도를 조롱했으며, 무엇에도 얽매이지 않는 자유로운 삶의 태도를 가벼움이라고 부르며 상찬했다.

영우와 김환이 홍익문고를 약속 장소로 정하여 만났을 때, 유리문에는 곧 개봉될 〈프라하의 봄〉 포스터가 붙어 있었다. 포스터

중심에는 검은 브래지어와 팬티를 입고 머리엔 중절모를 쓰고, 그런 자신의 자태를 거울에 비춰보는 배우 레나 올린의 모습이 있었는데, 상당히 에로틱한 분위기를 풍겨, 정치적 사건인 '프라하의 봄'이라는 제목과는 동떨어진 것으로 보였다.

"섹스를 내세워 흥행을 노리려는 속셈일까?"

사전지식이 없는 영우가 포스터를 보고 흥흥거렸다.

"원작을 읽어보고 말을 해. 쿤데라는 천재야."

김환이 즉각 대꾸했다. 영우는 진열대 가득 쌓인 책 한 권을 슬며시 집어 들었다. 고급스런 하드커버 장정에다, 그녀가 좋아하는 네루다의 시집이 들어 있는 세계명작 시리즈 중 한 권이었다.

그렇기는 해도 김환의 과장법은 심한 편이라 의심스러웠다. 툭하면 천재라니 걸작이라고 치켜세우는 게 그의 입버릇이었다. 눈을 감고 들으면 방송의 광고 멘트 같았다. 그의 말만 듣고 상상했던 사람이나 사물을 실제로 보고 실망한 적이 한두 번이 아니었다. 이십 대에 죽은 예술가라면 일단 천재라고 불렀고, 노래를 조금만 잘해도 천재 가수였고, 그럴듯한 일화가 붙은 아티스트는 레전드리한 천재였으며, 대중적으로 인기를 끌지 못한 웰 메이드급 영화나 소설은 저주받은 걸작이라고 했다.

"천재? 네루다 정도라면 몰라도. 쿤데라는 처음 듣는 이름인데?"

표지에 두른 띠지에는 그의 작품세계를 요약한 영국 신문의 평이 소개되어 있었다.

"코미디와 정치와 섹스의 혼합?"

"읽어보고 말을 하라니까. 난 쿤데라 때문에 인생이 뒤집어지고 말았어. 만약 인생의 책 한 권을 꼽으라고 한다면 나는 쿤데라의 소설『농담』을 들 거야. 그걸 읽고 나서 얼마나 충격이 컸던지…… 내가 믿고 의지했던 세계가 와르르 무너져버렸어. 만약 쿤데라의 소설을 안 읽었다면 난 아직도 주사파나 뭐 그런 거였겠지."

세상 돌아가는 일을 자세하게 모르는 영우는 놀라서 눈이 휘둥그레졌다.

"그렇게 센세이셔널하단 말이지……."

"센세이셔널? 그 단어는 쿤데라의 작품에다 붙일 말이 아니지."

김환은 푸르르 열을 내다가 말이 막히는지 머뭇거렸다. 마침 그들의 발길은 서점 이층의 예술책 코너에 닿았다. 김환은 서가를 훑어 가이거 화집을 빼더니 쓱쓱 넘겼다. 매 쪽마다 인간과 기계 부품이 결합된 기괴한 그림들로 차 있었다. 영화 〈에이리언〉의 바탕이 된 잔혹한 환상들이었다.

"바로 이런 걸 센세이셔널하다고 그러지? 그렇지? 그렇다면 쿤데라한테 어울리지 않아……. 학교 다닐 때 업턴 싱클레어의『정글』이란 소설을 읽고 맥도날드를 입에 대지 못하게 된 친구가 있었는데…… 그런 건 아냐, 카니발리즘의 잔혹성. 쿤데라의 작품에서 느껴지는 잔인함은 정신적인 거야. 아이러니. 인간 본연의 아이러니, 역사의 아이러니. 인생이 결국은 한낱 농담에 지나지 않는다는 깨달음 같은 거. 위대한 휴머니즘에서 촉발된 공산주의가 역사 속에 구현되는 과정에서 어떻게 괴물스럽게 변해갔는지, 어떻게 인간적인 면을 잃고 개인을 말살하는 제도가 되었는지, 적나라하게 그리고 있거든. 『농담』에 나오는 동유럽 공산주의 사회의 실상은 나에겐 충격이었어. 그때까지 내가 믿고 의지했던 이념들이 와르르 무너졌다고 할까. 그렇게 한번 부서지고 나니까 더는 아무것도 믿을 수 없어졌어. 사는 게 정처 없이 떠도는 유령 같다는 그런 기분? 나라는 존재 위로 거대한 기압대가 통과하고 있고……."

드물게도 빈정거리는 기색이라곤 없이 진지했다.

"기압대?"

"요즘의 세계정세가 그렇잖아. 이곳의 수증기를 죄다 빨아들이고선 다른 데로 달아나버리지. 그러곤 필요 없는 곳에 가서 태풍이 되고 폭우를 퍼붓고……."

"그래서? 어떡하는데? 생각해보면 선택지는 둘뿐인가? 상아탑에 숨거나 부동산이나 증권 쪽 브로커로 시장에 숨는 거? 이젠 사과장수를 해도 행복할 수 있는 시절은 영영 이별이라고 여기는 거야?"

"음, 아직 모르겠어. 지금 난 그냥 사막 한가운데서 혼자 오두막집을 짓고 견디고 있는 중이야……."

추궁받는다고 느꼈는지, 김환은 씩 웃으며 가볍게 대답했다.

쿤데라의 소설은 형식과 내용 두 측면이 다 새로워서 충격적이라고 할 만했으나 영우로서는 김환처럼 세상이 무너지는 정도의 충격을 받지는 못했다. 어쩌면 주사파가 무엇인지, 제대로 설명할 수 없는 영우로서는 애당초 무너질 만한 무엇을 갖고 있지 않았기 때문일지도 모른다.

아무튼 영우가 보기에 『참을 수 없는 존재의 가벼움』에서 쿤데라가 말하는 가벼움이란 한창 각광받고 있는 영화 〈영웅본색〉 시리즈가 보여주는 신파적 비장미하고 닮은 것 같았다. 체코 민주화 운동에서 환멸을 맛본 지식인이 더 이상 아무것도 믿지 못해 조국을 버리고 코즈모폴리턴, 말하자면 국제미아가 되어 세상을 떠돌다 죽는 것이나, 홍콩 뒷골목에서 태어나 바퀴벌레처럼 살다 죽을 수밖에 없다고 체념한 주윤발이, 지폐의 액면가치밖엔 믿지 않는다고 큰소리치면서 달러 지폐를 태워 담뱃불을 붙이는 것이나 다 비슷한 포즈로만 보였다. 쿤데라 이전엔 그걸 가벼움이라고 하는 대신 실존적 허무감이니 하고 말했다.

며칠 후 그들은 그 영화를 보러 갔다. 정치와 섹스의 혼합이라는 평처럼 영화는 에로틱했다.

이야기가 진행되어 주인공 토마스와 테레사가 죽는 장면이 되었다. 그들이 운전하는 트럭은 길 양쪽으로 덤불과 나무들이 무성한 시골길을 질주했다. 그러다 트럭이 전복하여 두 연인은 같은 날, 같은 시각에 죽을 터였다. 그 장면의 초록 터널은 무한히 뻗은 길의 마술처럼 환상적이었다. 살아 있는 것을 빨아들여 목 조르는, 넘치는 생명력을 삼켜버리는 초록. 죽음으로 치달리는 본능.

초록 새장 안에 들어앉아 문을 닫아건 사람들. 허무의 늪으로 달려갈 뿐이기에 더 달콤하고 더 유혹적인지도 모른다. 부르르 진저리를 치자 김환이 영우의 손을 잡으며 속삭였다.

"왜 그래?"

"아냐."

김환은 영우의 주먹을 만지작거리다가 손가락을 하나하나 정성스럽게 폈다. 괜히 간지러웠다. 어쩐지 손을 빼는 게 더 이상할 것 같았다. 그냥 장난해본 건데 오버한다고 역습을 당할 수도 있었다. 머릿속에 이상한 생각만 잔뜩 든 거 아냐? 그럴 때의 쑥스러움이 떠오르자 긴장되었다. 손을 내맡긴 채로 잠자코 영화에 열중한 척하려고 했다. 김환은 손가락을 다 펴놓더니 손바닥을 조곤조곤 누르거나 부드럽게 쓰다듬었다.

손바닥에서 시작된 간지럼은 점차 팔을 타고 올라와 겨드랑이에 괴어 있다가 온몸으로 스멀스멀 퍼져갔다. 몰래 마른침을 삼키며 다리를 겹쳐 꼬았다가 다시 내려놓았으나 긴장은 풀어지지 않았다. 몸이 점점 더워졌다. 참다못해 손을 잡아 뺐다. 김환은 힘주어 손을 잡아당기더니 이번엔 손바닥에다 도장을 찍는 것처럼 입술을 대고 눌렀다. 뜨거운 다리미가 스친 듯 섬뜩했다. 화살이 박히듯 그 키스는 심장에 똑바로 날아와 꽂히는 것 같았다.

영화관에서 나와 말없이 걷는데 김환이 영우의 소맷자락을 잡아당겼다. 에트로 침장가게 앞이었다. 두 사람은 가게 진열창 앞에 나란히 서 있었다. 진열창에는 에트로 고유의 페이즐리 패턴이 물결치는 두터운 다마스크 커튼과 쿠션, 진한 와인색 벽지며 침대보들로 화려하게 꾸민 내실 모형이 전시되어 있었다. 그런 방 안에 같이 전시된 것처럼 두 남녀의 영상이 끼어들었다.

"어디 좀 봐, 우리 어울리는지."

김환은 쑥스러운 기색이면서도 눈을 반짝반짝 빛내며 진열창을 들여다보았다. 〈홈, 스위트 홈〉을 허밍하면서 신혼집을 꾸밀 궁리를 하는 남녀? 영우는 자기도 모르게 고개를 저었다. 와인색과 금색이 혼합된 묵직한 색감이 배경이어서일까. 진열창에 비친 영우의 모습은 생뚱맞게 튀어 보였다.

'오늘 옷을 잘못 입고 나왔어.'

초록색 폴로셔츠와 연한 쑥색 카디건이라는 조합은 봄이라는 계절과는 어울릴지 몰라도 영우의 피부색과는 맞지 않는 것 같았다. 잠이 모자란 노랗고 검은 안색에는 더욱 그랬다.

늦은 밤, 경택이 영우의 집으로 찾아왔다. 현관문을 열었더니 경택은 자기보다 큰 몸집의 여자를 부축하고 서서 겸연쩍게 웃고 있었다. 여자는 술에 엄청 취한 모양 몸을 가누지 못했다. 어안이 벙벙해서 말도 못 하고 서 있는데 경택은 영우를 밀치듯 밀고 들어와 집 안을 두리번거렸다. 그제야 사태를 짐작한 영우는 침실로 그들을 안내했다.

"나쁜 자식들. 시간이 별로 늦은 것도 아닌데 죄 달아나고 한 명도 없는 거야. 여기서 하룻밤만 신셀 질게. 괜찮지? 이런 꼴로는 갈 데가 없어서. 나 혼자 지연일 여기까지 데려온 것도 간신히야. 지연이 몰라? 서지연. 저번에 술집에서 만났을 때 보니까 둘이 죽이 잘 맞아서 한참이나 수다를 떨던데?"

무안했는지 경택은 여자를 침대에 눕히면서 연신 변명했다. 영우와는 시선을 마주치지 않았다. 황당했으나 그렇다고 받아들일 수 없는 건 아니라고 생각했다.

서지연과는 두어 번 본 적이 있었다. 말도 많이 나누었다. 서지연은 스스럼이라곤 없이 용감해 보였었다. 영우의 나이를 물을 것도 없이 대뜸 언니라고 하면서 말을 텄다. 활달하고 시원시원하고 싹싹한 태도여서 호감이 갔었다. 눈, 코, 입이 다 크고 윤곽이 뚜렷해서 멀리서 보면 미인이었으나, 뼈대가 굵어서 억센 인상이었다. 게다가 어떤 종류의 화제가 나오든 말을 가로막고 자신이 단정을 지어버리는 버릇이 있었다.

이불을 잡아당겨 서지연의 목까지 덮어주고 돌아서려는데 갑자기 서지연이 좀비처럼 벌떡 일어나 침대에서 빠져나오려다 균형을 잡지 못하고 방바닥에 주르르 무너져 앉았다. 내처 그녀는 방바닥을 주먹으로 치며 엉엉 울기 시작했다.

"억울해, 억울해, 억울해 죽겠단 말이야."

고함치며 계속 방바닥을 두들겼다. 영우는 얼핏 아래층 소음이 걱정되었다. 경택은 당황해서 말렸다.

"말로 해, 말로. 아까부터 계속 이러고 있어. 답답해서 원. 뭐가 그렇게 억울한지 말을 해야 알 거 아냐."

서지연은 반응하지 않았다. 신들린 것처럼 억울하다는 말만 되풀이하면서 눈물까지 줄줄 흘리고 있었다. 주먹이 빨개졌다. 저러다 손을 다치지나 않을지 걱정되었다. 영우는 부엌에서 찬물을 가져왔다. 갑자기 서지연이 울음을 뚝 그치고 영우와 경택을 뚫어져라 쳐다보았다. 고개를 갸웃거렸다. 납득되지 않는 얼굴이었다.

"왜 내가 여기 있어? 나, 세수 좀 하고 올게."

영우는 떨떠름해서 화장실을 가리켜주었다. 곧 서지은은 얼굴에 물방울을 뚝뚝 떨어뜨리며 돌아왔다.

"나 땜에 분위기가 엉망이 됐나 봐? 내가 노래를 부를까? 유재하의 〈사랑하기 때문에〉 어때? 형은 그 노래, 좋아하잖아."

대답을 기다리지 않고 노래를 시작했다. 영우와 경택은 어쩔 줄 모르고 서성거렸다. 서지연은 태연하게 목청껏 부르다가 갑자기 풀썩 쓰러져 다시 정신을 잃었다. 두 사람은 힘을 합해 서지연을 잡아 제대로 눕히고 다시 이불을 덮어주었다.

경택도 많이 마셨는지 지쳐 보였다. 잠시 고민하다가 여분의 이부자리를 꺼내 책을 쌓아둔 작은방에 갖다 놓고 자라고 말한 뒤 거실로 나왔다. 거실 책상에는 일거리가 널려 있었다. 갓등만 남기고 불을 끈 뒤 다시 의자에 앉았다. 공기가 바뀌었다. 톱니바퀴 사이에 모래가 낀 듯 버석거리는 게 일할 기분이 아니었다. 다시 이어가려고 머리를 쥐어짰으나 생각은 자꾸 흐트러졌다. 문득 거실 등이 다시 켜졌다. 돌아다보니 경택이 거실로 나와 있었다.

"술 좀 더 마시자. 이대로는 못 잘 거 같아."

영우는 어지러운 책상을 보았다.

"마감 땜에 일하는 중인데?"

"언제? 모레야? 그럼 시간 많이 남았네. 원래 마감이라는 거, 그 날짜부터 쓰기 시작하라고 있는 거거든. 고지식하게 매달려서 끙끙댄다고 돈 더 받는 것도 아니잖아."

털썩 주저앉아 자리를 잡아버렸다.

"글쎄, 술이 있을지 모르겠네."

냉장고를 뒤지니 언제 것인지 스페인산 와인이 한 병 남아 있었다. 글라스 두 잔을 꺼내고 가장자리가 조금 마른 치즈도 찾아냈다. 그런데 코르크 마개 따개를 찾을 수 없었다. 두 사람은 잠시 고개를 맞대고 앉아 따개 없이 와인 병을 열 방법을 궁리했다. 마실 수 없다고 생각하자 떨떠름했던 영우도 마시고픈 마음이 간절해졌다. 과도를 가져다 마개를 파기 시작했다. 반쯤 후벼 파니 칼날이 더 이상 들어가지 않아 젓가락으로 밀어 넣었다. 한참을 그렇게 끙끙거려서야 병이 열렸다. 따른 와인 위로 코르크 부스러기가 둥둥 떠다녔으나 상관하지 않고 마셨다.

"오늘은 또 무슨 핑계로 집으로 안 가고 방황하는 거야?"

"모르나?"

농담처럼 던진 물음에 경택은 진지하게 대꾸했다.

"내가 뭘 또 알아야 되는데? 나야 시키는 대로 하면서 찍소리 못하고 사는 쁘띠부르주아인데."

"농담 아니고…… 요즘 분위기가 그래서. 오늘 후배 하나가 달려갔다는 말을 들었거든. 그래서 집으로 들어가기는 아무래도 꺼림칙해서. 그 후배는 내 친구들 집도 대충 다 알고 있으니까 친구들 집에 가는 것도 그렇고. 그래서 신촌 술집에서 개기고 있었어."

"요즘도 도망 다니는 사람이 있어? 동구권이 무너지고 곧 소련이 해체될 것처럼 떠드는데."

"어떤 면으로는 그러면서 우리나라는 상황이 더 악화되고 있는지도 몰라. 너처럼 사람들이 세상이 달라진다고 방심하고 있는 틈을 타서 탄압은 더 심해졌으니까. 그래서인지 아예 타협은 있을 수 없다, 앞으론 오직 혁명뿐이다, 하고 래디컬로 돌아서버린 그룹도 있어."

"탄압이 더 심해진 건가? 하긴. 얼마 전 몰래 시인 누가 아프다고 치료비 모금하고 다닌 거 있잖아. 거기다 성금을 냈는데, 그것도 조사하겠다고 집까지 찾아왔었어. 예전엔 그 정도라면 조사 나오고 하진 않았을 텐데."

"그렇다니까. 아주 지랄이야. 요즘 대학생들 어떤 줄 알아? 혁명채권 팔고 다닌다니까. 곧 혁명정부가 수립되니까 그때 갚는다면서. 탄압이 심해진 게 바로 혁명이 가까워진 증거라나."

경택이 빈정거림을 섞어 코를 킁킁댔다.

새 유행이었다. 그런 종류의 화제를 진지하게 말하는 건 금물. 촌스러움과 세련됨의 경계가 아슬아슬하고 모호한 만큼 그 정체를 짚어내기는 어려워도 일 년 사이에 변했다는 느낌은 분명했다.

지하에서 은밀하게 벌어지는 동안엔 비장하면서도 유혹적이기도 했던 비합법인 것들이, 점차 표면에 떠올라 기름띠처럼 퍼져갈수록, 별거 아니다, 식의 조소하는 뉘앙스를 담아 초연하게 말하는 게 세련된 태도가 되고 있었다. 쿤데라가 말하는 가벼움의 뉘앙스가 살짝 얹어지도록. 카푸치노 위에 시나몬가루를 쳐서 마무리하듯이. 그토록 갖고 싶어서 안달하던 달러 지폐로 담뱃불을 붙이는 포즈는 취하지 못하더라도, 달러 지폐가 불타는 것을 보면서 아깝다는 표정을 지어 보이면 안 되는 것이다.

"거기서 개기고 있는데 갑자기 서지연이 나타난 거야. 어디서 술을 마셨는지 이미 취해 떡이 돼서 온 거야. 그것도 모르고 다른 녀석들이 자꾸 술을 권하고. 암튼 죽어라고 마시는데 못 말리겠더라고. 뭐 땜에 화가 났는지 고슴도치처럼 가시를 잔뜩 세우고는 누가 무슨 말을 해도 말 떨어지기가 무섭게 톡톡 쏘고, 성질부리고. 그러다 다른 녀석들은 다 튀어버리고 나만 붙잡힌 거지."

"속상한 일이 있는 게지."

억울하다고 우는 건 활달하고 화려한 평소의 서지연답지 않았다.

"모르지, 말을 안 하니까. 무지 힘들긴 한 모양인데…… 어쩌면 부부싸움을 하고 튀어나왔을지도 몰라. 집에 데려다준다니까 싫다, 그럼 남편을 불러오겠다고 하니까 날 잡아 죽일 것처럼 펄펄 뛰는 거야. 굉장히 억울하긴 한 모양인데 모르겠어. 남편은 그럴 사람은 아니거든. 되게 무던하고 착해. 그래서 지연이 쟤, 성질이 보통 아닌데도 여태까지 시끄러운 소리 한번 안 내고 사는 건데……."

"엉망으로 취해도 뒤치다꺼리해주는 선배가 있으니, 서지연 씬 아주 억울하지는 않겠는데?"

"뭔 소리? 부러워?"

경택은 무심히 몸을 앞으로 기울여 영우의 눈썹 부근을 만졌다.

다시 책상 앞에 앉았으나 졸음이 밀려왔다. 조금 버텨보다가 포기하고 소파에서 담요를 덮고 누워 잠들었다.

설핏 깨어났다. 뻑뻑한 눈꺼풀을 드니 거실 유리문 앞에 경택의 모습이 보였다. 창으로 새어 든 가로등 불빛으로 실루엣은 가부좌를 튼 반신상처럼 보였다. 베란다의 팔손이나무며 벤자민 고무나무 등의 그림자가 손을 흔드는 것처럼 그의 머리 위에서 어룽거렸다. 정글? 정글의 맹수? 자지 않고 뭐 하러 저기 저러고 있지? 너무 졸려서 무시하고 다시 잠들려고 했다. 그러나 정신은 점점 맑아졌다. 차라리 깼다는 표를 내는 게 나을 것 같았다. 그럼 거북해지지 않을까? 말을 나누는 편이 어색함을 덜어주어 편할 것이다. 망설이는 사이에 깬 기척을 낸 모양이었다.

"있지……."

경택이 가르랑가르랑 갈라진 목소리로 말했다. 영우가 대꾸하지 않자 말은 더 이어지지 않았다. 조금 더 뭉그적거리다가 영우는 상체를 일으켜 갓등을 켰다. 오렌지색 불빛이 동그랗게 경계를 그었다. 담배를 빼물었다.

"나도 담배 줘."

영우는 거리를 유지한 채 담뱃갑과 라이터를 휙 던졌다. 경택은 책상다리를 하고 앉은 채로 받아서 담배를 피워 물었다. 라이터 불빛으로 드러난 얼굴엔 눈가의 웃음이 사라지고 없었다. 딱딱하게 굳은 표정이었다. 슬쩍 건드리면 와르르 무너질 것처럼 메마르고 위태롭게 보였다.

"우리 같이 자자?"

탄식하듯 담배 연기를 길게 내뿜으며 경택이 물었다. 영우는 놀라지 않았다. 잠 깰 때부터 예상했던 것 같았다. 담배를 피우는 일에 열중한 척하며 시간을 끌었다. 뭐라고 대답해야 좋을지 몰랐다. 마음 상하지 않을 거절의 말을 찾아내려고 했다.

"자면? 그다음엔 어떻게 보려고?"

"왜 못 보는데?"

"남녀관계라는 게 그렇잖아? 섹스를 하게 되면 자연스레 사랑이니 아니니 야단을 떨게 되고, 그렇게 바닥까지 가게 되면? 끝이 뻔하잖아. 내 뜻대로 안 된다고 상대를 미워한다든가 할 테고, 그러면 다시는 안 만나는 걸로 정리될 테고…… 그게 공식이잖아. 난 경택 씨하고 그렇게 되기는 싫은데…… 앞으로도 계속 만날 수 있고, 만나면 찝찝한 구석이라곤 없는 그런 관계이고 싶어."

"같이 잔다고 해서 꼭 그렇게 되는 건 아니잖아. 그리고 그렇게 나중까지 걱정해야 돼?"

"내가 경택 씨를 좋아하거든. 그래서 언제까지나 좋은 친구로 지내고 싶어."

푸르스름한 보랏빛 한 줄기 띠로 시작된 먼동이 빨강으로 노랑으로 오렌지색으로 변해가는 새벽. 그 배경으로 마주했던 경택의 눈은 푸르렀었다.

"친구? 그딴 거 요즘은 한 근에 얼마씩 하는데?"

경택이 투덜거리며 거칠게 담배를 비벼 끄고 방으로 들어가버렸다.

아침에 깨어보니 그는 가고 없었다. 그는 작은방 책장 앞에다 이부자리를 개어놓았다. 모서리가 반듯하게 각이 질 정도로 똑바르게 접어놓은 것에서 꽁꽁 도사린 그의 마음이 읽혔다.

그 후 경택은 눈에 띄게 서먹한 태도로 영우를 대했다. 영우가 나타나면 딴청을 부렸고, 마주치면 눈알을 굴리며 다른 곳을 보았으며, 어쩌다 몸이 스치기라도 하면 흠칫 놀라며 잔뜩 움츠러들었다. 점차 영우는 모임방에 들르는 게 어색해졌다. 한번쯤 경택과 둘이 술이라도 마시며 허심탄회한 대화를 나누고 싶었으나 말 붙일 여지조차 없게 굴었다. 착잡했다. 한편으로는 우습기도 했고 그의 속내가 궁금하기 짝이 없었다.

'무안해서 저러는 걸까? 아니면 내게 화를 내고 속에다 담아두어서 저럴까? 젠장. 마음을 상하게 하고 싶진 않았는데……. 이렇게 개운하질 못하니까 남자와 여자는 친구가 될 수 없다고들 하는 모양이야. 이십 대 때는 이 정도는 아무 문제도 아니었던 것 같은데, 그냥 툭툭 털고 웃어버렸던 것 같은데…….'

어쩌면 나이를 먹는다는 건 어른들의 잔소리가 결국은 맞는 말이라는 걸 체득하는 과정일지도 모른다.

생각이 어지러운 한편으로는 실연이라도 당한 사람처럼 등이 서늘한 것도 같고, 찬바람이 유독 자신의 몸만 감싸고 도는 듯 공연히 쓸쓸하고 외로운 기분인 것이 놀라웠다.

모처럼 모임방에 들렀더니 또다시 경택은 영우의 눈길을 피하고 있었다. 게다가 모두들 고스톱에 열중해서 화투만 골똘하게 들여다보는 분위기라 영우는 한참을 겉돌기만 하다가 밖으로 나오고 말았다. 버스정류장에 서 있는데, 갑자기 갈 곳이라곤 없는 막막한 기분에 젖어 들었다. 바람이 불 때마다 쐐쐐 파도 소리를 내는 플라타너스 가로수를 한참이나 올려다보았다. 나무 우듬지 사이로 부옇게 스모그 낀 하늘이 있었는데, 봄의 대기 속엔 석영 조각이라도 떠 있는 모양 가끔씩 눈부신 광채가 반짝 스치기도 했다. 목덜미가 뻐근해질 때까지 고개를 쳐들고 있다가 부근의 공중전화 박스로 들어갔다. 마침 경택이 전화를 받았다.

"요 앞 버스정류장에 있는 커피숍으로 와. 쟈뎅 알지? 거기서 기다릴게."

"방금 왔다 갔잖아? 왜 그러는데? 할 말이 있으면 다시 올라오든지?"

"군말 말고 나와. 기다릴게."

고스톱 한 판을 다 끝내고 오는지 시간이 조금 걸렸다. 그동안 영우는 창가에 앉아 지하철 공사장을 지켜보았다. 파헤쳐진 도로 위로 차들이 지나갈 때마다 임시로 깔아둔 철판이 우르르 덜컹 핑음을 내었다. 작년엔 교차로 저쪽이 공사 중이었었다. 기억하는 한 서울로 온 뒤 한 번도 도시가 완성되고 정돈된 모습인 적이 없었다. 늘 뭔가 부서지고 지어지고 변하고 있었다.

"요즘 왜 그러는데?"

가져온 커피에 입을 대기도 전에 영우가 따져 물었다. 경택은 스푼을 쥔 손을 멈추고 한참이나 눈알을 굴렸다. 밉살스럽기 짝이 없었다. 그가 입을 열지 않아 영우가 다시 물었다.

"내가 뭐 잘못했어?"

"아니."

경택은 얼굴을 살짝 붉히며 반사적으로 대꾸했다. 그가 움츠러들자 영우는 더욱 기승스럽게 공격했다.

"그럼? 내게 섭섭해서 그런 거야? 아무리 생각해봐도 내가 잘못한 건 없는 거 같은데."

경택은 한참이나 눈을 굴리며 대답을 궁리하는 눈치였으나 결국은 아무 말도 하지 못했다. 침묵이 오래 계속되었다. 그의 얼굴이 점점 더 붉어졌다.

결국 영우가 마음을 정하고 입을 열었다.

"나, 경택 씰 협박하려고 나오라고 한 거야. 앞으로 나를 서먹하게 대했다간 봐. 그날 일을 막 떠벌리고 다닐 거야."

비로소 경택이 픽 웃었다. 시선이 마주쳤다. 영우도 웃음을 터뜨리고 말았다. 키득거리는 웃음소리가 점점 커져갔다.

"그날 무슨 일이 있었는데? 아무 일도 없었잖아. 의도는 있었는

지 모르지만. 맞지? 의도만 가지고는 잘못이라고 할 수 없는 게 민
주주의 사회 법 감정이라고. 그래서 우리나라에 사상범이 있다는
게 바로 후진국이라는 부끄러운 증거인 거고. 알잖아? 그런데 넌
어떻게 협박거리도 안 되는 걸 갖고서 사람을 겁주려고 해?"

경택이 짐짓 분개한 어조로 반박하더니 이내 기운을 되찾아 명
랑하게 잡담을 늘어놓기 시작했다.

다른 해보다 일찍 장마가 시작되려는지 비가 계속 내렸다. 사흘
쯤 지나자 빗줄기는 점차 성글어지며 그쳤다 내리고 다시 그쳤다
간 내리고 했다. 방바닥이며 벽들은 축축이 젖어 어항 속에 들어
앉은 기분이었다.

김환은 영우에게 전화를 걸어 저녁 내내 잡담을 했다. 그나마도
동이 나자 전화를 끊는 대신 시를 읽어주고 음악을 들려주었다.
강박적이었다. 도무지 수화기를 내려놓을 수가 없는 모양이었다.

"어, 비가 그쳤는데? 거긴 어때?"

영우는 건성 수화기를 붙들고 잡지를 넘겨보다가 일어나 창밖
을 보았다.

"여기도 비 안 와."

그가 잠깐 머뭇거렸다.

"신촌으로 나올래?"

"지금?"

열시, 하루가 끝나고 있었다. 새로 약속을 만들어서 집을 나서

기엔 늦은 시각이었다. 선뜻 응하지 못하고 영우는 망설였다.

"잠깐이면 돼."

그가 조르기 시작했다.

잠깐이라고 하지만 그를 만나면 시간 가는 줄 모르고 내처 놀기 일쑤였다. 더구나 김환은 낮엔 정신을 못 차리고 비실거리다가도 밤이 되면 더욱 기운이 나는 올빼미형이었다.

"나, 내일 오전에 약속이 있는데."

영우가 우물쭈물했다.

"오래는 안 있을 거야. 맥주 딱 한 병만 같이 마시자, 응? 난 요즘 너무 우울해서 어딜 돌아다니거나 할 맘도 없어. 맥주 딱 한 병만 마시고 일어날 거야."

김환이 거듭 사정했다.

"아무튼 난 유혹에 약해서 탈이라니까."

무뚝뚝하게 말하면서도 말끝에는 이미 웃음기가 배어들기 시작했다. 심장이 춤추고 있었다.

조급했다. 택시를 탔다. 행선지를 말하고는 열이 오른 이마를 차장에 댔다. 연이틀 퍼부은 비로 회화나무 가로수의 연둣빛 꽃잎이 떨어져 아스팔트를 희부옇게 덮고 있었다. 군데군데 불 꺼진 상점들 때문에 이가 빠진 것 같은 거리에서 사람들은 서둘러 집으로 돌아가는 중이었다. 버스정류장에는 지쳐 후줄근한 모습의 사람들이 몰려 서 있고, 택시 한 대가 웅덩이를 지나치면서 좌르르 부챗살 같은 물보라를 튀겼다. 사람들은 펄쩍 인도로 올라섰으나 버스가 나타나자 서두르며 차도로 몰려들었다. 그 버스를 놓치면 큰일이라는 듯. 시간대가 뒤집혀서인지 익숙했던 풍경이 이국의 거리인 양 낯설었다. 자꾸 웃음이 비어져 나왔다.

한편으로는 김환이 걱정스러웠다. 요즘 그는 부쩍 표정이 어두워졌다. 오늘도 구명줄에 매달리듯 전화를 끊지 못했다. 조금 전 그가 전화로 읽어준 시 「고무공」. 그 우울한 분위기에 그의 모습이 겹쳐졌다. 장마로 물이 불어난 수유리 개천을 따라 떠내려가는 고무공. 찢어진 붉은 고무공이 흙탕물에 삼켜졌다 떠올랐다 하는 광경을 지켜보며 헤어진 옛사랑의 연인과 그녀가 낙태한 어린애를 떠올린다는 내용……

영우는 자신이 김환을 자주 만나는 이유가 재미있어서,라고 굵게 줄 쳐놓고 있었다. 재미있으니까 같이 논다, 그 이상도 이하도 아니라고 명심하려고 애를 쓰고는 있는 셈이었다.

그는 분위기 메이커였다. 따분했던 모임도 그가 나타나면 떠들썩하고 즐거워졌다. 무엇이든 거침없이 비꼬고 빈정대고 웃음거리로 만들며 농담으로 밀쳐버리는 가벼운 태도는 사람들에게 쉽게 전염되었고, 아무리 진지하게 고민하던 사람일지라도 그의 지분거림에 얼마 못 가 웃고 장난치는 분위기로 휩쓸려들게 마련이었다.

그런 그가 이즈음 들어 부쩍 말수가 줄고 표정은 어두웠으며, 때때로 쓸쓸해 어쩔 줄 몰라 하고……

영우는 고개를 저었다. 만약 떠난 그 여자에 대한 고민이라면 더 이상은 알은체하고 싶지 않았다. 이미 충분히 들었다고 생각했다.

카페에 들어서면서 보니 그의 표정이 역시 어둡게 그늘져 있었다. 울까 말까 망설이는 어린애처럼 심술궂었다. 그는 말없이 고개를 끄덕였고, 맥주 두 병을 다 마시도록 입을 열지 않았다. 영우는 팔짱을 낀 채 기다렸다. 술이 바닥나자 그가 벌떡 일어났다.

"어서 나가. 갑갑해. 미치겠어."

그가 웅얼거리며 재촉했다.

자정이 지난 거리는 여전히 떠들썩했다. 3차, 4차로 이어지는 술자리를 기다리는지 여전히 많은 가게들이 불을 밝힌 채였다. 치킨집이며 편의점 앞에는 벌써부터 테이블과 의자를 늘어놓아 사람들이 자리 잡고서 술을 마시고 있기도 했다. 그들은 갈 곳을 정하지 않고 걸었다. 골목길로 들어서자 비로소 한밤중처럼 사방이 고즈넉해졌다. 품었던 빗물을 줄줄 흘리는 축대와 시커먼 등을 웅크린 불 꺼진 집들. 드문드문 주황색 원을 그린 외등 사이의 어둠을 고양이들이 발소리를 죽이며 돌아다녔다. 영우는 자꾸 하품을 했다.

기차역 앞에서 쓰레기가 넘치는 골목으로 빠졌다가 다시 큰길로 나섰다. 점차 큰길의 소란도 잦아들었다. 여전히 불 켜진 일층의 카페를 발견하고 들어갔다. 벽 하나 가득 남청빛 하늘과 도발적인 시선을 가진 여자 얼굴이 그려져 있고 옆에 37.5라고 쓰여 있다. 종업원 한 명만 남아 카운터에 팔꿈치를 대고 턱을 괸 자세로 졸고 있었다. 흐느적거리는 그루브한 재즈, 그 틈을 뚫고 나서는 트럼펫 소리가 해 질 녘 문 닫는 놀이공원을 떠오르게 했다.

'이젠 그만 집에 들어가 자야겠군.'

영우는 다시 하품을 했다. 김환이 눈을 꼭 감고 있다가 돌연 말을 던졌다.

"서지연. 이혼한대."

"응?"

"서지연. 알잖아?"

영우는 고개를 끄덕거렸다. 술에 취해 방바닥을 주먹으로 치며 억울하다고 울던 모습이 생각났다. 이혼 때문에 힘들어서 그랬던가. 김환은 표정이 더욱 어두워졌다.

"정말 충격이야. 어쩌면 그런 일이 있을 수가 있지? 올봄에는 왜 자꾸 이런 일만 생기는지 모르겠어."

낮았으나 목소리 가득 짜증이 들어 있어 영우는 깜짝 놀랐다.

"왜 네가 화를 내지? 네가 화내고 비난하고 할 일은 아니잖아. 남의 일에. 나름 사정이 있었을 테고."

"화내는 것도 비난하는 것도 아냐. 그냥 비감해서 그래. 아니, 한탄하고 있는 중이야. 왜 이렇게 모든 게 엉뚱하게 흘러가는가 하고……. 가슴이 아파. 우리가 이런 식으로 변해간다는 게. 알아? 한때 눈앞에 레일이 선명하게 죽 깔려 있는 것만 같았지. 기차역에 레일이 햇빛에 반짝거리며 죽 뻗어나가고 있는. 앞으로는 그 레일 위를 기차처럼 죽 달리기만 하면 되리라고 여겼었는데…… 그렇게 확실했던 것이 이젠 신기루였던 것 같아. 내 눈앞에서 햇빛을 받아 반짝거렸던 눈부신 레일이 착시였던 것 같아⋯⋯."

아련한 눈빛이었다. 영우는 어리둥절해서 뭐라 대꾸해야 좋을 지 몰랐다.

"서지연 개네, 우리 학교에서 유명한 커플이었어. 지연이 남편, 우리보다 한 해 선밴데, 처음에는 지연이를 열심히 쫓아다녔거든. 캠퍼스가 떠들썩할 정도로 열렬하게. 시작은 좀 일방적이긴 했지 만. 한번은 강의실 옆 나무에 올라가서 지연이를 훔쳐봤거든. 학 생들이 알고 웅성거리니까 교수가 눈치채고 창문을 열고 물은 거 야. 거기서 뭐 하는 거냐고. 그랬더니 선배가 갑자기 '지연아, 사 랑한다'라고 외치는 바람에 모두들 깜짝 놀란 일도 있었지⋯⋯. 그러다 그 선배 중퇴하고 현장에 들어가면서 둘이 동거하기 시작 했어. 공단 부근에다 셋방을 얻어서. 지연이는 졸업 직전이라 집 에서 그렇게 반대하고 말렸는데⋯⋯. 아무튼 그 두 사람을 막을 수 있는 건 아무것도 없었지. 그런데 이제 그들도 이혼을 한다고 그래. 어쩌면 그럴 수가 있을까? 세상이 다 변하더라도 지연이만 은 눈 하나 깜짝 안 할 줄 알았는데. 나만 그렇게 생각한 게 아니라 다들 그렇게 믿었을 텐데⋯⋯ 어쩌면 그럴 수가 있을까?"

영우는 그의 한탄이 공감되지 않았다.

"변해간다는 걸 납득할 수 없다는 말이야? 아무튼 당사자도 아 니면서 너무 심한 거 아냐? 사람은 변하게 마련이고 오죽하면 이 혼을 할까."

"오죽하면? 그 말은 싫은데. 그렇게 말하기만 하면 뭐든지 다

용서된다는 듯이 구는 거. 정말 마음에 안 들어. 오죽하면이라고 오지랖 넓게 변명하기보다는 그럼에도 불구하고 지켜지는 것이 필요한 게 아닐까? 아무리 엉망진창이어도, 아수라장이 되어도, 그럼에도 불구하고 변하지 않는 것은 없는 것일까? 그런 게 없다면 어떻게 살 수 있을까? 정말 올봄은 힘들어. 힘들어서 나라는 존재가 공중에 둥둥 떠서 먼지처럼 분해되는 기분이 들어. 봄이 시작될 때 선배 한 사람이 문득 죽었어. 어이없이. 기도가 막혀서. 한밤중의 심야영화관에서 혼자서 뭘 했던 것일까? 소름 끼치게 쓸쓸하잖아. 그런 한편으로는 어이없고 우습고. 살아 있는 게 허망하다 싶고……. 어쩌면 사람들은 그렇기 때문에 더욱, 지금과는 다른, 보다 나은, 보다 완전한 어떤 것이 기다리고 있다고 믿으면서 살게 되는 것 같아. 플라톤이 현실은 오히려 그림자이고, 이데아의 세계가 진짜라고 주장했던 것처럼, 지금의 현실은 임시적이고 변해야 할 것이고, 앞으로 올 미래가 진짜라고 믿고 그에 따라 살아가게 되는 거지. 그걸 우리는 희망이라고 할 텐데, 예전에는 분명 그런 게 있었어. 남한사회의 비인간적인 면에 절망한 사람들은 오늘을 살아내면 앞으로는 보다 인간적인 세상이 올 거라고 믿었었어. 그런데 어느 날 문득 동독이 무너지고 장벽으로 감춰졌던 동구권 현실이 드러나면서 그런 희망이 결국은 착각에 찬 기대였다는 것을 깨닫고 무너지기 시작한 거야……."

"너무 극단적인 표현 아냐? 누군가는 그에 절망하고 다른 방식으로 살겠다며 방향전환을 하기는 하겠지만."

"그러면 영우 형은 아직도 그런 종류의 희망을 믿어?"

"사실…… 솔직하게 말한다면…… 난 잘 모르겠어. 그리고 체제나 규모는 전 지구적인 범위로 확대되어가는 마당에 사람들의 사고는 아직도 국경선 안에 갇혀 있다는 생각을 해볼 때가 있는데…… 난 어리둥절해. 그런 기대가 정말 환상이나 신기루인지 아닌지도. 그럼에도 불구하고 지켜지는 뭔가가 있어야만 사람이 사람으로 살 수 있다는 말에는 동감하지만…… 갑자기 생각나. 모든 환상이 무너지고 난 다음에도 여전히 끓고 있는 저녁밥……. 일상으로 눈높이를 낮추면, 어떤 누구도 사과장수를 하더라도 행복할 것이다,는 식의 말을 할 수 없게 되나? 앞으로 올 세상은 품위 있는 가난이 사라진 세상일까? 그게 궁금해. 미국에서는 60년대 플라워 파워 시대가 끝나자 그 선봉에서 설치던 사람들이 증권가로 옮겨가서 여피족이 됐다잖아. 심지어는 단순한 증권투기가 아니라 정크본드까지 팔아치우는 사기행각도 벌였다고. 우리도 그렇게 변해갈까? 갑자기 부동산이니 학원가로 빠지는 사람들을 보면 그럴 가능성이 없진 않은 것 같던데…… 정말 쓸쓸하긴 해, 그런 풍경이……. 하지만 아는 사람의 이혼문제에서 세계관의 공중분해까지, 이야기가 굉장히 비약됐어."

"비약하는 게 아니라 그냥 견딜 수 없어서. 아무것도 남지 않는다고 생각하면. 사랑, 그것조차 변해간다는 거 받아들이기 힘들잖아."

"다 산산조각 나더라도 사랑은?"

영우의 반문에 김환이 씩 웃더니 갑자기 정색을 했다.

"그런데 우리 결혼하면 안 될까?"

눈빛이 강렬했다. 블랙홀처럼 모든 것을 빨아들이는 시선이었다. 말의 무게에 영우는 어지러웠다. 현기증을 이겨내려고 몇 번이나 눈을 깜빡였다.

"이야기가 이상한 데로 흐르네. 너는 결혼에 적합한 사람이 아니라면서?"

"그래도 하고 싶어."

그는 뚫어져라 영우를 바라보며 천천히 말했다. 눈에 모닥불이라도 피운 것처럼 뜨거웠다. 다리미를 댄 듯 얼굴이 아릿아릿해졌다. 툭 건드리면 와르르 무너질 것 같은 느낌에 가슴에 팔짱을 끼고 도사렸다.

"그만둬."

"형을 안고 싶어."

의외로 애처로운 목소리였다.

새벽이 지나 아침이 오고 있었다. 차들이 다니기 시작했고, 간선도로 변엔 출근하는 인파가 점점 불어났다. 사람들을 거슬러 그들은 신촌 뒷골목 쪽으로 들어갔다. 모텔의 네온사인이 빛을 잃고 있었다. 갑자기 김환이 장난기 가득한 목소리로 영우의 귀에 속살거렸다.

"너네들은 이제부터 일하러 가니? 우리는 자러 가는데?"

영우는 웃기 시작했다. 카운터에서 키를 받아 방으로 들어갈 때까지 웃음은 멎지 않았다. 무안해서 더욱 그랬다. 김환은 여관잠이 익숙한 모양 어느 틈엔지 캔커피 두 개를 가져왔다.

"난 이게 없으면 이상하더라."

캔커피가 테이블에 탁 하고 놓이자 영우는 자기도 모르게 몸을 움찔했다.

가슴이 뻐근해졌다. 벌써 몸이 뜨거워져 있는 듯했다. 누가 먼저랄 것도 없이 서둘러 옷을 벗고 침대로 들어갔다. 그가 성급하게 입을 맞추면서 영우의 몸 위로 올라왔다. 급류에 휩쓸리듯 정신이 아득해졌다. 그는 서두르지 않고 차근차근 가슴을 쓸며 입술을 목에서 귀로 옮겨 다니며 정성스럽게 키스를 했다. 곧 그는 강렬하고 압도적인 느낌으로 아래로 파고들었다. 그들은 더욱 달아올랐고, 엎치락뒤치락하며 서로에게 가닿으려고 애를 썼다. 한순간 두 사람의 몸이 달콤한 냄새를 뿜기 시작했다. 그리고 굳어버린 한순간. 영원처럼 짧은 한순간이 지나가고 나른한 물결이 몸을 어루만지며 천천히 빠져나갔다.

그들은 떨어져 누워 말없이 커피를 마시고 담배를 피웠다. 달콤했다. 밖에서는 모서리가 무뎌진 둔탁한 소음이 들려왔다. 그 위에 덧입혀진 웅웅거리는 소음. 청소부가 아침 청소를 하려고 카트를 밀고 다니는 것일 터였다. 딸깍하고 문이 열리는 소리. 이어 진공청소기 소리. 그 진동인지 커튼을 뚫고 들어온 오전의 햇살이 가물가물 흔들렸다. 다디단 피로감이 따스하게 데워진 여름 바다의 물결처럼 서서히 몸을 간지럽혔다.

이대로 잠들면 안 되는데. 일어나 가야 할 텐데. 약속이 있어.

영우는 감기는 눈꺼풀에 저항했다.

갑자기 문이 우당탕 여닫히는 소리. 투덜거림.

이 소리는 뭐지? 참, 그보다 생리 날짜가 언제였더라.

화들짝 놀라 상체를 일으켰다.

"큰일 났어."

영우는 당황해서 큰 소리를 냈다. 김환도 따라 몸을 일으켰다.

"으응?"

"생각을 못 했어. 위험한 시긴데."

갑자기 영우는 안절부절못했다. 그가 고개를 끄덕이며 도로 누웠다. 침묵이 흘렀다. 갑자기 그가 입을 열었다.

"그냥, 생각났는데…… 여자들은 아기 젖 먹이면서, 섹스할 때보다 더 깊은 쾌감을 맛보게 된다던데? 남자가 이렇게 젖가슴을 애무하더라도 아기들이 엄마 젖을 빨 때 느끼는 오르가슴은 못 당한대."

김환이 영우의 젖가슴에 얼굴을 묻고 키스했다.

"그만둬."

영우는 짜증이 나서 그를 밀쳤다. 그가 웃음기 가신 얼굴로 물었다.

"애가 생기면 형은 어쩔 건데?"

그의 눈이 갑자기 불을 켠 간판처럼 반짝거렸다. 영우는 임신이란 단어를 생각은 했으나 상상이 되지 않았다. 가임기간인 것은

60

분명했으나, 그렇다고 그 일이 자신에게 일어날 수 있다고 실감하기는 어려웠다. 한참을 끙끙거리며 한숨을 내쉬었다.

"지워야…… 하겠지?"

"왜 낳으면 안 되는데?"

김환이 눈길을 맞추고 빤히 쳐다보면서 물었다.

"말이 되는 소리를 해. 결혼할 사이도 아닌데."

"왜 결혼하면 안 되는데?"

"제발, 그 뭐뭐 하면 왜 안 되는데? 하는 식의 말은 집어치워."

영우는 성마르게 소리를 빽 지르고 돌아누웠다. 심장이 밑에 깔려 거칠게 두근거리는 박동이 귀까지 울려왔다. 김환은 더 이상 말하지 않았다. 조금 뒤 몸을 일으켜보니 김환은 울고 있었다. 설마 싶어서 제대로 몸을 일으켜 들여다보았다. 그렁그렁 괸 눈물이 눈초리에서 똑바로 흘러내려 귓속으로 들어가고 있었다.

"왜 그래?"

영우가 누그러진 어조로 물었다.

"옛날 생각이 나서. ……내가 읽어준 「고무공」이라는 시, 생각나? ……옛, 옛, 옛사랑이었다/거치른 여자의 숨결의 기억 빗속으로 돌다리/떠내려오는 뜀뛰는 작은 고무공. 예전에 사귀던 여자가 애를 지우고 결혼을 해버렸지. 임신 4개월이었는데……."

"넌 어떡했는데?"

"옛날 일이야. 내가 방위로 동사무소에서 근무하고 있을 때였어. 하루는 그 여자가 불쑥 찾아와 그러는 거야. 애는 지워버릴 거고, 곧 결혼한다고. 그때 나는 그 여자가 임신했다는 걸 알고 얼마나 가슴이 설렜는지 몰라. 그런데 어떻게…… 그럴 줄은 정말 몰랐어. 그 여자가 그러더군. 제발 자기 결혼식에 오지는 말아달라고. 나도 아는 남자라고. 선배였어. 날 보면 견딜 수 없을 거라고. 나는 애원했어. 조금만 기다려달라고. 얼마나 애원했는지 몰라. 그런데도 그 여잔 떠나버렸지."

갑자기 그가 몸을 굴려 베개에 얼굴을 묻고 어깨를 들썩거렸다. 조금 뒤 다시 똑바로 누웠으나 계속 눈물이 나는지 또 엎드려 얼굴을 묻었다. 영우는 잠자코 지켜보기만 했다. 그러다 내처 그는 잠이 들었다.

점심 약속에 늦지 않으려고 영우는 서둘러 샤워를 하고 옷을 입었다. 마음은 바빴으나 눈길은 자꾸 미적미적 침대로 쏠렸다. 김환을 시트를 몸에 둘둘 감고 땀을 흘리며 자고 있었다. 투정 부리다 지쳐 잠든 아이처럼 눈가에는 눈물이 말라붙어 있었다.

여지껏 영우는 밝은 빛 속에서 벌거벗은 남자의 몸을 똑바로 본 적이 없었다. 그럴 정도로 오랜 시간을 함께 보낸 남자가 없었다. 옷을 다 벗기도 전에 불부터 끄고, 어둠 속에서 성급하게 서로의 몸을 탐하다가 그러안고 헐떡이다 보면 끝이 난다. 그리고 해가 뜨기도 전에 서둘러 일어나 뒤도 돌아보지 않고 헤어진다. 대개가 그랬다. 마치 샤워할 때 거울에 비친 자신의 몸을 보지 않으려고 딴전을 피우는 것과 비슷했다. 허구가 아닌 실제의 알몸이란 영우에겐 내 것 남의 것 할 것 없이 어색하고 쑥스럽기만 했다. 더구나 남자의 벗은 몸이라니. 낯설었다. 그런데 이렇게 화사한 햇살 속에서 남자의 알몸을 들여다보면서도 아무렇지도 않다는 게 신기했다. 햇빛에 드러난 낱낱의 땀구멍이며 털 오라기 하나까지도 자연스러웠다. 영우는 땀구멍 하나하나까지 구분될 정도로 가까이에서 김환을 들여다보았다. 땀구멍이 거칠고 큰 까닭은 여드름이 났던 흔적이 다 지워지지 않아서일 것이다. 갑자기 그가 어린아이처럼 보였다. 갑자기 그가 몸을 움찔거렸다. 말라붙었던 눈가에 다시 눈물 한 방울이 흘러내렸다.

영우는 손을 뻗었다가 거두고 방을 나섰다.

며칠을 고민한 끝에 영우는 경택에게 김환과의 관계를 솔직히 털어놓기로 했다.

이야기를 듣는 동안 경택의 표정은 변화가 심했다. 일그러졌다가 곧 낄낄거리며 웃기 시작했고, 그러다 심드렁한 태도로 별로 듣고 싶은 이야기는 아닌데 하는 반응을 보여주었다. 이야기를 마치고 영우는 입술을 잘근잘근 씹으며 머뭇거렸다.

"나, 김환하고 결혼할까 봐."

"쓸데없는 짓 그만둬."

일 초도 걸리지 않고 튀어나온 대답이었다.

"왜?"

"그럴 주제가 못 되는 애라는 거 알잖아."

경택은 표정을 풀며 입을 삐죽거렸다.

"하지만 같이 놀면 재미있는걸."

"그래, 같이 놀면 재미있지. 어떤 여자나 다 그럴 거야. 하지만 생활이라는 면에서 보면 완전 빵점이야. 너도 인정하지? 결혼은 말야. 두 사람이 같이 놀려고 하는 게 아니고 생활하려고 하는 거야. 신중하게 생각하고 해야 돼. 그렇기 때문에 걔가 여자친구들에게 자꾸 차이는 거잖아. 너도 그 여자애들처럼 하면 돼. 그냥 같이 놀아. 그러면 되잖아."

"그건 페어하지 못하잖아?"

발끈했다. 경택이 눈을 가늘게 뜨며 영우를 비웃었다.

"페어? 누가 올림픽 나가 경기하나?"

"정말 짜증이야."

영우는 자신의 기분을 솔직하게 표현하기가 어려웠다. 김환과 노는 게 재미있다는 거 이상의 표현이 필요할까? 이젠 노는 일을 넘어서 섹스조차 얼이 빠질 정도로 재미있다고?

며칠이 지났지만 여전히 영우의 눈앞에는 울다가 잠든 그날 아침 김환의 모습이 어른거리고 있었고, 그녀의 목덜미며 가슴에는 그의 손이나 입술이 닿았던 흔적이 마비된 듯한 달콤함으로 남아 있었다.

영우는 침만 삼키다가 어쩔 수 없이 같은 말을 되풀이했다.

"공정하지 못한 짓이야. 내가 그러기는 싫다고."

"잠시 진정하고 내 말을 들어봐. 남녀관계에선 말야, 공정, 불공정 같은 건 없는 거야. 내 충고를 듣고 싶어서 이야기를 시작한 거잖아. 내 말 들어. 긴말은 안 할게. 같이 노는 거야 마음대로 해. 하지만 결혼은 아냐."

"그건 잘못하는 거 같아. 같이 놀면 재미있으니까 여자들이 그 사람하고 같이 놀아. 그렇게 같이 놀다가 결혼은 딴사람하고 해. 그럼 걔는 누구하고 결혼해야 하지?"

"그걸 왜 네가 걱정해?"

경택은 더 이상 말할 가치도 없다는 듯 냉정하게 돌아서버렸다.

반발심인지 그 후 더 김환에게 애가 쓰였고 애처로웠다. 영우는 끙끙 앓으며 고민했다.

그러다 마음을 정하고 돌연히 김환에게 말했다.

"나, 너랑 결혼하기로 결심했어."

밤에 전화로 잡담을 하던 중이었다. 갑자기 침묵이 찾아왔다. 전화선 저편에 핵폭탄이라도 터진 것 같았다. 모든 것이 파괴되어 미동조차 없어진 핵겨울의 정적. 점차 영우도 얼어붙었다. 감히 입을 열지 못하고 같이 침묵을 지켰다. 육중한 침묵의 무게가 버거워졌다. 영우는 수화기를 귀에서 떼어 한참을 들여다보았다. 이윽고 전화가 끊어진 게 아니라는 것을 암시하는 듯한 옅은 한숨 소리가 들려왔다.

참다못해 영우가 먼저 입을 열었다.

"너, 결혼하기 싫구나?"

멈칫하더니 무뚝뚝한 목소리가 났다.

"응. 싫어졌어."

루소의 빨강 소파

그해 장마는 길었다. 습기 때문에 베란다에서 키우는 화분의 식물들이 유난히 번성했다.

해가 바뀔 무렵, 영우는 앞으로 붓 한 자루로 먹고살 결심을 하고 직장을 그만두었는데, 불안한 마음을 달래느라 아파트를 샀다. 그때 옛 직장 동료들이 집들이 선물로 커다란 화분을 선물해주었었다. 불그스름한 초록 이파리 사이에 콩알만 한 열매가 조롱조롱 달린 남천나무. 눈이 시리도록 빨간 빛깔이었다.

얼떨결에 나무가 생기자 자꾸만 그리로 신경이 갔다. 처음엔 화분을 거실 텔레비전 옆에 놓았는데 전자파가 생물에게 해롭다는 뉴스를 보곤 책상 옆으로 옮겼고, 곧 담배 연기가 걱정되어 베란다로 다시 옮겨놓았다. 하지만 남쪽 지방에서만 자라는 나무여서 추울까 봐 걱정이었다. 게다가 물은 얼마만큼 자주 줘야 하는지 몰랐다. 매일? 사흘? 일주일에 한 번? 결국 아파트 상가의 꽃집으로 찾아갔다.

"정말로 화분 같은 건 키워본 적이 없어요?"

생머리에 예쁜 에이프런을 두른 꽃집 아가씨는 믿을 수 없다는 듯 물었다. 그러고 보면 영우는 생명 있는 것을 책임지고 돌본 경험이 없었다. 강낭콩이나 나팔꽃 씨앗을 심어 싹트기를 관찰하는 실습은 물론, 초등학생이라면 으레 한 번씩 해보는 올챙이나 금붕어 키우기도, 개나 고양이라면 더욱이 말할 것도 없었다. 늘 걸레를 들고 종종걸음 치는 어머니의 영향이었으리라. 허나 이제는 독립해 혼자만의 공간이 생겼다. 영우는 화분을 하나둘씩 들여놓기 시작했는데, 어느새 베란다는 화분들로 꽉 차서 발 디딜 틈이 없어졌다.

장마가 계속되면서 베란다의 식물들은 마구 벋어갔다. 키가 큰 벤자민 고무나무는 순식간에 가로수만큼이나 자라 천장에 닿은 뒤 고개를 숙이게 되었고, 행운목, 야자, 팔손이나무 같은 것은 수시로 새잎을 틔워 울창하게 시야를 가렸다. 골칫거리는 키 작은 식물들이었다. 특히 넝쿨식물들의 생명력은 놀라웠다. 햇볕을 쬐지 못하는데도 성장을 멈추지 않았다. 지구가 멸망한다 해도 습기가 있다면 영원히 벋어나갈 기세였다. 조금만 소홀해도 넝쿨손들은 마구 뻗어 다른 식물들을 칭칭 휘감고 옥죄었다. 장마철의 우중충한 회색 하늘을 배경으로 식물들이 쑥대밭처럼 뒤엉켜 자라고 있는 광경을 보고 있으려면, 이 아파트가 서울이라는 현대적인 도시가 아닌, 열대의 정글에 있는 것 같은 착각이 들었다.

여름 내내 영우는 정글의 파충류처럼 배를 바닥에 대고 납작 엎드린 채 지냈다. 갑갑하고 숨이 막혔으나 그렇다고 감히 밖으로 나갈 엄두가 나지 않았다. 집 밖에 나섰다 하면 꼭 얼간이 같은 짓을 저지르기 때문이었다. 자기도 모르는 사이에 발길은 신촌을 향했고 김환과 함께 다닌 카페며 술집을 순례하거나 죽치기 일쑤였으며, 때로는 모임방 창문이 보이는 커피숍에 앉아 시간을 보내곤 했다.

"앞으로 우리 절대 만나지 말자."

영우가 그렇게 못을 박자 김환은 물끄러미 쳐다보았다. 유리구슬처럼 단단하고 깊이가 없는 눈. 도무지 납득할 수 없다는 시능이었다. 부루퉁하니 내밀어진 입술 때문에 토라진 아이처럼 심술궂어 보였다. 어이가 없었다. 화내고 펄펄 뛰어야 할 사람은 오히려 자신이라고 속으로 불끈거렸으나 영우는 내색하지 못했다. 소란을 떨지 않고 조용히 마무리하는 것. 그 정도가 영우가 내세울 수 있는 자존심의 최대한이었다.

"왜 같이 놀면 안 되는데?"

정말 몰라서 묻는 것인지 순진한 척하는 것인지. 영우는 그에 대해 바보처럼 해명하려 드는 자신을 깨닫고 입술을 깨물었다. 이성적으로만 따진다면 안 될 이유는 없을 것 같기도 했다. 어느새 영우의 머릿속은 하얗게 바래어 느낌이나 생각을 정리할 수 없는 어리버리한 상태였다. 남은 것은 은박지처럼 얄팍하게 펴져 파닥거리는 신경뿐, 내면에서는 끊임없는 비명 소리만 들렸다.

"제발, 화 그만 내. 같이 노는 거 즐거웠잖아?"

김환이 구슬프게 말했다.

"아냐. 그러면 안 돼. 앞으로는 안 만날 거야."

그렇게 자르고 돌아서면서도 영우는 자신의 결심이 미덥지 않았다. 만약 그의 얼굴을 다시 본다면, 아니 목소리만 들어도 무너질지도 모른다. 불안했다. 이럴 때는 차라리 지리적으로 먼 거리에 있다면 단념하는 데 힘이 덜 들 것 같았다.

경택과 만나면서 김환과는 전혀 마주치지 않는다는 게 어려웠다. 게다가 그런 사정을 남에게 눈치채이지 말아야 할 입장이어서 더 곤란했다. 얼핏 김환의 축 처진 모습을 스치게 되면 만나지 않겠다고 한 건 실수였다고 취소하고 싶은 충동이 일어 영우의 얼굴은 창백해졌고, 남몰래 부들부들 떨기까지 했다. 영우는 경택에게 결혼할까 털어놓은 후로 더 이상 말하지 않았는데, 경택 역시 더 알려고 하지 않았다. 시간은 그냥 그렇게 흘러갔다. 아무 일도 없었던 것처럼. 영우는 다짐하고 다짐했다. 욕망이 얼마나 크든, 그것이 어떤 식으로 자신을 압도해오든, 힘을 다해 자신을 진정시킬 것이고, 그럭저럭 시간이 흘러가면 괜찮아질 것이라고.

고스톱 열풍은 점점 더 심해졌다. 차츰 모임방을 벗어나서도 화투를 치게 되었고 갖은 핑계를 대어 아무 데서나 판을 벌였다. 그러다 나중엔 영우의 집도 넘보았다. 난데없이 집들이를 해야 한다고 야단법석을 떨기 시작한 것도 그 연장이었다.

"이사 온 지가 언젠데 이제 와서 난리야?"

"이런 말도 몰라? 아무리 늦었어도 안 하는 것보다는 하는 게 낫다. 고3 때 영어참고서에 나오는 말인데."

"알았어. 딱 하룻밤."

영우는 김환이 눈치 빠르게 집들이 일행에서 빠져주었으면 하고 바랐으나 감히 내색하지는 못했다. 대놓고 그런 요구를 하기엔 자존심이 상했고 무엇보다도 누가 눈치채는 건 바라지 않았다.

집들이하는 날, 김환은 당연하다는 듯 나타났다. 영우는 부글부글 끓는 속내를 감추고 중국요리를 몇 가지 주문하고, 준비해둔 과일과 음료수를 내놓는 것으로 주인으로서 할 일을 다했다고 간주하기로 했다.

식사를 마치기가 무섭게 화투판이 벌어졌다. 영우는 옆에서 구경이나 하다 늦어지면 슬그머니 방에 들어갈 속셈이었다. 그리고 아침에 일어나 잘 가라고 인사하면 되겠지. 거리에서 차 번호판만 봐도 상상 속에서 패를 맞춰보는 치들이니 누가 있든 없든 눈치채지 못할 터였다.

그러나 그의 존재가 부대껴 무리에서 살짝 빠져 방으로 가게 되지 않았다. 공연히 주변을 맴돌며 빈 그릇을 치우거나 하다 와인잔을 깨뜨리고 말았다. 싱크대 아래 유리컵 떨어지는 소리는 떠들썩한 말소리에 묻혔다. 무심코 손을 내밀었다가 날카로운 통증에 움츠러들고 말았다. 핏방울이 뚝뚝 떨어졌다. 오른쪽 집게손가락에 유리 파편이 박혔다. 키친타월을 뜯어 손가락을 둘둘 감았다. 다시 타월을 잔뜩 끊어 물을 적셔서 유리 파편을 긁어모았다. 피는 자꾸 흘렀다. 바닥을 말끔히 치울 때까지 손가락을 감은 타월을 몇 번이나 갈았다. 밖으로 나왔다. 그녀에게 어딜 가느냐고 묻는 사람은 없었다.

약국으로 갔더니 약사는 응급실로 가는 게 좋겠다고 했다. 비 개인 파란 하늘엔 별 몇 개가 나와 있었고, 달은 반쯤 구름에 가려 있었다. 갑자기 시야가 부옇게 흐려지며 흔들렸다. 바보. 코웃음이 났다. 끈적끈적한 습기를 품은 밤바람이 목덜미를 쓰다듬었다. 자기도 모르게 뒷머리를 쓸어 올렸으나 잡히는 것이 없었다. 안 만난다고 한 다음 날 미용실로 달려가 머리채를 잘라버렸던 것이다.

'그래, 다시는 만나면 안 되지.'

졸린 눈의 인턴은 겸자로 유리 파편을 몇 개 찾아내더니 두 바늘을 꿰맸다.

"실은 그냥 녹을 테니까 딱지가 저절로 떨어질 때까지 건드리면 안 됩니다. 성급하게 딱지를 떼려고 하면 흉이 지니까 조심하세요."

'성급하면 안 되고……'

집에 돌아와보니 영우가 잠시 자리를 비운 걸 알아챈 사람은 없는 것 같았다.

다음 날 아침, 돌아가는 사람들 틈에서 김환은 오랜만에 돈을 땄다고 희희낙락하고 있었다.

청소를 시작했다. 청소기를 꺼내 먼지를 빨아들이고 젖은 걸레와 마른 걸레를 양손에 들고 바닥을 말끔히 닦았다. 세제에 든 락스 냄새가 집 안 가득 찼고, 그 때문에 시야가 뿌옇게 흐려질 정도로 두통이 일었다. 땀투성이였다. 고무장갑을 꼈으나 오른손에 힘을 줄 수 없다는 게 여간 불편하지 않았다. 굼뜨게 걸레질을 하다가 내팽개치고 벽에 등을 기댔다가 주르르 주저앉았다.

전화벨이 울렸다. 화들짝 놀랐다. 김환이었다.

"영우 형, 괜찮아?"

대뜸 물었다. 영우는 대답하지 못했다. 그렇다고 수화기를 내려놓지도 못했다. 잠깐 뜸을 들이더니 김환은 끈적거리는 목소리로 말을 이었다.

"손 다친 거 알아. 다른 사람들이 있어서 내색은 못 했지만."

아이처럼 눈물이 툭 떨어졌다. 화들짝 놀라며 눈가를 훔쳤다. 별거 아니니까 호들갑 떨지 말자고. 단지 같이 놀고 싶은데 못 놀게 돼서 안달하는 거니까, 오버하지 말고. 조금만 견디면 괜찮아져. 영우는 열렬하게 자신을 타일렀다.

"왜 아무 말도 안 해?"

얼어붙은 것처럼 수화기를 귀에 꼭 붙인 채 꼼짝도 하지 못했다.

"나 미워하는 거야?"

두 번째 눈물방울이 툭 떨어졌다. 영우! 너, 우스워. 피가 맺히도록 입술을 깨물었다.

"제발. 무슨 말이라도 해. 한마디만 해. 왜 우린 같이 놀면 안 되는데?"

타는 듯한 갈망이 가슴뼈를 반으로 접어 꾹꾹 밟았다. 몸이 떨리기 시작했다. 넝쿨식물들이 일제히 손을 뻗어와 목을 조르는 듯했다. 애가 탔고 숨 쉬기 어려워져 허덕거렸다. 한 손으로 가슴을 쓸어내리며 억지로 침을 삼켰다.

"그래, 말을 해. 응?"

"알잖아. 우린 만나면 안 돼."

떨림을 감추느라 한 음절씩 천천히 말했다.

"제발, 마음을 풀어. 응. 이리로 나올래? 아니. 내가 그리로 갈게."

"싫어. 망가지고 싶지 않아."

덜덜 떨면서 쥐어짜내듯 말하고는 황급히 전화를 끊었다. 머리를 부둥켜안고 주저앉아 있는데, 또다시 전화벨이 울리기 시작했다. 한참이나 전화기를 노려보다가 외출 버튼을 눌렀다.

숨이 막혔다. 심장이 오그라든 채로 거세게 두방망이질 쳤다. 밭은 심장박동은 끔찍한 사고의 전조처럼 퍼지더니 정수리를 꿰뚫었고, 영우는 자기도 모르게 신음 소리를 내뱉으며 바닥에 뻗어버렸다. 바닥에 등뼈를 똑바로 펴고 누운 다음 전신의 힘을 빼고 숨을 내쉬고 들이쉬었다. 한참을 그렇게 버티자 뻐근하게 오그라들었던 가슴뼈가 조금씩 펴졌고 통증도 가라앉았다. 등뼈가 바닥에 닿아 불편해졌다. 일어날 기운이 없어 모로 돌아누웠다.

바닥에 앉거나 눕는 일이 드물어선지 그 눈높이에서 본 아파트 안 풍경은 낯설었다. 더구나 무성하게 벋은 식물들로 시야가 가린 베란다를 보니 정글 속에 쓰러진 기분이었다.

일요화가 앙리 루소의 〈꿈〉이 떠올랐다.

화면 전체가 칙칙한 초록 정글로 채워지고, 오른쪽 하단엔 표범 한 마리가 숨어서 안경알처럼 크고 둥근 눈을 빛내며 호시탐탐 주변을 노리고 있다. 그리고 왼쪽 하단엔 빨강 소파가 있고, 그 위에는 벌거벗은 여인이 오달리스크 자세로 길게 누워 있다. 앙리 루소가 그 그림을 처음 그렸을 때 소파는 아주 강렬한 빨강이었다고 한다. 그런데 시간이 흐르면서 그 색만 홀로 빛이 바래 우중충한 갈색으로 변했고, 이젠 바위인지 의자인지 구별할 수 없을 정도로 흐릿해졌다. 영우는 평론가들의 해설과 달리 앙리 루소의 빨강 물감 조제방법이 서툴렀던 것이 아니라, 주변에 있는 초록 정글이 빨강의 생명력을 모조리 빨아들여 빈껍데기만 남겼다는 인상을 받았었다.

누워서 꼼짝도 하지 않은 채로 몽롱하게 오후가 흘러갔다. 전화벨은 간헐적으로 울렸다. 벨이 세 번 울리고 나면 쑥스러움으로 상기된 자신의 목소리가 흘러나와 집 안을 둥둥 떠다녔다.

"지금은 외출 중입니다. 용건이 계시면 삐 소리가 난 다음 메시지를 남겨주세요."

귀청을 찢는 삐 소리. 그러고는 침묵. 물귀신처럼 상대도 심연으로 끌어들이는 침묵. 그러고는 뚜뚜거리는 기계음이 들리고. 가슴을 쥐어뜯는 공허. 조금 있으면 다시 벨이 울리고 똑같은 소리들이 반복된다.

영우는 바닥에 누운 채로 응답기에 붙은 외출 램프의 깜빡거림을 뚫어져라 쳐다보고 있었다.

이처럼 성마르게 자꾸 반복되는 그의 전화를 받은 적도 있었다. 언젠가는 집에 가는 길이라면서 몇 번씩 전화를 걸어왔는데, 길에서 눈에 띄는 공중전화라면 모조리 다 동전을 먹이기로 작정한 것 같았다.

여긴 종로야, 전철을 타려고 해.

여긴 신촌인데, 버스를 타려고 지하도를 건너왔거든.

영우는 웃으며 불평했었다.

알았어, 알았어. 알았으니까 그만 집에 가기나 해.

지금 수화기를 들어 그와 통화한다면 무슨 말을 나누게 될까? 똑같은 질문,

왜 우린 같이 놀면 안 되는 거야?

어린애 칭얼거리는 것처럼 콧소리가 섞여 당혹해하는 음성. 그의 그런 질문을 자꾸 듣다 보면 심장에 구멍이 뚫리고 말겠지. 바보처럼 호응하고 싶어져 부들부들 몸을 떨면서, 식은땀을 줄줄 흘리며 어쩔 줄 몰라 하겠지. 더운 여름날 차가운 주스컵에 물기가 줄줄 흘러내리는 것 같은 꼴사나운 모습으로 결국 대답하고 말 것이다. 그래, 같이 놀아서 안 될 이유는 없겠지. 그렇게 될 수는 없지. 영우는 이를 악물었다.

깜빡거리는 램프의 빨간 불빛이 점점 두드러졌다. 아파트 안의 어둠은 빨간 점 하나로 응결되었다. 황혼도 없이 밤이 찾아왔다. 영우는 램프의 불빛을 외면하느라 돌아누웠다. 바닥에서 축축한 냉기가 올라왔다. 진저리가 쳐졌으나 일어날 기운조차 없었다.

어두워지자 비는 본격적으로 퍼부었고 천둥과 번개가 잇달아 찾아왔다. 번개는 아파트 위 하늘 저 멀리에서 사선으로 길게 뻗어나가며 번쩍거렸고, 조금 뒤엔 천둥이 우르르 꽝꽝 세상을 뒤흔들었다. 영우는 누운 채로 흠칫흠칫 떨었다. 번개가 치면 아파트

안은 섬광을 터뜨린 것처럼 확 밝아졌다가 어두워졌다. 정글의 맹수들. 영우는 자기도 모르게 두 손으로 심장 부근을 눌렀다. 번개가 여기로 떨어진다면. 한 사람에 대한 욕망이 자존심까지도 무너뜨릴 정도로 맹렬하다는 것이 미치게 속상하면서도 달콤했다.

하나, 두울…… 번개 친 다음 천둥소리가 들릴 때까지 숫자를 세고 있는데, 또다시 전화벨이 울렸다. 불에 덴 것처럼 화들짝 몸을 일으켰고, 반사적으로 수화기를 집어 들었다.

"나야, 다시 왔어. 아파트 정문. 비가 엄청나게 오고 있네. 전화박스째로 떠내려가는 거 같아."

김환은 말꼬리를 길게 끌며 고함치듯이 말했다. 말소리 뒤로 얼얼할 정도로 크게 울리는 빗소리가 있었다.

"다시 비가 퍼붓기 시작하는데 여태까지 집에 안 가고 뭐 했어? 우산도 안 가져왔잖아?"

"그냥. 거리를 마구 돌아다녔어. 마음이 아파. 너무 아파서 견딜 수가 없어. 어딜 가도 낯설기만 해. 마치 모르는 세상에 혼자 내던져진 것처럼. 정말 나를 미워하는 거야?"

또다시 번개가 번쩍거렸고, 베란다를 점령한 무시무시한 정글이 드러났다. 영우는 심호흡을 하며 입술을 핥았다.

"일단 들어와."

천둥이 와르르 울렸다. 아주 가까운 곳에 벼락이 떨어진 모양이었다.

사랑의 모든 것

뜨겁고 황홀했던 여름이 가고 결실의 계절이라는 샛노란 가을이었다. 영우는 가을이 깊어질수록 점점 더 깊이 우울의 늪으로 빠졌다. 손가락 사이로 모래가 새듯 알맹이가 스르르 빠져나가고 건조한 껍데기만 남는 듯했다. 때로는 무거운 발을 질질 끌며 걸어가는 기분에 젖기도 했다.

"이건 부록이야. 차라리 없는 게 나았을."

잠결에 영우는 그렇게 떠들다가 자기 소리에 놀라 깨었다.

"부록? 어떤 부록? 무슨 꿈을 꿨지?"

상체만 일으킨 채로 영우는 간밤의 꿈이 현실에서도 존재하는 양 사방을 두리번거렸다.

늦은 아침이었다. 창문으로 햇살이 길게 들이치고 있었다. 짙은 금빛 햇살은 여기저기 동전 같은 빛우물을 만들며 아롱거렸다. 눈부셨다. 알람 겸 라디오에선 출근길 정체가 풀렸다는 교통정보며 오늘도 구름 한 점 없는 청명한 가을날이 될 것이고, 올해의 단풍은 어느 해보다도 짙고 선명할 것이라고 떠들고 있었다.

지리산 단풍은 어떨까? 거기도 붉게 물들기 시작했을까? 아니, 산이 높으니까 이미 단풍은 절정에 이르렀을지도 몰라.

사흘 전 김환은 지리산으로 등반을 갔다. 영우에게는 같이 가자고 권하지 않았다. 영우도 무슨 일로 가는지, 누구와 같이 가는지, 자신도 같이 가고 싶다든지 하는 말은 하지 않았다. 이즈음 들어 그는 영우가 뭘 알려고 하면 표정부터 일그러졌는데, 그 때문에 눈치를 살피며 머뭇거리다 말을 삼켜버리는 경우가 많아졌다.

김환은 달라지고 있었다. 딱 꼬집어서 말하기 어려울 정도로 미세한 변화이긴 하지만 달라진 건 확실했다. 얼핏 행동이나 말은 예전이나 다름없는 듯했으나 순간순간 밀려드는 자잘한 뉘앙스들이 면도날처럼 영우의 신경을 살짝 베곤 했다. 베였다고 할 수 없는 미세한 상처는 뒤돌아볼 때에만 피를 흘렸다.

전화벨이 울렸다. 서지연이었다. 그녀는 솔직한 어조로 요즘 힘들어서 누구랑 이야기를 나누고 싶은데, 언니네 집에 놀러가도 되겠느냐고 물었다. 언니? 그 단어에 얼떨떨해졌으나 승낙하고 전화를 끊었다.

언니라는 호칭은 언제나 낯설었다. 주변에 동문 후배가 없는 탓인지, 나이가 밑인 사람이 영우를 언니나 형이라고 부르는 경우가 드물었다. 선배나 선생 등의 호칭을 자주 들었다. 지난봄, 처음으로 김환이 영우 형이라는 말을 썼을 때, 달콤하면서도 어색해서 몸이 오그라들었었다. 물론 요즘도 김환이 영우를 부르는 호칭은 그대로였다. 그러나 뉘앙스는 달라졌다. 귀를 애무하는 듯했던 달콤함은 사라지고 남은 건 연상이라는 씁쓸함이었다.

영우는 쓸쓸하던 참이어서 서지연을 반갑게 맞았다. 점심을 먹고 오래 놀다 가라고 붙잡기까지 했다. 그리고 억울하다고 통곡했던 지난봄 일을 상기시키며 그 사연이 내내 궁금했었다고도 말했다.

78

"여자라서 억울해요."

한창 유행인 냉장고 광고문구를 변형시켜 대답하더니 서지연은 아이처럼 숨이 넘어가도록 까르르 웃었다.

"단순히 여자라는 이유로? 나는 그때 지연 씨가 무지하게 열 받는 일이 있는데 꾹 참고 있다고 짐작했는데."

"그 일이 바로 내가 여자라는 이유 때문에 생긴 거니까. 그래서 난 내가 여자라는 사실이 늘 억울해. 억울했었고, 지금도 억울해. 언제나."

서지연은 딱 부러지게 단언했다.

"이혼이란 걸 겪어보니까 더 확실해지던데. 여자라는 건 이 사회 맨 밑바닥에 있는 천민계급이라는 사실. 남녀 두 사람만 진공 속에서 산다면 아무 문제도 없을까? 주변에서 참견만 안 해도 좀 나을까. 암튼 우리나란 남을 가만두지 못하는 사회잖아. 거의 재앙에 가까운 수준으로 남의 일에 참견하는 걸 당연하게 여기고 있고. 이런 말 들어봤어? 부부의 침대에는 두 사람이 눕는 게 아니라 여섯 사람이 눕게 된다고. 남편, 아내, 남자의 부모, 여자의 부모. 이렇게. 그처럼 주변에서는 남자에게는 아무것도 아닌 일을 여자에게는 큰일이라고 이중 잣대를 들이대면서 참견을 해. 세상이 다 그래. 배웠건 못 배웠건, 있건 없건. 정말 억울해."

"다 그렇지는 않겠지."

"언닌 결혼생활을 안 해봐서 그러지. 어딜 가도 그래. 기성세대만 그런 게 아니라 제대로 교육을 받았다는 우리 세대도 마찬가지야. 내면에는 유전자처럼 새겨진 이중 잣대가 있어. 내 동창들만 해도 그래. 진보적이다 못해 래디컬한 남자들조차도 사생활로 들어가면 지극히 보수적으로 돌변해. 하는 말이야 번드르르하지. 여자도 여자이기 이전에 인간이요, 동등한 동지라는 둥. 전통적인 부부가 아니라 동지적인 진정한 결합이 필요하다는 둥, 그렇게 떠들다가도 실제 사생활로 들어가면 부르주아적인 여성을 원해. 조신하고 여자답고 내숭 잘 떠는 소위 전통적인 여성. 실생활의 잣대는 그토록 무너뜨리고 싶어하는 부르주아적 가치에 투항해 있는 거야. 그러면서도 갈등을 느끼지도 않아."

열을 올려 팔까지 흔드는 서지연의 손에서 묵주반지가 반짝 빛났다. 영우의 시선을 깨닫고 서지연이 말했다.

"이거? 나 실은 카톨릭이야. 대학 들어가기 전까지는 신실한 신자였어. 세례명도 있는걸. 요즘 다시 성당에 나가고 있어. 돌아온 탕자인 셈인가?"

"새삼 종교로 돌아갔다니까 생경하게 들려."

영우가 뻔한 소리를 했다.

"자꾸 흔들리니까 그럴지도. 요즘이 변혁기라고들 하던데 언니는 그거 믿어? 나는 요즘 들어 마음 자세가 자꾸 달라지는 느낌이 와. 신기하지? 나도 모르게 기도를 하고 있는 나를 발견하기도 하고. 중얼중얼. 기도 같지도 않은 기도를 입안에서 외우고 있는 거야. 누가 그러는데 앞으로는 영성의 시대가 온대. 점성술에서도 2001년부터가 물병자리 시대라고 하잖아. 지금까지는 물고기자리 시대였고, 물고기자리 시대의 특징은 유물론이 지배하는 거래. 남성의 논리인 이성과 물질에 바탕을 둔 탐욕과 싸움, 전쟁이 횡행한다는 거지. 대신 물병자리 시대에는 영성적인 특징이 두드러진대. 여성의 특성이랄 수 있는 부드러움과 감성과 인간애 같은 것이 기초가 되는 시대. 언니는 별자리 점 같은 거 본 적 없어? 점성술도 꽤 흥미 있는 이야기를 많이 하는데. 점성술에 따르면 열두 개의 별자리가 한 바퀴 돌면 한 주기가 완성되는데, 이만 오천 팔백 년이래. 그러니까 한 별자리가 지배하는 기간은 이천백오십년. 지금이 변화기라는 거지. 정확하게 따지면 2001년. 그렇게 별자리가 바뀌는 경계선에 있을 때는 세상이 굉장히 시끄럽고 사건이 많이 일어난대. 모든 게 갈라지고 뒤집어지고……."

점성술이며 타로 카드로 점친 경험을 늘어놓는 서지연의 얼굴에 언뜻 공허한 기색이 스쳐갔다.

영우는 그런 화제를 가로막고 김환 쪽으로 화제를 바꾸고 싶었다. 같은 학교를 나왔으니 그를 잘 알 것이다. 그러나 그동안의 사연을 털어놓으면 얼간이 같다고 할까 봐 겁이 났다. 누구라도, 아니 이런 식의 관계를 알게 되면 자신이라도 바보 같다고 당장 때려치우라고 말할 것이다. 서지연이 보기보다 덜 솔직하고 더 예의 발라서 대놓고 그런 소리를 하지 않는다고 하더라도 말하기가 너무 창피했다.

벨이 울려 내다보니 놀랍게도 김환이 와 있었다. 막 산에서 오는 길이라고 했다. 얼굴은 새카맣게 탔고 꾀죄죄한 옷차림에 땀 냄새를 잔뜩 풍기며 서 있었다. 현관문을 열기가 무섭게 배낭을 마루에 내던지며 툴툴거렸다.

"우와, 정말 힘들었던 거 있지. 장난 아니었어. 빨치산들은 옛날에 그 험한 산길을 어떻게 돌아다녔는지 모르겠어. 존경스러워."

떠들다가 문득 서지연을 보고 말을 뚝 그쳤다. 놀란 기색이었다. 서지연 역시 의외라는 표정이었으나 곧 은근한 미소를 띠고 두 사람을 번갈아 쳐다보았다. 아무 말 하지 않았다. 영우도 가만히 서 있었다. 떨떠름한 침묵이 이어졌다. 김환은 현관에서 등을 굽힌 채 한참이나 등산화를 벗었다. 이윽고 서지연이 볼일이 있다며 서둘러 가버렸다.

"좀 전에 서울이라고 전화했을 때, 왜 지연이가 집에 와 있다고 말을 안 한 거야?"

김환이 화를 냈다. 영우는 물끄러미 쳐다보았다. 왠지 낯설었다.

"서지연이 와 있다고 하면 안 올 거였어? 두 사람 여기서 마주치는 거 난처하지?"

자기도 모르게 목소리가 날카로워졌다.

"난처할 거까지야……. 하지만 걔는 방송국이라고."

김환이 떨떠름하게 중얼거렸다.

"뭔 소리?"

"쟤가 아는 건 곧 세상에다 확성기 대놓고 방송하는 거나 다름없다는 소리야. 사방에다 떠벌리고 다닐걸."

"그런다고 무슨 문제가 있어? 너나 나나 공식적인 파트너가 있

82

는 것도 아닌데. 누가 알까 봐 걱정한다는 거 우습잖아? 아니면 나랑 사귀는 거 부끄러워?"

영우는 대범한 척 말하다가 다시 날을 세웠다.

"무슨 말을 그렇게 해?"

김환은 버럭 소리쳤다가 잠시 머뭇거리곤 조용히 덧붙였다.

"남들이 나에게 꼬리표 붙여놓고 이러쿵저러쿵 씹어대는 건 딱 질색이야."

그러고는 휙 욕실로 들어가버렸다.

저녁이 되면서 분위기는 더 칙칙해졌다. 뭐라고 짚어 말할 수는 없었으나 미진했다. 명치께에 체한 것처럼 정체 모를 뭔가가 그득 괴어 가슴이 답답했다. 저녁식사를 하고 빈둥거리다가 비디오를 빌리러 갔다.

상점 벽 가득 꽂힌 비디오를 두고 영우는 한참 고심했다. 감정선을 건드리지 않고 멍하니 시간을 보낼 수 있는 영화를 보고 싶었다. 그러니 달콤한 로맨틱 코미디도 안 되고, 액션은 너무 시끄러울 테고…… 김환이 테이프 등판을 죽 훑으며 돌아다니다 〈아비정전〉이란 영화를 발견하고 활짝 웃었다.

"와, 여기 이런 것도 다 있네. 이거 보자. 솔직히 나, 이 영화는 얼마든지 다시 봐도 좋을 거 같아. 이 영화 우리나라에 들어왔을 때 명보극장에서 개봉했는데, 그때 사람들이 입장료 물어내라고 창문을 깨부수고 난동을 부렸다는 거 아냐. 그 때문인지 며칠 못하고 간판을 내렸어."

그 영화에 나오는 대사인 '발 없는 새'니 '영원을 위한 한순간'
이니 하는 어구가 이즈음의 연애코드로 유행한다는 건 영우도 알
고 있었기에 내용을 짐작할 수 있었다. 다시 보는 건 나중에 하자
고 했으나 김환은 꼭 봐야겠다고 고집을 피웠다.

"그 소문, 네가 지어낸 거 아냐? 관객들이 정말 난동을 피웠다
고?"

"지어내다니. 당연한 반응 아냐? 장국영, 유덕화 같은 홍콩 무
협 영화로 유명한 배우들이 나온다니까 홍콩 무협영화 팬들은 당
연히 액션영화인 줄 알고 갔을 거니까. 그런데 막상 보니까 심각
한 사랑 영화니까 그런 관객들에겐 얼마나 지루했겠어. 나라도 소
동을 피웠을 거야."

"암튼 넌 과장이 심해서 절반도 못 믿겠어."

영화는 아비 역할을 맡은 장국영이 기차를 타고 열대의 정글로
한없이 빨려 들어가는 것으로 끝이 났다. 어긋난 사랑으로 상처
입는 사람들.

두 사람은 비디오테이프가 다 돌아가도록 말없이 앉아 있었다.
영우는 손가락만 꼼지락거려 뉴스가 나오는 방송으로 채널을 바
꾸었다. 김환이 수선스런 어조로 침묵을 깼다.

"영화 정말 죽이지 않아?"

"우리나라 50년대 문예영화 같은데?"

영우는 영화의 감성에 빠지지 않으려고 잔뜩 도사리고 앉아 빈
정거렸다.

"에이, 어디 가서 그런 말 좀 하지 마. 형 머릿속에 뭐가 든 사람인지 의심받겠다……. 하긴. 비디오로 봐서 화면이 제대로 살지 않아서 그럴지도 모르겠다. 저런 영화는 대형 스크린으로 제대로 봐야 맛이 날 거야."

어디까지나 그 영화를 만든 감독을 칭찬하면서 떠들고 싶은 눈치였으나 영우는 대꾸하지 않았다. 곧 그는 길게 하품을 하더니 졸립다면서 방으로 들어가버렸다.

거실에 혼자 남아 영우는 채널을 이리저리 돌려보았다. 관심을 끄는 방송이 없었다. 방금 스타일리시한 화면으로 눈을 호강시킨 탓인지 다른 방송 화면들은 죄다 칙칙하고 초라하여 눈길을 줄 만한 가치도 없는 것 같았다. 텔레비전을 껐다. 거실엔 빛이라곤 없었다. 어둠 속에서 무릎을 껴안고 웅크렸다. 등이 서늘했다. 사랑에 빠진 사람을 조금씩 녹슬게 만드는 외로움이라는 것.

소크라테스는 '파이드로스여, 사랑하는 자는 사랑받는 자보다 행복하니라'라고 말했던가? 그건 소크라테스가 논증하듯 둘 중 어느 존재가 신에 더 가까이 있느냐 하는 문제가 아닐 것이다. 그런 말을 내뱉을 수 있었던 건 사랑에 빠진 소크라테스의 눈앞에 아름다운 청년 파이드로스가 있어주었기 때문일 것이다. 그의 마음도 함께. 파이드로스의 마음이 소크라테스를 떠난 상태였다면 아무리 논증의 대가인 소크라테스라고 할지라도 차디찬 외로움으로 녹슬어갔으리라.

외로움의 독기가 점점 퍼져가 심장을 후벼 팠다. 가슴을 꼬챙이

로 쑤시는 것처럼 아팠다. 무슨 핑계라도 있으면 왕 하고 울음을
터뜨릴 것만 같았다. 멍하니 웅크리고 있다가 침실로 들어갔다.

　김환은 침대 옆 갓등을 켜놓은 채로 색색 콧소리까지 내면서 자
고 있었다. 오전의 햇볕을 받으며 잠든 그를 보고 아기 같다고 느
꼈던 것이 전생의 일인 양 아득했다. 한참을 지켜보다가 갓등을
끄고 그 옆에 들어가 누웠다. 그가 영우 쪽으로 돌아누우며 잠결
인 듯 웅얼거리며 몸을 더듬었다. 목덜미에 그의 숨결이 닿았다.
조금씩 진해졌다. 영우는 잠자코 있었다. 그의 손이 이리저리 돌
아다니다 잠이 깼는지 잠옷을 들치고 들어와 젖가슴을 애무하기
시작했다. 곧 그가 영우의 몸 안으로 파고들었다. 서로를 열렬하
게 탐내는 것이 아닌 그저 습관적인 메마른 행위. 오르내리는 그
의 정수리를 우울하게 지켜보았다. 어둠 속에서도 하얀 가르마가
섬광처럼 선명히 드러났다.

　둘이 오후 내내 시간 가는 줄 모르고 침대에서 뒹굴며 지낸 적
도 있었다. 저녁이 되어서야 정신을 차리고 떨어져 누웠다. 무심
코 라디오를 켰더니 그날이 말복이라는 방송멘트가 나왔다. 이번
여름으론 가장 더운 날이어서 기온이 36도까지 올라갔으며, 도로
의 아스팔트가 끈적하게 녹아버렸다고 호들갑을 떨었는데, 그 말
을 듣고 그들은 놀라 서로를 멀뚱히 쳐다보았고, 동시에 폭소를
터뜨리고 말았다. 둘이 엉켜 있으면서도 덥다는 생각조차 하지 못
했던 것이다. 선풍기조차 틀지 않았다. 어리둥절한 노릇이었다.

한참을 웃고 난 뒤에도 그들은 여전히 누워 있었다. 나른하게 늘어져 뒹굴거리며 라디오의 채널을 이리저리 돌렸다. 비틀즈 노래가 나오자 흥얼대면서 땀이 흥건한 서로의 알몸을 쓰다듬으며 또다시 웃음을 터뜨리고 말았다.

"우리, 정말 너무하는 거 아냐?"

동시에 그 말을 내뱉으며 또 웃었다. 영우가 일어나려고 하자 김환은 다리를 걸어서 넘어뜨렸다. 영우는 김환에게 덤벼들었고, 둘은 끈적거리는 몸을 또다시 부둥켜안고 뒹굴었다. 땀 냄새가 달콤하게 코를 간질였다. 웃음을 그칠 수가 없었다. 한참을 씨름하다가 부엌 창문으로 기어든 햇살이 더욱 짙어지고 아파트 네 귀퉁이가 컴컴해지자 김환이 갑자기 화들짝 몸을 일으켰다.

"아, 큰일 났다. 나, 약속 땜에 나가야 돼. 깜빡하고 있었어."

"꼭 가야 하는 약속이야?"

이번에는 영우가 붙잡았으나 김환은 샤워도 생략하고 서둘러 옷을 주워 입기 시작했다. 시간이 촉박하다고 했다. 그러다 김환은 같이 나가자고 했다. 부근 커피숍에서 조금만 기다려주면 얼른 볼일을 마칠 테니까 그러면 같이 저녁을 먹을 수 있다는 거였다. 영우는 웃느라고 대답을 하지 못했다. 바지를 입은 그의 아랫도리가 여전히 불룩한 것을 보고 있었기 때문이었다.

"샤워를 안 해서 땀 냄새를 풀풀 풍기지, 거시기도 불룩 나왔지. 그 사람은 분명히 뭘 하다 나왔는지 당장 냄새를 맡고 눈치챌 거야. 큰일 났는데."

김환이 아랫도리를 감추려고 애쓰면서 어쩔 줄 몰라 했다.

"에잇, 될 대로 되라. 모든 사람이 다 이경택 선수처럼 개코는 아니겠지. 괜찮을 거야. 어서 나갈 준비나 해."

돌연 김환이 영우의 손을 잡아당겨 거기에 갖다 대었다. 영우는 피하려고 실랑이를 하며 버둥거렸다. 그러느라고 또 시간이 낭비되었다.

밤이 되어 커피숍에 혼자 앉아 김환을 기다리는 동안 영우는 자신의 몸에 정사의 흔적이 강하게 남아 있는 걸 의식하고 있었다. 지나간 키스와 애무가 여전히 주변에서 떠돌고 있는 것처럼 살갗들은 군데군데 들떠 있고 달아올라 있었으며, 얼얼하니 마비된 느낌이었다. 따뜻한 욕조에 들어앉은 듯 나른했다. 영우는 내내 눈을 뜨고 있으면서도 마비된 듯한 감각에 취해 몽롱했다.

'여름이 끝나면서 끝냈어야 했어.'

영우는 잠들지 못하고 뒤척거렸다.

열에 들떠 서로를 탐닉했던 시간은 지나가버렸다. 이제는 김환을 빈정거리며 가볍게 취급하지 못하고, 생각나는 걸 거리낌 없이 다 말하지도 못하고 눈치를 보면서 머뭇거린다. 그 원인을 영우는 다시 만나기로 항복해버린 자신에게 있다고 생각했다. 주도권이 넘어가버린 것이다.

'먼저 사랑한다고 고백한 사람이 사랑의 패배자라는 말이 있지.'

예전에는 사랑하는 사이에서 누가 주도권을 쥐고 있는가라는 건 묻는 것 자체가 유치하다고 생각하던 때가 있었다. 사랑하는 사이에서 무슨 경쟁이냐고. 하지만 이제는 명백히 깨닫고 있었다. 서로 사랑하고 있는 중이라고 할지라도 관계의 주도권을 누가 쥐고 있느냐에 따라, 여자가 느낄 수 있는 행복감의 크기는 아주 다르다는 것을.

지난여름까지는 김환의 얼굴을 보기만 해도 웃음이 그치지 않았고, 섹스는 황홀한 놀이였다. 그러나 이젠 어떻게 해도 마음이 채워지지 않는 것이다. 만나도 즐겁지 않다거나 한 건 아닌데도 마음 한구석이 늘 허전했고 몰래 김환의 눈치를 살피게 되는 것은 어쩔 수가 없었다.

장국영이 연기한 아비처럼 사랑을 받지만 그 절반만큼도 돌려주지 않는 경우도 있게 마련이다. 잠시 마음 한 귀퉁이를 열었나 싶다가도 어느새 마음을 꽁꽁 닫아거는 사람. 결국은 상대에게 마음까지는 내주지 않는 사람. 그 사람의 파트너가 되면 목마름으로 고통받고 존재가 텅 빈 채로 외로움이라는 독기에 삭아가게 되는 것이다.

'하는 수 없어. 내 선택이니까 불평할 수는 없어. 계속 이렇게 지내다가 저울추가 고통 쪽으로 기울어지면 헤어지게 되겠지.'

거기까지 생각하자 눈앞에 까만 점 하나가 나타나 점점 번져가더니 캄캄하게 시야를 가렸다. 영우는 자기도 모르게 눈물을 흘렸다.

하루하루가 초조하게 흘러갔다. 영우는 날짜를 세고 있었다. 달력이 빨간 동그라미를 쳐둔 날짜에서 벌써 두 주가 그냥 지나갔다. 영우는 지옥에서 헤맸다. 영우의 생리주기는 30일이었다. 매달 같은 날짜에서 하루나 이틀 늦어지거나 빠른 정도의 변화만 있었다. 그런데 두 주씩이나 소식이 없다니. 있을 수 없는 일이었다. 변고가 생겼을까? 영우는 감히 임신이라는 단어로 생각하지 못했다. 머릿속에서도 그저 변고라는 말을 썼다. 심리적으로 동요가 심할 땐 생리가 늦어지거나 거르는 일도 있다는데, 바로 그런 경우가 아닐까? 아침마다 속옷을 검사했고, 몸 상태가 조금만 달라져도 그 기미를 놓치지 않고 붙잡아 근심 걱정을 쌓아 올렸다. 소소한 현상들, 입가가 살짝 부르튼다든지, 때론 소화가 잘 안 되는 것, 속이 더부룩하거나 변비가 심한 것. 그럴 때마다 변고의 조짐이 아닐까 가슴을 졸였다.

'그걸 꼭 변고라고 말해야겠어?'

어느 날 불쑥 자신을 윽박질렀으나 생각을 이을 수가 없었다. 임신을 생각하는 일조차 감당이 안 되었다.

병원에 가면 확실한 것을 알 수 있을 것이다. 용기가 나지 않았다. 다른 무엇보다 개구리 해부대 같은 산부인과 진료의자에 가랑이를 벌리고 누워야 한다는 것부터가 끔찍했다. 잠시 즐겼을 뿐인데, 임신이라니, 여자로서의 천형이라는 말을 몸으로 실감하는 것 같았다.

때때로 김환에게 터놓고 상의하고 싶어서 입이 근질거렸다. 그러나 확실치도 않은 일을 말했다가 괜히 수선 피운다고 오해받을까 주저되었다.

추웠다. 누군가 자신을 안아주고 다독거려주고 위로해주고 눈물을 닦아주었으면 싶었다. 어린 시절, 울음을 터뜨리면 어른들은 그녀를 추궁하기에 앞서 달래주었었다. 그런 것이 필요했다. 어린 시절처럼 자신을 있는 그대로 안아주고 받아줄 누군가가 간절했다.

매일 날짜를 꼽으면서 지내는 데 석 주가 지나자 생리가 시작되었다. 역시 변고는 일어나지 않았던 것이다. 혈흔을 발견한 저녁, 화장실에서 나오는데 걷잡을 수 없이 눈물이 쏟아지기 시작했다. 불도 켜지 않은 거실 구석에 쪼그리고 앉아 울었다. 그렇게 한참을 쏟아내어 눈물이 말라버리자 대충 얼굴을 정돈하고 집을 나섰다.

모임방에 들러보니 경택은 없었다. 누군가 열차집에서 술을 마시고 있을 거라고 말해주었다. 기찻길이 지나가는 둑 아래의 목로주점. 처마 높이가 영우의 목 언저리에 오는 야트막한 하꼬방으로 안주라곤 양념간장을 친 생선구이 한 가지에다 막걸리와 소주만 내는 초라한 술집이었다. 가보니 빈자리라곤 없이 사람들이 꽉 차 있었다. 경택을 발견하지 못했다. 거기서 나와 파카 지퍼를 목까지 올리곤 전철역까지 걸어오면서 익숙한 카페나 술집들을 들여다보고 나오곤 했다. 맵싸한 바람이 얼굴을 할퀴었다. 얼얼할 정도로 따가웠다. 목도리를 두르지 않은 목 언저리로 선득선득 냉기가 파고들었다. 하드록만 틀어주는 컴컴한 지하의 바에 들렀더니 거기서 죽치고 있던 사람 하나가 경택은 요즘 일하느라고 출판사

사무실에서 밤낮을 보내고 있는 정보를 주었다.

"많이 바쁜 모양이더라고요. 요즘은 나와서 어울리는 일도 드물어졌고."

그 출판사라면 영우도 위치를 알고 있었다. 일단 전화를 걸어보니 경택이 받았다.

"이리로 오려고? 그렇다면 김밥하고 컵라면 좀 사와. 배가 고파."

"캔맥주도?"

"아니. 술은 전연 끊었어."

"잠시겠지?"

영우가 깜짝 놀라 반문했다.

그동안 술 끊은 것도 모를 정도로 뜨악하게 지냈던가?

경택은 일층에 자리 잡은 출판사는 셔터가 내려져 있을 테지만, 그 옆 계단으로 통하는 철문은 밀어보면 열릴 거라고 자세히 설명해주었다. 이층으로 오면 되는데, 통로엔 불이 켜져 있지 않으니까 조심하라고 했다.

정말 그랬다. 이층으로 올라가보니 캄캄하고 텅텅 비었다. 유리로 칸을 질러놓았을 뿐 아무렇게도 쓰이지 않는 빈 공간들. 저편 구석 유리문은 불빛으로 물들었고, 다가가니 슬쩍 열린 틈새로 쐐기 모양의 불빛이 그어진 것이 보였다. 아주 커다란 공간이었는데, 집기라곤 군데군데 벗겨져 녹이 슨 철제 책상과 의자, 낡은 데스크탑 컴퓨터, 찢어져 내장처럼 솜이 삐져나온 비닐 소파가 전부

92

였다.

"이 건물, 사층은 주인이 살고 나머지는 다 사무실로 쓰게끔 지었는데, 완공했을 때부터 세가 안 나가서 비어 있는 거야. 아무리 도로변이긴 해도 주택가에 사무실이라니, 안 나가는 게 당연한 건데. 아무튼 내가 한 달만 쓰겠다고 했어."

집기는 어디서 주워온 모양이었다.

"왜 하필 여기야?"

"한갓지잖아. 모임방은 이젠 하우스처럼 됐고. 고스톱 귀신이 딱 들러붙어서 거기선 누구도 자유의지가 작동하지 못하게 되는 거 같아."

창 밑에 비닐로 만든 쪽 매트가 깔렸고 창턱에 켜놓은 촛불에선 샌들우드 향이 풍겼다. 들여다보니 초를 담은 알루미늄 캔에 블랙 포리스트라는 라벨이 붙어 있었다. 검은 숲? 갑자기 프로스트의 시, 「가지 않은 길」이 떠올랐다.

잠들기 전에 가야 할 몇 마일이 있다.

"이건 또 뭐야?"

영우는 내무반 검열 나온 상사처럼 서성거리며 꼬치꼬치 물었다.

"일하다가 머리가 굳은 것 같으면 명상도 하고 요가도 하지. 그러면 좀 유연해진달까. 몸에 활력도 돌아오는 것 같고. 신기하지?"

"몰랐네. 명상과 요가를 해?"

도무지 경택과는 어울리지 않는 조합 같았다. 경택은 웃기만 했다.

"누구는 종교로 되돌아가고, 누구는……. 이제 다들 대체할 만한 한 가지씩을 찾아내고 있는 거구나."

영우가 감탄했다. 혼자 뒤처져 퍼레이드가 멀어져가는 걸 지켜보는 기분이었다. 또다시 눈물이 찔끔거렸다. 황급히 일어섰다.

화장실에서 돌아오니 경택은 컵라면을 먹으려고 물을 끓이는 한편, 카세트덱에 체코의 작곡가 야나체크의 협주곡을 올려놓고 있었다. 불협화음 같은 현악기 소리들이 어우러져 세상 어디에도 적응하지 못하고 떠돌아다니는 보헤미안 특유의 멜로디를 들려주었다.

무한히 뻗은 길의 마술 같던 초록 터널이 떠올랐다. 야나체크의 협주곡은 영화 〈프라하의 봄〉의 배경음악으로 쓰이기도 했었다. 연인으로선 축복일 수도 있는, 같은 날 같은 시각에 같이 죽도록 운명 지어진 토마스와 테레사. 두 사람이 탄 트럭은 초록 터널로 질주하고 불안한 불협화음을 배경으로 나지막이 흐느끼는 바이올린 소리가 서글픈 서정으로 뒤따른다. 앞 장면에서 이미 두 사람의 죽음을 알려주고 난 다음, 시간을 뒤로 돌려 죽음을 향해 질주하는 두 사람을 보여주는 편집 방식은 그 죽음이 운명이라는 사실을 느끼게 하는, 데자뷰를 강조하는 인상을 주었다.

영화가 그 장면에 이르자 김환도 영우도 안절부절못했었다. 그때 김환은 뜨거운 숨결로 은밀한 애무로 영우의 존재를 둘러쌌었다. 그때 영우는 자신이 어찌해도 결국엔 김환과 같이 자게 되리라는 사실을 알고 있었다. 너무 명백해서 망설이거나 의심할 여지가 없었다. 이르든 늦든, 어떤 경우가 생기든, 두 사람은 섹스를 나누도록 정해져 있다. 데자뷰인 어떤 것.

이제는 그때 생각만 해도 가슴이 아릿하니 저려서 숨이 가빠졌다. 협주곡이 끝나자 영우는 음악을 껐다.

"도 닦는 사람이 다 된 모양이네. 그런데 집에는 안 들어가?"

허겁지겁 컵라면을 먹는 모습이 집 없는 떠돌이 행색이라 마음이 언짢아졌다.

"제발 들어오지 말아달래. 눈앞에서 내가 어른거리는 걸 참을 수가 없다나."

경택이 퀭한 얼굴로 맥없이 대꾸했다.

"그런다고 이렇게 집을 나와서 지내면 어떡해? 여자가 그런 말을 할 때는 반대의 의미일 수도 있어. 꼬박꼬박, 혹은 일찍일찍 집에 들어와달라는 뜻. 여자는 본심을 뒤집어서 말하는 경우도 많거든."

"정말? 그건 아닌 거 같던데?"

"아냐. 여자는 보통 그래."

"그럼 그렇다고 똑바로 이야기를 하면 왜 안 되는 거야?"

"여자는 대놓고 솔직하게 말하지 못하는 거야."

"무슨 소리야? 여자라서 솔직하게 말하지 못한다고? 그러니까 네 말은 여자들 스스로가 여자니까, 하고 자신을 얽어매면서, 세상이 여자라서 자기들을 억압하고 있다고 난리를 치는 거네? 도대체 무슨 경우야?"

영우는 그게 아니라고 설명을 하려다가 입을 다물어버렸다.

'여자는 그런 말을 대놓고 하면 안 되는 법이라니까예.'

언젠가 소래포구의 어물전 아줌마를 취재하러 갔을 때 속내를 곧이곧대로 말하지 못한다면 갑갑해서 어떻게 사느냐고 타박하자 그 아줌마는 영우에게 그런 대답을 했었다. 그 아줌마는 소크라테스처럼 유창한 웅변을 구사하진 못했으나 남녀관계가 어떻게 돌아가는지 제대로 알고 있었다. 적어도 남녀관계의 주도권 다툼, 사랑에서의 권력문제 만큼은 엄마들 세대가 요즘 페미니스트들보다 훨씬 잘 알고 있었다. 우정은 이성의 차원이고 사랑은 본능의 차원이라는 그 명제가 바래지 않은 한은 엄마들 세대의 지식이 맞을 것이다.

"에이, 설명하기 귀찮아. 아무튼 그렇다니까 그러네. 암튼 좀 잘해."

"너나 잘해. 근데 너는 요즘도 김환하고…… 잘돼가?"

"응. 잘되고 있어."

"안 믿어지는데?"

또 경택이 코를 킁킁거렸다.

"일없이 사람 말 의심하고 그러는 거 그만둬. 잘되어간다니까."

"지연이 그러던데……."

그가 머뭇거렸다.

"서지연이 뭐래?"

"아냐. 됐어. 잘 되어간다니, 됐어."

김환의 염려가 맞는 모양이었다. 서지연은 여기저기 말을 하고 다닌 듯했다. 뭐라고 했을까? 영우를 얼간이 같다고 했으리라는 건 분명했다. 자신이 생각해봐도 충분히 얼간이스러우니까.

얼굴이 화끈거렸으나 고개를 빳빳이 쳐들고 사무실을 나섰다. 경택이 따라 나와 배웅해주었다. 자정이 가까운 주택가의 한적한 도로에선 택시를 잡기가 쉽지 않았다. 간신히 한 대가 나타나 탔다. 경택이 자동차 번호판을 주의 깊게 들여다보곤 손을 흔들었다. 그 모습이 보이지 않을 때까지 영우는 뒤만 바라보고 있었다.

플랫폼에서

색색가지 전통 한지 만드는 기술을 전수받은 스님을 취재하기 위해 전라도의 절을 찾아가야 했다. 시간이 빠듯해서 아침부터 서두르며 기차를 타러 나가려고 했다.

"어디로 간다고?"

김환은 정신 사납다고 툴툴대면서 재차 물었다.

그는 서두르는 건 딱 질색이었다. 느긋하게 잠 깨어나 아침 겸 점심을 먹으면서 노닥거리는 시간을 좋아했다. 자연히 그가 집에 찾아오면 아침식사는 점심까지 겸하느라 소위 잉글리시 블랙퍼스트라는 상차림을 하곤 했다. 베이컨과 달걀, 소시지와 베이크드 빈, 토마토 같은 약간의 야채나 과일, 토스트, 그리고 몇 잔이고 마시게 되는 블랙커피. 김환은 신이 내린 요리 솜씨를 가졌다고 뽐내면서 자신이 식탁을 차리고 싶어했는데, 보통 베이컨을 바싹 구워야 고소하다고 너무 태우고, 소시지는 프라이팬에서 제대로 굴리지 않아 한쪽만 타기 일쑤고, 토스트는 버터를 펴 바르기 어려울 정도로 살짝 굽는 일이 많았다. 그래도 한가롭게 조간을 들척이면서 온갖 잡담을 주고받으며 먹는 느긋한 아침식사는 유쾌했다.

그러나 오늘은 늦잠을 잤고 그래서 식사를 하지 않아도 기차시간에 대기는 빠듯했다.

"어디로 간다고?"

김환이 거듭 목청을 높였다.

"유치면에 있는 정각사라는 절."

"유치면? 그런 지명도 있나? 지도에서도 못 본 거 같은데? 혹시 영우 형 본적지 아냐?"

"응? ……그래, 난 원래 유치한 사람이야. 유치찬란해. 인정해. 그리고 나 먼저 나가고 나면 나중에 나갈 때 열쇠를 우유투입구로 해서 던져놓고 가는 거 잊지 마. 힘껏 던져."

여벌 열쇠를 맡길 마음은 나지 않아 영우가 거듭 당부했다.

"왜 그렇게 서두르는 거야? 먹은 게 체하겠어. 널널하게 준비해서 오후에 기차를 타도 되잖아?"

"그럼 하루를 더 묵어야 해. 사진기자가 내려오기 전에 나는 기본적인 사항을 취재해두고 싶어. 그러면 더 빠르게 끝낼 수 있으니까."

영우는 거울 앞에서 바쁘게 옷을 입었다 벗었다 했다. 발목까지 오는 긴 치마는 편하긴 해도 여행 차림으로는 영 아니었다. 청바지와 파카를 입어야 했다. 배낭도 점검해보았다. 세면도구와 잠옷……. 이번에 같이 일하는 사진기자는 나이가 비슷한 여자라니까 한방을 쓰게 될 가능성이 컸다. 다른 사람과 함께 자게 된다면 잠옷보다는 추리닝을 가져가는 편이 나을 것이다. 영우는 고심하면서 서랍을 마구 헤집었다.

"그렇게 열심히 한다고 누가 상 주나?"

김환이 방 안까지 졸졸 따라다니면서 빈정거렸다.

"그럼 상 주지. 다음 달부터 나, 포토에세이를 써보는 게 어떠냐는 제안도 받았어."

영우가 으쓱거렸다. 김환이 아이처럼 입을 벌렸다.

"좋은 거야?"

"그럼 좋은 거지. 일단 수입이 늘어나잖아. 게다가 멋진 사진 몇 장을 죽 깔고선 글은 간단하게 들어가면 되니까 쓰는 데 힘도 덜 들고. 여기선 꼭지당 원고료를 주니 더 좋지."

그는 잠시 입을 다물고 생각에 잠겼다가 다시 물었다.

"포토에세이 사진은 누가 찍는데?"

"꼭 정해져 있진 않아. 그때그때 닿는 대로 섭외해서 써."

"그으래? ……그럼 ……나, 부탁 하나 있는데 들어줄래?"

"뭔데? 뭔지 알아야 들어주든 말든 하지. 빨리 말해. 나 급해."

영우는 선글라스를 쓰고 가방을 맸다. 렌즈에 분홍 기운이 도는 탓인지 김환의 얼굴이 불그스름하게 물든 것 같았다.

"내가 아는 사람 중에 요즘 프리랜서로 나선 사진작가가 있거든. 그 사람, 사진 엄청나게 잘 찍어. 원래 회화를 전공해서 구도도 좋은 편이고 감각도 좋아. 특히 인물 사진에 관심이 많대. 그 잡지랑 취향이 맞을지도 모르니까…… 다음 달에 형이 포토에세이를 쓰게 되면 그 사람 사진을 쓰자고 하면 안 될까?"

드물게도 진지한 태도였다.

"글쎄, 내게 그 정도 권한이 있는지 모르겠어. 이번에 취재 다녀오면 물어보기는 할게."

영우는 모자를 눌러쓰고 집을 나서며 거듭 열쇠를 잘 넣어달라고 부탁했다.

며칠 뒤 김환을 만나서 데스크에서 한 말을 전했다. 그 사진가의 포트폴리오를 한번 보고 나서 고려해보겠다는 답변이었다. 김환은 커피를 다 마시기도 전에 엉덩이를 들썩거리며 일어나려 했다. 전에 없이 성급했다.

"같이 갈래? 그 사람 스튜디오로 갈 거거든. 소개해줄게."

청담동에 있다고 했다. 오랜만에 강남에 진출해보는 것도 나쁘지 않았다. 대중교통편으로는 조금 불편했다. 지하철에서 내려 택시를 타야 했다. 유명 디자이너의 부티크와 화랑들이 죽 늘어선 거리가 나왔다. 널찍한 인도에는 해묵은 플라타너스 가로수가 무성했고, 낙엽이 잔뜩 떨어져 발목이 묻힐 정도로 쌓여 있었다. 영우는 입이 벌어졌다.

"이제 방금 시작한 사람이라더니. 매달 스튜디오 비용만 해도 엄청나겠는데? 부잔가 봐?"

"정식으로 스튜디오를 연 건 아니고, 그냥 공부방 삼아 쓴다고 조그만 걸 얻었대. 집엔 애도 있고 해서 번거로우니까."

프라다 상표가 번쩍거리는, 유리벽돌로 지어진 건물 앞에 황동 조각이 하나 서 있었다. 둥근 벌레 두 마리가 엉킨 것처럼 보였다. 그 앞 지하로 들어갔다. 현대적인 유리벽돌에 고풍스런 나무문을 단 출입구가 깔끔했다. 조예린이라는 이름을 새긴 구리판이 간판 대신 붙어 있었다. 실내는 어둑했다. 투명한 아크릴 통에 하얀 조약돌을 깔고 푸른 대나무 모형을 심은 칸막이들로 공간을 나누어 놓았다. 데스크에 앉아 있던 여자가 그들이 들어서자 느릿하게 고개를 들었다.

"아아."

그러고는 그만이었다. 김환은 안내를 기다리지 않고 쓱쓱 들어가더니 안쪽 응접세트에 자리를 잡았다. 그 여자가 나가와 마주 앉았다.

"혼자 있네?"

"퇴근시켰어."

그들은 생략된 말로 대화를 주고받아 무척 친밀한 사이 같았다. 영우는 김환의 옆자리에 앉아 슬쩍 그 여자를 관찰했다. 레이스며 프릴이 많이 달린 옷을 겹쳐서 입었고, 웨이브를 넣어 늘어뜨린

긴 머리에 손목이며 손가락에는 팔찌나 반지 같은 장식물이 많이 매달려 있었다. 전형적인 보헤미안풍의 차림새. 그러나 생김새는 어딘지 모르게 차가운 인상이라 어울리지 않았다. 차라리 깔끔한 정장풍으로 입는 편이 더 멋지게 보일 거였다.

그 여자는 칸막이 뒤로 가서 음료수를 준비했다. 김환은 벽에 걸린 액자들을 가리키며 이건 누구의 작품이고, 얼마나 비싼 것인지, 왜 유명한지 일일이 설명해주었다. 영우의 귀엔 그 말이 잘 들어오지 않았다. 신경은 자꾸 그 여자에게로 쏠렸다. 슬라이스 레몬까지 곁들인 홍차를 가져와 권하면서 그 여자가 명함을 내밀었다.

"만나서 반가워요. 조예린이라고 해요. 이제 막 사진을 시작한 햇병아리죠."

조예린이 막힘없이 상냥한 인사를 건넸다.

"어쩌나…… 난, 아직, 명함이 없는데……."

영우는 떨떠름하게 말을 받았다. 조예린이 가볍게 미소 지었다.

"글 쓰시는 분들이야 다 그렇죠."

다 그렇다는 게 어떻다는 소린데? 불끈 튀어 오르는 반문에 영우는 스스로도 놀랐다. 왜 자꾸 비비 꼬인 기분이 되는지 알 수 없었다. 이 여자와 친해지는 일은 없을 것이다. 영우는 그렇게 생각했다. 서지연이 정말 싫다고 비명을 지르던 내숭과가 바로 이런 타입일 것이다. 양파 같은 여자. 아무리 껍질을 벗겨도 속이 나오지 않는다.

조예린은 상냥한 미소를 띠고 고개를 비스듬히 기울여 살짝 끄덕거리며 조곤조곤 말했다. 어떤 사진가를 흠모한다든지, 한국에서 누가 풍경사진을 제일 잘 찍고, 인물사진에선 누가 대가라고 생각하는지 하는 것, 등등. 마치 단어를 똑바로 줄 맞춰서 늘어놓으려고 하는 것처럼 고심하면서 조심스럽게 말했다. 더구나 무슨 일이 있어도 영원히 사라지지 않을 것 같은 입가에 떠도는 상냥한 미소. 분명 조예린은 영우보다 나이가 아래일 터였다. 그런데도 그녀에 비하면 영우는 자신이 서툴기 짝이 없는 어린애인 것처럼 느껴졌다. 정성스럽게 다듬은 외모뿐만 아니라 말이며 행동거지가 성숙한 여인처럼 세련되었다.

포트폴리오를 보자는 말을 전하는 정도의 용건이니까, 데스크의 명함을 건네는 정도로 이야기는 쉽게 끝났다. 영우가 한 걸음 뒤로 물러앉자 이번에는 김환과 조예린이 많은 단어를 생략해서 옆에서 듣는 사람으로선 잘 알아듣기 힘든 잡담을 나누었다.

"바로 그 여자지?"

청담동 거리를 타박타박 걸어가다가 영우가 불쑥 물었다. 어둑하게 내리는 밤의 장막 위로 누렇게 마른 플라타너스 잎이 쉴 새 없이 떨어지고 있었다. 김환이 문득 발을 멈추었다.

"무슨 소리야?"

영우가 뒤돌아보며 섰다. 저만치 어스름 속에서 김환이 석상처럼 굳어 서 있었다. 그 모습 위로 훌훌 떨어지는 낙엽이 빗줄기처럼 시야를 가렸다. 눈을 비비며 똑바로 바라보았다. 그의 모습이 점점 좁아들어 밤의 저편으로 사라지려고 하는 것 같았다.

“애 지우고 선배한테 시집가버렸다는 여자.”

“응.”

김환은 망설임 없이 긍정했다. 영우는 멀뚱히 바라보다가 몸을 획 돌려 걷기 시작했다. 뒤에서 급하게 김환의 발소리가 쫓아왔으나 뒤돌아보지 않았다. 갤러리아 백화점이 가까워지자 거리가 점점 밝아졌다. 번쩍이는 네온의 빛들.

“화났어?”

“도무지…… 나는 도무지 모르겠어.”

영우는 고개를 설레설레 저었다. 몸과 마음이 자근자근 저미는 듯 쓸쓸해져 어쩔 줄 몰랐다.

“뭘 모른다는 거야?”

“너란 사람. 도무지 모르겠어.”

“무슨 소리야?”

“어떻게 네가 나한테 이래? 그 여자한테 일거리를 주고 싶다고 어떻게 나에게 소개를 할 수가 있지?”

김환이 한참이나 눈을 껌뻑거렸다.

“뭐가 잘못됐는데?”

“아무리 그래도…… 사랑한다고 하면서 같이 자는 사이인데…… 그러면 안 되는 거 아냐? 난 때때로 네가 생각이 있는 건지 없는 건지 모르겠더라.”

김환이 고개를 갸웃거리며 한참 생각에 잠겼다. 영우가 걷기 시작하자 갑자기 심각한 표정으로 팔짱을 끼며 걸음을 나란히 했다.

"이건 정말 비밀인데 말야."

목소리가 낮고 은밀했다. 영우가 귀를 쫑긋 세웠다.

"나, 원래, 생각이라곤 없어."

긴장이 풀어져 와르르 웃고 말았다.

"넌 정말 뭘 모르는구나. 그 순간, 생각이 있냐 없냐 힐난할 게 아니라 따귀를 때려줬어야지. 그게 바로 연애의 정석이지."

신촌에서 만났을 때 경택이 의견을 내놓았다. 영우는 손바닥을 비벼 뺨을 감쌌다. 왠지 차갑게 얼어붙은 기분이 떨어져 나가지 않았다.

"나도 나중에는 그런 생각이 들어. 앗, 그때 내가 이랬어야 했는데 바보처럼 굴었다 하고 무릎을 쳐. 하지만 걔하고 같이 있으면 이상하게 그게 안 되는 거야. 오히려 뭘 따지고 확인하려고 드는 내가 굉장히 치사하고 졸렬한 인간이 되는 기분이거든. 묘해. 그래서 자꾸 걔한테는 주눅이 드는 거 같아."

"누가 뭐라고 빈정거리든, 연애라는 건 독점적인 거야. 괜히 너 그러운 체하고 하는 건 다 위선에 지나지 않아. 아무렇든지, 네가 그렇게밖에 행동할 수 없다면 그것도 하는 수 없는 거겠지. 신세는 마음이 가르친다는 말처럼, 네 마음이 그렇다면 그렇게 손해 보는 쪽에 서 있을 수밖에 없어."

경택이 한심해하며 단언했다. 영우가 입을 삐죽거렸다.

"손해 본다는 말, 마음에 안 드는데? 상처 입는 쪽이라든지 마음이 채워지지 않는 쪽이라는 말이 더 적당한 표현인 것 같은데?"

"그렇게 고상한 척하다간 망한다니까. 손해 본다는 말이 싫다면 빼앗기는 쪽에 선다는 정도까지는 양보해줄게. 자신의 마음의 에너지를 빼앗기는 거니까. 어쨌든 두루뭉술한 말을 쓰지 마. 그랬다간 뭐가 뭔지 제대로 모르는 채로 인생을 흘려버리게 돼. 적확한 말로 적확하게 정의할 때 진실은 제대로 드러나는 거야."

경택이 진지하게 충고했다.

그는 닷새 뒤 인도로 떠날 예정이었다. 갑작스런 결정이었다. 여권이며 비행기 표는 다 준비되었다고 했다. 같이 요가를 배우던 동아리와 함께 가는 것인데, 관광보다는 인도에 있는 여러 아쉬람을 방문하여 명상을 배우는 게 목적이라고 했다. 그 동아리에는 라즈니쉬를 추종하는 사람이 많으니까 아무래도 그의 아쉬람에 오래 머무르게 되지 않겠느냐고 했다.

"라즈니쉬라면, 바로 박해받는 세계적인 선지자라고 자칭하는 그 사람이지? 얼마 전 영국에서는 그의 비행기가 공항에 잠시 착륙해서 쉬었다가 가겠다는 것도 거절했다는데? 영국민들을 도덕적으로 타락시킬 염려가 있다고."

"도덕? 라즈니쉬라는 한 인간이 자기네 공항에 잠시 들르는 정도로 타락할 거라면 영국엔 도덕 같은 건 원래 없었던 거겠지."

서지연이 나타났다.

"형. 정말, 정말 잘하는 거야. 내 속이 다 시원해. 훌쩍 떠나는 거. 그게 재앙 같은 주변 사람들을 피하는 가장 좋은 방법이야."

세 사람은 식당으로 자리를 옮겨 점심을 먹었다. 식사하는 동안 서지연은 경택에게 동병상련을 느낀다면서, 자신도 지난봄에 그냥 부대끼면서 버틸 게 아니라 외국으로 훌쩍 도망쳤어야 했던 거라고 너스레를 떨었다. 경택은 빙그레 웃기만 했다. 위악적으로 떠벌리곤 하던 예전에 비하면 유별났다. 서지연와 영우가 번갈아가며 캐물었으나 세세한 속사정은 털어놓지 않았다.

"돌아올 땐 도사가 되어 있는 거야?"

"모르지. 나도 몰라. 무작정 가보는 거야. 여기가 바로 길인가하고."

"그랬다가? 나폴레옹처럼 산꼭대기에 올라서 이 산이 아닌게벼, 하게 되면?"

"그럼 내려오게 되겠지. 그러다 또 저 산인가 하고 또 올라가볼 테고."

"이 아저씨는 청춘이 영원한 것처럼 여유만만이네. 아저씨, 인생은 짧은 거예요."

"길든 짧든 사기 치면서 살고 싶시는 않아. 자신에게만큼은 정직하고 싶어."

식사가 끝난 뒤 고색창연한 찻집에 옮겨 앉아 늦도록 잡담을 나누었다.

퇴근 무렵이 되어서야 일어섰다. 버스를 타려고 정류장으로 가는 내내 자신에게만은 정직하게 살겠다는 경택의 말이 가슴을 찔렀다. 서지연도 많이 쓸쓸한 모양 나란히 걸어 내려가면서 내내 구시렁거렸다.

"정말 경택이 형도 문제야. 원리원칙대로 하겠다고 떼쓰다가 이 사회에서 적응 못 하는 게 아닐까 걱정되는 거 있지. 자기 딴엔 되게 강한 척하지만 사실은 마음이 굉장히 여린 사람이거든. 언니도 알지? 남자들은 약해 보이는 걸 제일 두려워한다는 거. 그래서 감정이 있어도 제대로 표현하지 못하고, 울지도 못하고, 내놓고 일희일비하는 것도 안 되고. 경택이 형은 그런 게 더 심한 것 같아. 자신의 약한 면을 감추려고 하다 보니까 과장해서 위악적인 행동을 하게 되거든. 그래서 어딜 가나 미움만 사고…… 안됐어. 여자라서 억울하다는 것도 틀린 소리는 아니지만 이 땅에서 남자로 사는 것도 참 힘든 거 같아……."

걸어가던 서지연이 우뚝 발을 멈췄다. 땅바닥만 내려다보고 걷던 영우도 따라 걸음을 멈추고 서지연의 시선을 따라갔다. 도로 건너편 에스콰이어 구두 가게 진열창 앞이었다. 플라스틱으로 만든 붉은 단풍잎으로 단장된 화려한 유리창에 환하게 불이 켜져 그 언저리까지 밝았다. 그 앞 가로수 밑에 두 남녀가 서 있었다. 퇴근하는 인파가 점점 불어나고 있는 거리였으나 그 남녀는 주변 흐름에 전혀 신경 쓰고 있지 않았다. 서로 부둥켜안고 키스를 하는가?

"쟤네들, 언니. 어머나."

서지연이 영우의 팔뚝을 철썩철썩 때리며 콧소리를 냈다. 어이없고 기도 안 찬다는 태도였다. 영우의 머릿속에 서서히 정보가 들어와 하나씩 차례대로 자리를 잡아갔다. 남자는 김환이었다.

"저 여자가 누구야? 옛날에 김환하고 사귀다가 헤어진 여자, 조예린이 맞는 거 같은데…… 결혼해서 애까지 있다고 하던데…… 또 만나나? 정말 용감하네. 애들도 아니고 저 나이에 남들이 다 보는 거리에서 저러고 있다니…… 다시 시작했나…… 어머나 거리에서 키스까지…… 자기네들은 정말로 징한 사랑을 하고 있다는 건가……."

서지연이 놀라 수다를 떨었으나 그 말소리는 점점 좋아들면서 먼 소리처럼 응응거렸다. 한순간, 모든 소리가 뚝 그친 것 같았다. 귓속은 백색소음이 가득 차올랐다. 영우는 귀 막힌 채로 한참을 그렇게 서 있었다. 주변 풍경들이 부옇게 흐려졌다. 부둥켜안은 남녀의 모습이 카메라 렌즈를 줌인하여 피사체를 잡아당기는 것처럼 점점 더 크고 뚜렷하게 시야에 들어왔다. 그들은 거의 움직이지 않았다. 포옹한 자세 그대로 석상처럼 굳어버린 것 같았다.

어떤 싸늘한 바람 같은 것이 가슴을 헤집고 들어와 몸을 통과해 갔다. 목 아래 배와 가슴에 휑하니 둥근 동굴 같은 게 뚫리고 차가운 바람이 드나들었다. 웽웽거리는 바람 소리가 높아졌다. 넘어지지 않으려고 팔을 휘저었으나 서지연은 없고 대신 어떤 남자가 놀라며 영우의 손을 뿌리쳤다.

수증기를 빨아들인 기압대가 통과해 가버리고 거대한 사막만 남았어.

그 말이 귀에 쟁쟁히 울려 퍼졌다.

문득 정신을 차려보니 에스콰이어 가게 진열창의 내뿜는 불빛이 더욱 진해졌고 땅거미는 거리를 완전히 뒤덮었다. 그 앞의 남녀는 어느새 사라지고 없었다. 진열창 앞으로 사람들이 물결처럼 흘러갔다.

영우는 등을 펴고 인파 속으로 걸어 들어갔다.

남자와 여자

난 말이죠.
남자든 여자든 구별 없이 내가 인간을 상대할 때
그 인간에게서 바라는 게 뭔지 확실하게 안다고 자신해요.
부드러움, 편안함, 상호 이해, 그런 거……
결국은 평화롭고 따뜻한 관계.

모래폭풍이 불고 있다. 엄청난 소리에 귀가 먹먹하다. 잘디잔 모래가 귓속으로 파고들어와 싸르륵싸르륵 쌓인다. 몸 안이 모래로 가득 차 빵빵하니 부풀어 오른다. 곧 터질 것 같다. 허우적대면서 귀를 틀어막는다. 아니, 이 소리는 모래폭풍이 아니라 전화벨이 울리는 것이다. 반사적으로 팔을 뻗어 손을 내젓지만 전화기는 잡히지 않는다. 조금 뒤 벨 소리가 뚝 그치고 따라서 팔 동작도 멈추고 만다. 눈앞 가득 일렁이던 모래폭풍도 서서히 잦아든다.

그녀는 방금 사막을 헤매다 모래구덩이에 빠진 꿈을 꾸었다. 이상한 일이다. 사막이라면 구경은커녕 상상조차 해본 적이 없는데. 모래로 된 경사면을 미끄러지면서 기어오르려고 애썼다. 고야의 그림, 모래사면을 기어오르는 검은 개가 이랬을까. 처절하게 버둥거렸다.

모래폭풍의 잔영이 서서히 걷히면서 햇살이 가득 들어찬 방 안이 드러난다. 얇은 커튼을 뚫고 들어온 햇살은 천장에다 갓 주조한 동전 같은 빛 우물을 그려놓았고, 그것들은 살짝살짝 흔들린다. 동전 같은 번쩍임 속엔 초록 기운이 돈다. 새싹이 튼 가로수의 몸부림일까, 밖엔 바람이 심하게 부는 모양이다. 부연 황사를 품은 봄바람. 메말라 까칠하니 버석거리는 대기. 눈을 질끈 감았다가 모로 돌아눕는다. 갈비뼈 사이 빈 공간에서, 모래가 한쪽으로 쏠리는 것처럼 싸르륵 소리가 울려 나온다.

부루퉁하니 웅크리고 있는 전화기가 눈에 들어온다. 누가 아침부터 통화를 하고 싶어했을까? 궁금하다. 뚱한 전화기를 노려본다. 각이 진 빨간 몸통은 시치미를 뚝 뗀 채 도사리고 있다. 한 번도 벨이 울린 적은 없다는 듯이. 궁금증이 점점 부풀어 오르고 결국은 벌떡 일어난다.

열한시 이십분. 한기가 척추를 훑으며 주르르 내려간다. 점심때가 다 되었다.

"노상 이 모양이군."

혀를 찬다. 번번이 한나절까지 자고 마는 자신의 게으름이 한심하다.

방도 주인을 닮아 혼란 그 자체이다. 책과 시디들은 있을 자리를 얻지 못해 차고 넘친다. 만약 예전에 좋아했던 커트 보네커트의 책이나 데이비드 보위의 시디를 찾으려 한다면 한바탕 소란을 떨어야 할 것이다. 책상이며 바닥에 아무렇게나 쌓인 건 물론이고, 침대 위 선반까지 층층이 점령하고 있다. 한번은 기지개를 켜

114

다 선반을 건드리는 바람에 책과 시디의 벼락을 맞은 적도 있다. 당해본 사람은 알겠지만 무척 아팠다. 그 후로 침대에서는 큰 동작을 하지 않으려고 조심하고 있다. 그럼에도 한 달에 한 번꼴로 책과 시디의 벼락을 맞곤 한다. 그렇다고 이 방에서 침대 부근만 아니라면 마음대로 활보할 수 있다는 뜻은 아니다. 책과 시디들은 인간 몰래 자기 복제를 하는 모양이다. 나날이 새끼를 쳐 방의 형태를 알아볼 수 없도록 수를 불려간다. 아무튼 건드리면 안 된다. 한 번 무너지면 걷잡을 수 없게 될 것이다. 천지창조 이전의 혼돈? 상상으로조차 감당되지 않는다. 그 때문에 그녀는 컴퓨터 주변만 비어 있으면 신경 쓰지 않기로 하고 있다.

바닥과 벽면의 혼란에 더하여 천장 가까이엔 빨랫줄이 매달려 있다. 주홍색 나일론 끈을 기다란 ㅅ자 모양으로 문에서 반대편 벽까지 늘여 맨 것이다. 줄에는 빨래집게 하나마다 종이가 한 장씩 물려 있다. 얼핏 피렌체 고문서 도서관의 수해복구 현장 꼴이다. 그녀는 침대에 앉은 채 종이 위의 글자들을 하나씩 중얼거려 보다가 얼굴을 확 구긴다.

"나의 변신, 나의 기쁨이라고? 우씨. 이은정, 네가 이걸 말이라고 생각해낸 거야?"

이번엔 자신의 이름까지 부르며 그 종이를 잡아채어 구긴다.

나도 이젠 다됐군. 빈 깡통이야.

녹슨 머릿속에 덜그럭대며 돌멩이 구르는 소리까지 들린다. 그렇더라도 결국은 이 중에서 한 문장을 골라내게 될 것이다. 마감이 촉박하다.

다시 전화벨이 울린다. 울화가 치민 참이어서 수화기를 집어다 한 십 분쯤 욕설을 퍼붓고 싶다.

"뭐 해?"

정재영이다. 마감을 재촉하려는 것이겠지만, 목소리가 경쾌해서 실실 웃게 된다. 비가 그치고 해가 났다는 일기예보부터 전한다. 그녀는 지레 겁을 먹고 일이 잘 안 된다고 투덜거린다.

"내 머리통이 콱 막힌 하수도 같아. 도무지 안 돼."

정재영은 한숨을 쉬며 침묵을 지킨다. 그 무게가 그녀의 어깨를 짓누른다. 그가 먼저 말한다.

"그럼 잠시 만날까? 같이 차라도 마시면서 이야기를 나누면 어때?"

일의 진행을 대충이라도 알아보겠다는 속셈이다. 그녀로서도 나쁜 제안은 아니다. 막혔을 때는 수다가 도움이 되기도 한다. 한참을 떠들다 보면 의외로 실마리가 풀리는 수도 있다.

"알았어. 근데 아까도 네가 전화를 했던 거야?"

"아니. 왜? 기다리는 전화라도 있어?"

그녀는 헤헤 하고 웃지만, 괜히 마음이 무겁다. 무질서한 사생활을 남에게 들킨 기분이다. 매사가 뒤범벅된 채로 허겁지겁 사는 게 부끄럽다. 게다가 무엇 하나 제대로 정돈하지 못하는 게으름 또한 만만치 않다는 것도 감추고 싶은 비밀이다. 지금 있는 상태에서 움직이는 상태로 바뀌려면 에너지가 필요하고, 나이가 들어

에너지가 떨어질수록 변화를 어렵게 여기게 된다는 강의를 들은 적이 있다. 정말 그렇다. 나이가 들어 그런지 온통 귀찮다고 방치하는 것 투성이이다.

전화를 끊고 커피를 만들면서 결론 내린다. 잠결의 그 전화는 그 남자가 걸었을 거라고.

요즘은 거의 매일, 오전 열한시 무렵에 전화를 하는 남자가 있다.

왜 하필 오전 열한시일까?

문득문득 머리를 쥐어짜보지만 알 수가 없다. 어쩌면 그 남자도 그녀 못지않게 게을러서 열한시쯤 일어나 전화로 수다를 떨며 하루를 시작하는 버릇이 있는지도 모른다. 상대가 누구든 상관없이 말이다.

그녀는 자신이 그 전화를 환영하는지 귀찮아하는지 모른다. 도대체가 뚜렷한 용건도 없이, 오전 열한시에 전화를 걸어 잡담을 늘어놓는 남자의 심리가 궁금할 뿐이다.

전화선 저편에 어떤 풍경이 펼쳐져 있을까? 흐트러진 침대? 주변에는 함부로 벗어던진 바지며 티셔츠가 쌓였고, 그 위에는 축축한 타월, 모자들, 지난 신문이며 주간지들이 덮여 있다. 창으로 기어든 햇빛 속엔 부옇게 먼지들이 떠 있고, 컴컴한 귀퉁이마다 곰팡이가 피어 있다. 막 침대에서 빠져나온 그 남자는 벌거벗은 채로 서성거리며 뜨거운 커피를 마신다. 입이 찢어져라 하품. 잠시 수다나 떨어볼까…… 아니, 단정한 사무실인지도 모른다. 오전 일을 다 해치웠다는 만족감으로 의자 깊숙이 몸을 묻고 수화기를 집는다. 담배 좀 그만 피우세요. 잔소리를 하며 비서가 커피 잔을 채워준다…….

이런저런 공상으로 궁금해서 죽을 지경이 되지만 그녀는 그 남자에게 지금 어디서 전화를 하느냐고 물어본 적이 없다. 그런 질문을 해도 될 만큼 허물없는 관계는 아니라는, 잔뜩 도사린 자세로 그 전화에 응대하고 있다. 사실 매일 통화를 한다고 해서 꼭 친하다고는 볼 수 없는 것이다.

그 남자와는 서너 주 전, 어떤 선배의 환송회에서 알게 되었다. 그 선배는 뉴질랜드로 이민을 떠날 예정이었다. 그날 선배는 뜯다 만 닭다리를 휘두르며 식칼의 종류며 생선 써는 법 등등에 관한 해박한 지식을 뽐냈다. 뉴질랜드에 가면 광고가 아니라 요식업계에 종사할 작정이라고 했는데, 그의 말로 짐작건대 일보다 더 긴 시간 동안 서핑이나 스노보드를 즐길 수 있다고 생각하는 모양이었다. 환송회에 나온 사람들은 선배와 비슷한 직종에 종사하는 비슷한 연령대였고, 그래선지 그들은 한물간 생선처럼 눅진하고 비릿한 냄새를 내뿜으며 물고기처럼 입을 쩍 벌리고서 듣고 있었다.

'왜 사람이 나이가 들면 여태까지 살아온 게 원래 자신이 원하는 삶은 아니었다는 느낌이 들지?'

그녀는 끙끙대면서 우울해했다. 끙끙댔던 건 그 때문에 심각해서가 아니라, 그날따라 유난히 발이 아팠기 때문이었다.

평소 그녀는 자신의 짧은 다리를 의식하여 굽이 최소 5센티미터가 넘는 구두를 신었는데, 그날은 얼떨결에 9센티미터짜리 하이힐을 신고 나왔다. 볼일이 끝나고 환송회까지 시간이 남아 서점을 돌아다니며 책 쇼핑을 했다. 그 결과 술집 의자에 몸을 던졌을 때는 체력의 한계라는 걸 의식하게 되었다. 마치 무릎 아래로 목발이 달리고, 그걸 이은 경첩이 느슨해져서 다리를 질질 끌고 다닌 느낌이었던 것이다.

'하긴. 너도 하이힐을 신고 깡총거리며 돌아다닐 나이는 아니지.'

머릿속을 울리는 은근한 말소리에 놀라 사방을 둘러보았으나 그녀에게 말을 건 사람은 없었다. 옆에 앉은 정재영까지도 선배의 달변에 취해 있었다. 비웃는 음성은 계속 되었다.

'이젠 그만 항복하시지. 두 손 들고 컴포트슈즈가 하는 걸 신어. 왜 있잖아. 노인네들이 신는 가볍고 편한 신발.'

폭삭 늙은 것처럼 힘이 빠졌다. 따지고 보면 여기서, 아니 이 술집 안을 통틀어도 그녀보다 더 늙은 여자가 있다고는, 빈말로라도 하기 어려울 것이다. 저 선배가 이민 가고 나면 곧 내 차례이다. 아니, 벌써부터 일감이 줄어들기 시작했다. 그게 바로 나이라는 거다.

그녀는 고민을 털어내듯 테이블 밑에 놓인 발을 흔들어 구두를 벗었다. 그 바람에 누구의 다리를 걷어찼다. 앞에 앉은 빨간 야구모를 쓴 남자가 왜? 하는 표정으로 쳐다보았다. 그녀는 어깨를 들었다 놓으며 입 모양으로만 살짝 실례라고 해 보였다. 남자는 거북할 정도로 오래 바라보았다.

"결국 나이 든다는 게 저런 건가? 편안히 먹고 놀 궁리만 하게 되는 거."

무안한 김에 옆에 앉은 정재영에게 말을 걸었다.

"젊어서 힘들게 살았으면 나이 들어서나 편해야지. 나이 들면 힘이 부쳐서 무슨 일을 한다는 생각만 해도 겁이 난다는 말들을 하더라고."

"하지만 고작 생각해낸 게 이민이라니, 촌스러워."

그녀는 공연히 선배를 씹었다.

"그래도 세련이죠."

앞자리 남자가 난데없이 귀를 쫑긋거리며 끼어들었다.

"얼마 전까지는 떴다 하면 인도였는데……."

웬 참견이람, 그를 살펴보았다. 회사 직원은 아닌 것 같았다. 그 남자는 야구모자 챙 밑에서 어둡고 강렬한 눈빛을 번쩍거리고 있었는데, 마주 보는 그녀의 시선을 정면으로 받았다. 스파크가 튈 듯 고압적인 눈빛. 어딘지 모르게 이물스런 분위기였다. 금 사슬 목걸이를 늘어뜨린 목이며 어깨가 튼실해서 야외 스포츠를 즐기는 타입으로 보였고, 요즘 유행을 좇아 제대로 빠진 청바지에 돌체앤가바나 로고를 쓴 티셔츠를 입고 검정 카디건을 걸치고 있는데도 그랬다. 눈싸움에서 진 그녀는 시선을 돌리면서 정재영의 귀에 입을 바싹 대고 속삭였다.

"누구야?"

정재영은 고개를 저었다.

화장실로 가서 얼굴에 물을 끼얹었다. 술기운은 여전히 화끈거렸다. 거울에 손을 내밀어 눈 밑 검은 그늘을 짚었다. 널널하게 늘어짐의 표시. 그녀는 고개를 흔들며 입을 삐죽거렸다. 좌석으로 돌아와 그 남자가 선배에게 정재영과 자신에 대해 묻고 있는 걸 엿듣게 되었다.

"일에 따라 한 팀일 때가 많고, 집도 같은 동네고…… 그러니까……."

"구체적으로는?"

"구체적? 평소에는 하나가 넘어지면 다른 쪽이 밟아주는 관계. 옥상에 있을 땐 서로 등을 밀어주는 관계."

그 선배는 여전히 닭다리를 흔들며 농담했으나 그 남자의 표정은 떨떠름했다. 문득 그녀는 그 남자가 풍기는 이물스러움의 정체를 깨달았다. 그래, 촌스러운 거야. 미소가 번졌다. 그녀의 존재를 의식한 선배가 그 남자와 인사를 나누게 해주었다.

"피디 김규한이야. 요즘은 〈팔만대장경〉인가 하는 다큐를 준비 중이래. 여긴 이은정. 고려시대를 배경으로 역사소설을 쓴 적도 있어. 난 안 읽어봤지만. 골치 아프잖아……. 둘이 이야기를 나누면 도움이 될 거야. 역사라면 훤하니까……. 어, 그리고 보니 둘다 독신이네?"

그 선배는 놀라는 척 두 사람의 손을 잡게 해주는 포즈를 취했다. 같은 또래로 보이는데 독신? 그녀는 명함을 주고받으면서 단도직입적으로 물었다.

"미혼이에요, 아님 이혼이에요?"

그는 대꾸하지 않고 불쑥 팔만대장경이 해인사에서 제작된 게 아니라는 사실을 아느냐는 말을 꺼냈다.

"어머? 정말요? 놀랍네요."

순전히 접대용 대꾸였는데도 그 남자는 그녀가 진짜 흥미를 보인다고 여긴 모양이었다. 얼굴이 환해졌다. 이런저런 설명을 길게 늘어놓으면서, 무의식적으로 그러는지 빨간 폴로 모자를 벗어 빡빡 깎은 머리를 손바닥으로 쓱쓱 문지르고 다시 모자를 깊이 눌러 쓰는 동작을 반복했다. 모자를 벗으면 이물스러운 분위기가 두드러졌다. 그녀는 가만히 지켜보다가 그 빡빡머리를 쓰다듬고 싶은 욕구가 솟구쳐 화들짝 놀라고 말았다.

이즈음은 가끔 그랬다. 타인의 몸 어떤 부분으로 눈길이 끌리면서 만지고 싶어졌는데, 그걸 뭐라고 불러야 할지 몰랐다. 상대가 남성일 때는 성적 욕망으로 치부할 수 있겠지만, 어쩌면 그냥 그런 것뿐이라고 할 수도 있을 것 같았다. 단순히 사람끼리의 접촉만 바란다는 것이 있을 수 있을까? 그녀는 그런 자신의 욕망을 정의하지 못하고 갈팡질팡했다.

그 남자의 입에서 말이 쉬임 없이 흘러나왔다. 일연이라는 이름, 마산의 옛 지명이 합포였다는 것, 나중에는 『삼국유사』와 『삼국사기』 두 책의 진정성을 비교 논증하기도 했다. 그녀는 지루해져서, 5년 전쯤부터 한자가 많이 섞인 책은 자신의 서가에서 추방해버렸다고 말하려다 참고 말았다. 그는 자기 말에 취해, 어쩌다 한번 그녀가 어머나 혹은 정말이에요? 하고 되묻는 정도의 대꾸만 해주면, 영원히 지껄일 기세였다. 그러곤 돌아가선 대화를 나눴다고 뿌듯해하겠지. 일방적인 독백이 아닌 대화를 했다고. 그녀는 빡빡머리인 게 궁금해서 물어보려고 자신이 말할 기회를 노렸으나 끝내 잡지 못했다. 정재영이 집에 가자고 그녀를 찾았다. 폭탄주를 마시면 늘 그러듯 집까지 태워달라고 했다. 졸나, 눈치도 없네.

그녀는 신경질이 났다.

"무슨 생각해?"

양 갈래로 끝없이 뻗은 가로등들이 불길한 주황빛을 흩뿌리고 있었다.

"왜?"

"아무 말도 안 하니까 심심해서."

"아까, 그 남자, 생각해봤어. 특이하지?"

"뭐가?"

"나도 그걸 몰라. 아무튼 뭔가 색다른 거 같던데. 모두들 튀어보려고 기를 쓰는 마당에, 그 남자 혼자 촌스러우니까, 그것도 씩씩하게, 그래서 달라 보였나? 그런데 그 남잔 왜 머리를 빡빡 깎고 있지? 엊그제 뇌수술 받았나? 아니면 항암치료 중인가? 아니면 그냥 패션?"

"대머리인 게 창피해서 머리털을 싹 밀어버렸을 수도 있지. 슬슬 머리가 빠지기 시작하는 나이 아냐? 그보다는 독신이라서 인상적이었던 거 아냐?"

그녀는 입을 삐죽대며 급브레이크를 밟았다. 그 말이 맞을 수도 있겠지만 기분이 나빴던 것이다. 등받이를 젖힌 채 길게 늘어져 있던 정재영이 와락 앞으로 쏠리며 차창에 머리를 부딪쳐 투덜거렸다.

"날 자유로운 독신 여성이 아니라 간택 못 받은 노처녀 취급할 거면, 여기서 내려."

"우씨. 노처녀 신경질이 또 발동했군. 내가 보기엔 그 남자, 내일 당장 너한테 전화할 거 같던데? 한번 잘해보시지."

정재영의 관찰은 정확했다. 그 남자는 다음 날 전화를 걸더니 만나자고 했다. 나갔더니 또 팔만대장경에 얽힌 이야기를 끝도 없이 늘어놓았고, 그런 소재의 다큐멘터리를 찍게 되면 부닥치게 될 어려움을 예상하며 미리 걱정했다. 덕분에 그녀는 소규모 독립 프로덕션이 어떻게 돌아가는지 알게 된 셈이었다. 그 후에도 그들은 두 번쯤 식사를 같이했고, 한번은 너무 값비싼 저녁을 사주어서 그녀는 과용하는 게 아니냐고 걱정했다.

"영세한 회사라면서, 설마 이렇게 비싼 계산서까지 비용처리해주는 건 아니겠죠?"

"아뇨, 이건 내가 내는 겁니다. 앞으로 난 한 달 동안 라면만 먹을 겁니다."

농담에 긴장이 풀려서 웃었으나 그래도 묘한 인상은 해명되지 않았다.

그 후로 그는 매일 전화를 걸었는데, 만나자는 말은 하지 않았다. 오전 열한시마다 빠져들게 되는 말의 홍수.

노랗게 건조한 백열의 모래. 입안 가득 버석거린다. 황사바람이 분다. 유리창 밖 거리에선 사람들이 고개를 앞으로 숙이고 등을 잔뜩 움츠린 채 지나간다. 겨우내 얼어붙었던 말들이 녹기 시작한 듯 대기가 소란스럽다. 봄이 오는 소리가 보도블록 위에 종잇장 굴러가듯 사각사각 들린다. 초록이라곤 할 수 없는 연둣빛 가로수 싹들이 소곤거리는 것처럼 미미하게 떨고 있다. 하오의 거리를 메운 사람들은 대부분 중고생으로 짐작되는 여자아이들이다. 그들은 동성끼리 떼 지어 다니기 때문에 아무리 성인 흉내를 낸 화장과 옷차림을 해도 금방 알아볼 수 있다.

정재영과의 약속시간은 삼십 분 이상 남았다. 그녀는 창가에 앉아 한참이나 거리를 내다보다 파란 안경을 꺼내 쓴다. 빛이 약해지자 기분도 느긋해진다. 옆 테이블에 나온 피자가 먹음직스럽다. 두 여자아이는 쉴 새 없이 떠들면서 피자를 잘라서 입안으로 밀어넣는다. 그녀는 배를 채우려고 그라탱과 에스프레소를 같이 가져다 달라고 주문한다.

"아주 뜨겁고 진한 커피라야 돼요."

일이 안 돼 짜증스러울 땐 자극적인 것을 찾게 마련이다. '악마처럼 까맣고 지옥처럼 뜨거운' 커피를 마시면서 19세기에 유행했다는 커피에 대한 찬사를 돌이켜본다. 이번 일은 도무지 집중이

되지 않는 게 문제다. 여태까지 고심한 것 중에서 그럴싸한 게 아주 없지는 않겠지만 자신 있게 이거라고 내밀 만한 게 없다. 산만하게 흐르는 상념 위로 문득 옆자리의 대화가 날아와 앉는다.

"……난 도무지 그 오빠, 마음을 모르겠는 거 있지……."

피자를 우물거리던 여자아이가 목이 메는지 말을 멈춘다. 조금 뒤 콜라를 벌컥벌컥 마신다. 컵을 쥔 손가락마다 하나도 빠짐없이 반지를 끼고 있다. 그러고 보니 긴 머리 사이에 드러난 귀엔 귀고리가 셋씩이나 달렸다. 큼직한 모조보석들인데, 하나는 어깨에 닿을 정도로 매달려 찰랑거린다. 이렇게 장신구를 좋아하는 여자애는 내숭을 잘 떤다고 한다. 문득 자신의 십 대 시절이 떠오른다. 그때는 다른 사람들의 별자리, 혈액형이며 좋아하는 색, 꽃 등등에 지대한 관심이 있었다. 여성잡지나 수첩 뒤에 나오는 갖가지 성격 분류표를 열심히 외우던 시절. 그러고 보면 그때는 세상이 참 단순했다. 인간이라면 오직 A형 B형 O형 AB형, 네 종류만 있을 뿐이었으니까. 문득 그 남자의 혈액형이 궁금하다.

"그렇게 냉정한 게 그 오빠 성격일 수도 있어."

"아냐. 안 그럴 거야. 정말 그 오빠가 내게 맘이 없는 거면……난 어떻게 살아야 할지 몰라……."

울먹이던 여자아이가 격렬하게 말을 토한다.

사랑이라는 전염병. 매스컴이 교육하고 대중문화가 확대, 재생산하는 신화. 사랑교는 현대세계의 유일한 종교입니다. 우리는 믿어야만 합니다. 사랑만이 인간을 구원할 수 있다고. 사랑이 바로 인간이 살아가는 단 하나의 이유라고.

그녀는 한 계단 높은 자리에 앉아 오만하게 한숨을 내쉬며 주의를 돌린다. 그러나 가게에 흐르는 노래도 사랑을 갈망한다는 내용이다. 〈월요일 아침 5시 19분〉. 애인에 대한 의심이 깊어져 밤새도록 전화하지만 받지 않는다…… 그래서 애인 집 앞에 가서 기다렸더니…….

"내가 늦었나? 길이 좀 막혔어. 이제야 점심을 먹는 거야?"

그릇이 거의 다 빌 즈음 정재영이 나타나 묻는다. 그가 커피를 시킬 때 그녀도 리필해달라고 한다. 에스프레소를 보충해주는 가게는 드물다. 그래서 이 가게를 좋아한다.

"요즘 안 좋아?"

바로 일 이야기로 들어가는 대신 정재영은 그녀의 까칠하게 각질이 인 입술과 누런 안색에 관심을 보인다. 몸에 밴 상투적인 배려지만 새삼 감동스럽다.

"그런 거…… 없어."

그녀는 쭈빗거리며 그라탱 그릇 바닥을 포크로 박박 긁는다. 몇 개의 문장을 재빠르게 머릿속에서 굴려본다. 이걸 모두 꺼내놓고 한 가지를 고르라고 하는 게 어떨까?

"그 남자하곤 어때?"

정재영은 여전히 주변을 빙빙 돈다. 사생활을 모르면서 일을 독촉할 수는 없다는 듯.

"어떤 남자 말야?"

그녀는 시치미를 떼지만 얼굴이 붉어지는 걸 감출 수가 없다. 주먹을 꽉 쥔다. 여기서 얼굴을 붉혔다간 두고두고 놀림감이 될 것이다. 정재영이 눈썹을 모으며 찬찬히 그녀를 살핀다.

"빡빡머리. 요즘 사귀는 거 아니었어? 얼마 전에는 만나서 같이 저녁도 먹고 그랬다더니?"

"같이 저녁을 먹으면 사귀는 게 되나?"

그녀가 툴툴거린다. 정재영은 대답 대신 미소를 띠고 기다린다. 한참을 망설이다 그녀는 결국 덫에 걸려들고 만다.

"그게 말이지…… 그 남자는 도무지 알 수가 없는 거야……."

"하나씩, 하나씩. 차근차근히. 그러면 문제는 자연히 풀리게 돼 있어. 네가 알 수 없는 게 뭔데?"

입버릇처럼 정재영이 말한다. 회의할 때도 격론이 벌어지면 이런 말로 분위기를 가라앉히는데, 신기할 만큼 효과가 있다. 그녀는 머릿속에 엉망으로 엉킨 실꾸리가 들어 있다고 상상해본다. 그 실마리를 찾으려고 허우적댄다.

"그 남자는 무슨 생각일까? 왜 아침마다 전화를 하는 거야? 별다른 용건이 있는 것도 아니고, 그렇다고 데이트를 신청하는 것도 아니고…… 신경을 끄자 하면서도 자꾸 거슬리는 거야. 마음이 편치 않아."

"그쪽도 마음이 있는 거 같아?"

"글쎄 뭐랄까…… 그 남자는 만나면 내 눈을 똑바로 들여다보지. 이 말이 바보처럼 들린다는 거 알아. 하지만 보통 사람들은 남을 그렇게 쳐다보지 않거든. 의미심장하게 이상한 기분이 들도록 보는 거."

"망설이면서 눈치를 보는 것일 수도 있지. 자신이 없어서."

"망설이는 게 몇 주씩이나 가? 그러면 힘들어지지."

"그렇게 신경 쓰이거든 네가 먼저 데이트 신청을 해보지?"

그녀는 무릎을 친다.

"그래, 바로 그게 문제라니까. 그런 분위기는 아니거든. 이야기를 하다 보면 어쩐지 그럴 수 없는 상태로 떠들다가 불쑥 전화를 끊게 돼. 그렇다고 그 사람이 툭툭 던지는 말에 성적인 암시가 전혀 없는 게 아닌 것도 같고…… 아냐. 오히려 다른 사람들보다 더 진할까……. 그렇다고 내 편에서 넘겨짚는 것도 이상하지? 그렇지? ……우씨. 말로는 표현이 안 되네. 그리고 사실은 나도 잘 모르겠거든. 내가 뭘 바라는지, 어디까지 바라는지…… 그런 거. 이제 스무 살도 아니고……."

그녀는 비로소 자신의 욕망을 구체적으로 따져보려고 한다. 단순히 만져보고 싶다는 욕망이, 자신을 열어 상대를 받아들이고 싶다는 성적인 욕망과 갈라진 게 언제부터일까? 시간이 흐르면서 욕망도 분화에 분화를 거듭하여 부분마다 선이 그어지고 있다는 정도는 말할 수 있다. 또 다정함과 육욕이 따로 논다고 명확히 느껴질 때도 있다. 그리고 조금 더 깊이 추궁해보면 또다시 열정의 폭풍 속에 빠져드는 걸 두려워한다는 점도 자각된다. 이런 분열이 자신의 나이를 의식하는 데서 온 망설임일까? 아니면 욕망의 분화일까? 조리 없이 설명을 늘어놓는데도 정재영이 고개를 끄덕이며 받아준다.

"그 사람도 너처럼 갈팡질팡하고 있을지도 몰라. 암튼 사귀고 싶긴 한 거야?"

널널하게 구는 건 당할 수가 없다니까. 이 사람도 일만 빼면 매사에 손 놓고 게으를 게 분명하지.

혀를 차며 그녀가 먼저 싫증을 낸다. 언제나 그렇다.

"글쎄. 사귀어보는 정도라면…… 나도 어떤 종류의 친밀감은 좋아하고 갈망하니까…… 에이, 그보다 일 이야기나 해. 곰곰 생각해봤는데, 이게 제일 나을 거 같아. 왼쪽에 여자가 있고 거기서 서서히 남자의 모습이 분리되어 나오는 그림은 어때? 최종적으로는 왼쪽 여자, 오른쪽 남자. 두 사람이 있는 화면. 남자는 여자와 닮아야겠지. 여자에서 남자로 변해가는 걸 모핑으로 처리하든지. 중앙에는 또 다른 나를 발견하고 싶다, 라는 말을 넣으면?"

부산하게 떠들면서 테이블보 위에 포크로 대강의 구도를 그려 보인다. 정재영이 눈을 빛내며 들여다본다. 한참 후 고개를 끄덕인다.

"또 다른 나? 그런데 성은 다르단 말이지. 여자의 모습과 남자의 모습……. 플라톤 같은데? 원래 한 몸에 남녀 두 가지 성이 같이 있다가 분리되는 바람에 서로를 찾아다니는 게 사랑이라고 했던가?"

"그런 고상한 학설은 모르고, 아무렇든지 오른쪽 남자, 왼쪽 여

130

자, 똑같이 상체를 벗고 청바지만 한 장 걸친 그림이 되는 거야."

정재영이 고심한다.

"괜찮을 것도 같은데. 한 인간 속에 두 가지 성적 가능성이 다 들어 있다는 발상…… 하지만 여잔 가슴에 팔짱을 끼게 하나…… 암튼 섹시해야 되는데……. 그런데 왜 이런 이미지가 떠올랐지?"

결국 정재영은 그 콘셉트로 스토리보드를 짜되, 내일까지는 해야 한다고 강조하면서 일어선다. 헤어질 때 그는 그녀의 등을 툭툭 치며 말한다.

"너, 그 남자가 데이트 신청을 안 하는 이유 말야. 이런 가능성도 있을 거라는 생각은 해봤어?"

"무슨 가능성?"

"그 남자 게이 아냐? 그래서 사귀자는 말은 못 하는 거지. 성적인 교제로 받아들일까 봐."

"그렇다면 왜 나한테 자꾸 전화는 하는데?"

"나도 그게 궁금해. 영어에서는 자신의 성 정체성을 제대로 모르고 헤매는 게이를 가리켜서 벽장 속에 숨은 남자라고 한다며……."

뭐가 그렇게 재미있는지 정재영은 키득거리며 사라진다.

아무렇든지 내일까지는 스토리보드를 짜야 한다. 수해 복구 중인 도서관 같은 집 안 풍경을 떠올리자 망연해진다. 오후 다섯시다. 눈앞에 망망한 시간의 사막이 펼쳐진 것 같다. 지긋지긋하다. 그녀는 결연히 고개를 흔들며 집으로는 들어가지 않겠다고 다짐

하면서 복합 영화관 쪽으로 발길을 돌린다.

건물은 겉보기엔 크지 않지만 무려 다섯 개의 개봉관이 들어 있다. 매표소 중 한 코너만 대기 줄이 길다. 그 줄에 끼어 선다. 좋아하는 배우 키아누 리브스가 나오는데다 머리를 비우기 좋은 공상 과학영화라고 되어 있기 때문이다. 표를 사고 팝콘과 콜라를 한 아름 산다. 이만하면 두 시간 정도 머리를 비우는 데 충분하다.

영화에는 현실과 가상공간이 뒤섞여 있다. 추격과 격투 장면은 홍콩 영화의 액션을 능가하도록 멋지다. 공해로 위기에 처한 지구를 컴퓨터가 장악하고 인간을 식물처럼 재배하여 에너지원으로 사용한다는 설정이다. 인간이 사는 공간은 촉성 재배 비닐하우스 같다. 재배되는 인간의 의식은 가상의 삶을 살도록, 일종의 꿈꾸기로 조종된다. 색즉시공(色卽是空)이라는 불교철학과 비슷한 콘셉트이다. 그런데 영화 속 몇몇 인간은 꿈이라는 걸 깨닫고 저항한다. 레이지 어게인스트 더 머신. 기계에 대항하여 분노하라! SF 영화에 흔히 써먹는 디스토피아적 설정이다. 거기서 키아누 리브스는 메시아의 역할이다. 그리고 뒤를 따르는 막달라 마리아 역할의 여배우도 있다. 몸을 찢을 듯 폭발하는 쓰래쉬 메탈음악이 얼을 빼놓는다.

"쳇!"

정신없이 빨려들었다가 그녀는 펄쩍 뛰며 옆 사람에게 들릴 정도로 투덜거린다. 키아누 리브스가 총을 맞아 죽었는데 막달라 마리아 느낌의 여배우가 사랑과 믿음을 가지고 키스하자 다시 살아

난 것이다. 잔뜩 몰두했던 만큼 더 약이 오른다.

"아이고, 됐네. 그건 아냐. 정말 아냐."

손까지 내저으며 궁시렁댄다. 그 바람에 콜라가 튀는지 옆에 연체동물처럼 남자 팔에 착 달라붙어 있는 여자아이가 째려본다. 그녀는 시선을 맞받아 무지 노려봐준다. 결국 그쪽이 먼저 시선을 돌린다. 영화는 해피엔딩을 암시하며 끝난다. 불이 켜진다.

"정말 철학적이고 생각해볼 게 많은 영화다. 응? 결국은 사랑이 있기 때문에 세상이……."

옆의 여자아이는 일어나며 큰 소리로 떠든다. 그다음에 이어지는 말은 듣지 않아도 뻔하다. 사랑만이 우리들을 구원할 거야. 남자친구에게 그렇게 속삭이겠지. 어떤 사랑? 연민? 아님 섹스? 그녀는 통로에서 굴러다니는 실론티 깡통을 발로 차며 자문자답한다. 어두운 영화관에서 더듬는 끈적끈적한 애무? 골목길에서의 프렌치 키스? 늦은 밤 버스정류장에서의 격렬한 포옹? 침대에서 땀을 삘삘 흘리는 본격적인 성교? 그게 우리를 구원한다고?

맹렬하게 이빨을 닦고 싶어진다. 키아누 리브스라는 배우를 감상한 것과는 별도로 입맛이 쓰다. 그라탱, 커피, 팝콘, 콜라까지 차례로 먹어댔으니…… 먹을 땐 좋아도 시간이 지나면 입안이 시궁창처럼 꿀꿀해지는 게 문제. 편의점에서 칫솔 치약 세트를 산다. 공중화장실을 찾아서 이를 닦으려고 한다. 화장실 안은 옷을 갈아입는 여자아이들로 북새통이다. 더구나 세면대 앞엔 화장하는 아이들이 빼곡히 서 있다. 아이라인을 그리거나 립스틱을 바르거나 머리를 빗고 담배를 피우며 수다를 떤다. 귀가 먹먹하다. 감탄사가 절반인 말소리들. 그녀는 세면대 앞에서 밀려나지 않고 이를 닦으려고 애쓴다. 거울에 비친 얼굴들은 하얀 가면을 한 겹 쓴 것처럼 이상하지만 그래도 그녀보다는 보기 좋다. 누렇게 뜨고 까칠한, 잠빛과 불규칙한 생활이 고스란히 담긴, 축 늘어진 얼굴. 그녀는 자신이 여기 있는 아이들보다 두 배 이상 나이를 먹었을 거라고 짐작해본다.

"아줌마, 옆으로 좀 비켜봐."

흙 빛깔 립스틱을 든 여자아이가 그녀를 밀친다. 그녀는 돌아보곤 미소 짓는다. 정말 예쁘다. 저 분장 수준의 화장과 저 광대 같은 옷차림만 아니라면. 여자아이는 머리는 사무라이처럼 정수리에 치켜 묶었고, 품 하나가 작은 청재킷을 입어 가슴이 잘 여며지지도 않는 차림이다. 자세히 살펴보니 유방은 탁구공만 하다.

저런 차림새로 낚을 수 있는 남자는 어떤 종류일까? 고작해야 영계라는 말에 눈이 벌게지는 칙칙한 늙은 남자? 이 아이들이 꿈꾸는 사랑이 고작 그런 것인가? 섹스와 돈이 혼재된?

칫솔질까지 멈추고 한참을 관찰하고 있으려니 서글퍼진다. 저 머리를 풀어 다시 빗겨주고 싶다. 진한 분칠과 립스틱도 지우고 제대로 칠해주고 싶다. 그리고 어깨를 가만가만 두드리며 속삭이고 싶다.

'성급하게 굴 거 없단다. 인생은 아주 기니까. 서두르지 않아도 저절로 다 겪게 될 거야. 지루할 만큼 긴 게 인생이니까.'

"이 아줌마가? 사람, 화장하는 거 첨 봐?"

어떤 아이가 비명에 가까울 정도로 날카롭게 윽박지른다.

"어머나…… 징그러."

입술을 새빨갛게 바르던 아이가 그 말을 받아 비명을 지르고 옆의 아이에게 속삭이기 시작한다. 그녀를 힐끔거린다. 속삭임은 자꾸 퍼져간다. 웅성거리는 시선들이 일제히 그녀에게 집중된다. 당황한다. 아이들의 응시가 그녀의 몸을 바싹 쥔다. 늙수그레한 레즈비언으로 오인되고 있는 걸 깨닫는다. 서두르지만 입엔 치약 거품이 물려 있다. 군말 말고 사라져주는 게 제일이다. 얼른 입안을 헹군다.

"소름 끼쳐."

"저걸 밟아줘?"

"파출소에 신고하면 돼."

"뭐라고 신고해?"

"성추행."

"그래. 응큼하게 저러는 거 레즈비언 맞아."

"우, 추해."

아이들의 수군거림이 점점 더 커진다. 그녀는 황급히 화장실을 나선다.

어둠이 깔리자 바람은 더욱 차고 거칠어진다. 알싸하게 얼굴을 때리는 차가운 모래 알갱이. 운전석에 앉아 차를 출발시킬 생각도 하지 않은 채 거리를 망연히 내다본다. 라디오 스위치를 만지작거린다. 어느 채널을 눌러도 비슷한 노래들이 나온다. 사랑교 찬송가. 한숨을 쉰다. 오늘처럼 자신이 늙었다고 느끼는 날은 없었다. 장시간 쇼핑 끝에 다리가 아팠을 때도, 밤을 새워 다음 날 근육을 움직이는 게 뻑뻑했을 때도, 오전 내내 간밤의 술에서 깨어나지 못해 헤맬 때도, 이처럼 처절하게 자신의 나이를 의식하지는 못했었다. 핸들에 머리를 묻는다. 라디오에서 나오는 노래가 서서히 그녀를 물들인다. 〈월요일 아침 5시 19분〉 간주 부분에서 전화벨 소리가 효과음으로 뒤따른다. 반사적으로 자신의 휴대전화를 확인한다. 아무도 전화하지 않았다. 정재영의 말이 생각난다. 한참을 망설이다가 그 남자의 전화번호를 찾아서 건다. 삐삐거리는 통화 중 신호음. 차를 출발시킨다. 그는 아는 동네의 오피스텔에 살고 있어 쉽게 찾을 수 있다. 건물 앞에서 다시 전화를 건다. 이번에는 받는다. 그녀는 잔기침을 하여 짐짓 목소리를 명랑한 톤으로 말한다.

"이 부근을 지나다가 들러보려고요……."

그는 잠시 뜸을 들이더니 들어오라고 한다.

원룸인데 크고 잘 꾸며져 있다. 예상했던 것과 달리 깔끔하다. 유행을 좇아 바닥과 벽에 원목을 대어 안온한 분위기이다. 한쪽 벽면은 책과 비디오테이프들로 뻑뻑하다.

"집 안이 엉망이라……."

그는 수줍게 변명한다. 창 밑에서 커다란 텔레비전이 떠들고 있다.

"혼자 비디오를 보던 참이었어요."

그는 황황히 싱크대로 가서 주전자를 얹는다.

"밤이니까 커피 말고 다른 걸 마실래요? 홍차? 아니면 허브티도 있고."

싱크대 위 찬장에는 갖가지 차 깡통이 가지런히 줄지어 있다. 시중에서 구하기 힘든 카밀레 차며 박하, 갖가지 과일향이 나는 수입 차 깡통들이 장식물처럼 예쁘다. 색깔까지 맞춰서 늘어놓은 품이 퍽도 섬세한 성미인 모양이다.

"재스민 차 정도로 하죠."

서성거리며 그녀는 집 안을 휘둘러본다. 깔끔하고 정돈이 잘 되어 있다. 그동안 상상했던 게 미안하게도 책이나 신문, 축축한 타월 같은 건 늘어져 있지 않다. 작은 1인용 소파에 앉아본다. 푹신하고 안락하다. 그가 보고 있던 건 유럽의 성당에 관한 다큐멘터리이다. 눈에 익은 몇몇 성당들이 나온다. 노트르담 성당의 조각상들이 하나씩 자세히 보이기도 한다. 영어 해설을 알아들을 순 없지만 이 필름을 만든 감독은 신이 인간의 내면에서 중심을 차지하고 있었던 중세에 향수를 느낀 모양이다. 사랑이 섹스가 아니라 동경이었던 시대. 신을 향한 동경이 곧 인간에 대한 동경이기도 했던…… 그는 차를 만들어와 마주 앉는다.

"신을 믿어요?"

"왜요? 아, 저거. 아뇨. 난 종교가 없어요. 요즘 같은 시대에 뭘 믿는다고 하는 건 우습잖아요?"

그가 피식 웃으면 변명조로 말한다. 그녀는 고개를 젓는다.

"난 우습단 생각은 안 해요. 흔히 사람들은 아무것도 믿지 않는다고 말하지만, 자세히 보면 무엇에든 기대어 살고 있지요. 신이든, 19세기적 정치이데올로기든, 아무것이든지. 요즘이라면 돈, 시장이라는 시스템 혹은 사랑 같은 거에 의지한다고 할까……"

"사랑? 아, 정말 좋은 거죠."

그는 농담처럼 가볍게 말을 받는다. 절로 눈살이 찌푸려져 찻잔을 내려다보며 감춘다. 침묵이 흐르는 동안 그녀는 망설이고 또 망설인다.

"나하고 자고 싶단 생각, 해본 적 있어요?"

기습한 셈이었는데도 그 남자는 태연하게 대답한다.

"가끔은요."

너무 쉽게 나온 말이라 진담으로 들리지 않는다. 존재하지 않는 사람의 대답을 들은 기분이다.

'그래, 그때 이물스러웠던 게 바로 이런 느낌 때문이었던 거야.'

고개를 주억거리며 힘을 짜낸다.

"그렇다면 오늘 밤 여기서 자고 갈까 하는데요?"

비로소 그의 얼굴이 붉어지면서 또 즉각 대답이 튀어나온다.

"당연한 일 아녜요? 밤에 왔으니 자고 가는 거죠."

그런데도 말투가 어딘지 모르게 어색하다.

"농담 아녜요."

침묵. 서먹한 분위기가 오래 감돈다. 이윽고 그가 입을 연다.

"내게서 뭘 바라죠?"

"나도 그걸 모르겠어요. 곰곰 생각을 해봤는데, 내가 분열되어 있다고 느껴요. 그것도 아주 많이. 전에는 당연히 연결되어 있던 욕망들이 각각 명확하게 분리되고 나뉘고…… 이게 나이 탓인가 하는 생각도 하게 되구요. 그래서 같이 자보고 싶은 거 같기도 해요."

"같기도 해요?"

그는 그녀의 끝말을 받아서 허공에 던지더니 한참이나 관찰한다.

또다시 침묵. 갑자기 그는 벌떡 일어나 싱크대로 가서 다시 주전자에 물을 채워 끓인다. 그녀는 초조해졌으나 아무 말도 하지 않고 기다린다.

"내가 이은정 씨하고 우정을 맺고 싶어했다고 고백하면 기분이 어떨 거 같아요?"

"순수하게 우정만?"

반문하자 그는 돌아서며 차분하게 설명한다.

"우선 비슷한 나이라 비슷한 느낌일 거라는 생각이 들었거든요. 젊은 사람이라면 이해하기 힘든 얘기 같지만, 같은 연배엔 비슷한 걸 바라고 있을지도 모른다고요. 난 말이죠. 남자든 여자든 구별 없이 내가 인간을 상대할 때 그 인간에게서 바라는 게 뭔지 확실하게 안다고 자신해요. 부드러움, 편안함, 상호이해, 그런 거…… 결국은 평화롭고 따뜻한 관계. 방금 이은정 씨는 나이 탓인지 분열된 느낌이라고 했죠? 나도 그래요. 하지만 난 그걸 혼란으로 받아들이지 않아요. 오히려 욕망들이 뒤섞여 혼동하지 않을 수 있게 되어서 기쁘게 여기죠. 인생의 짐 하나를 던 기분이랄까……. 어릴 땐 무척 혼동되어 무턱대고 남을 상처 입히고 자신도 상처 입고 그랬거든요……. 근데 이젠 나이 먹는 게 퍽 좋은 일이구나 하고 감탄하게 돼요……."

주전자의 물 끓는 소리가 쉭쉭거리며 높아진다.

세 번째 여자

끈끈한 그의 시선이 한참이나 가슴팍에 머물러 있었다.
초조해졌다. 그 밑의 아랫배가 마음에 걸리기 시작한 것이다.
탱크톱의 배 부분을 슬쩍 잡아당겼다가 놓았다. 그가 다 알겠다는 듯 실쭉 웃었다.
붉고 도톰한 입술이 벌어지고 침에 흠뻑 젖은 혀끝이 살짝 엿보였다.

정애는 터미널 같은 장소를 좋아했다. 거기서는 일상이 여행가방 정도로 축소되고, 설레는 듯 초조하고 들뜬 웅성거림이 북소리처럼 심장의 고동을 부추긴다. 북적거리는 인파와 미지근한 목욕물에 잠긴 것처럼 안온한 익명성, 출발을 알리는 안내방송마다 순식간에 눈앞에 펼쳐지는 것 같은 다른 장소, 다른 생에 대한 환상. 정애는 그런 대기소들이 은밀한 은신처의 느낌으로 기억되곤 했다. 자주 들르게 되는 버스정류장을 비롯하여 제대로 된 여행 냄새가 나는 기차역 대합실, 혹은 언제 가봐도 바람이 거센 공항들……. 그중 가장 마음이 끌리는 곳은 호텔 로비였다. 패셔너블한 향수 냄새가 떠도는 천장 높은 홀을 가로지른다거나 구석에 앉아 멍청히 사람 구경만 하고 있어도 기분전환이 되었다.

"……어릴 땐 기차역 부근에서 자랐어요. 가게들이 죽 잇달아 있는 시장통이었는데, 우리 지방에 놀러 온 사람들이 차 시간이

남으면 어슬렁거리다 건어물 따위를 기념으로 사가곤 하는 거리였어요. 아버지는 동네 물이 험하다며 대문 밖에도 못 나가게 하셨는데…… 버스보다는 기차를 더 많이 이용할 때여서, 우리 읍내에 오는 거라면 사람이든 물건이든 꼭 역을 통과하게 마련이니까, 반드시 집 앞을 지나가는 셈이었을까……. 난 하루 종일 창가에 붙어서 바깥을 내다보곤 했어요."

정애는 터미널이나 로비에 오면 오랫동안 헤매다가 제 계절을 찾아낸 철새처럼 편안해지는 까닭을 설명해보려고 애썼다.

정애는 말을 잘하는 편이 못 되었다. 중년의 고비를 넘기면서 나아졌으나, 젊어서는 더듬거린다는 평도 들었다. 단어를 찾아 한참을 머뭇거리다 틈이 벌어질세라 성급하게 꼬리를 잇는 식으로 말했다. 그런데도 그는 갑갑하다거나 초조한 기색을 보이지 않았다. 휴가라면 호텔 로비에서 낯선 여자와 밤새도록 노닥거리는 게 당연하다는 양 고리버들 의자에 한번 몸을 부려놓고는 내내 꼼짝도 하지 않았다. 움직이는 걸 싫어하는가. 그래선지 통통한 편이었고 키는 중간 정도. 평범한 인상이지만 부리부리한 눈이 돋보였다.

우연히 주운 남자치곤 괜찮은 편이지.

정애는 몰래 그를 관찰하고 있었다. 자기 또래로 보였으나 아직도 허리 부근이 날씬했다. 사이즈는 32인치 정도일까. 엉덩이도 올라붙은 편이었다. 탄탄하게 조인 엉덩이라야 회가 동한다는 게, 같이 여행온 팀장 김선주의 입버릇이었는데, 실상은 벗겨보기 전엔 모를 노릇이었다. 여자들이 브래지어로 가슴 크기를 속이듯 바지 재단에 따라 엉덩이도 달라 보이는 것이다. 아무튼 그는 형편이 좋아 보였다. 주황과 초록을 주조로 알록달록하게 짠 셔츠는 미소니 상표일 게 분명했고, 베이지색 면바지도 고급이었다. 시계는 불가리, 테이블에 놓인 선글라스에는 아르마니 로고가 선명했다. 일본에서 사업을 한다고 했다.

"나하고 취향이 비슷하군요. 나도 빈둥거리며 사람 구경하는 걸 좋아합니다. 하지만 너무 오래 한곳에만 머무는 건 진력이 나던데. 그래서 별장보다 호텔을 이용하는 편을 좋아해. 동남아 쪽엘 자주 나오는 편이죠. 휴양도 하고 골프도 칠 겸."

그가 말을 받았다. 정애는 만족스러워 몰래 한숨을 내쉬었다. 그는 예기치 않게 받은 크리스마스카드 같았다. 더욱이 그 카드에는 눈부신 금박이 잔뜩 뿌려져 있는 것이다.

밤이 깊어질수록 로비에는 우렁우렁한 메아리들이 살아났다. 수영장에는 지난밤, 비트가 강한 음악을 틀어놓고 중국어 억양의 영어로 수다를 떨던 젊은이들—분명 싱가포르나 홍콩에서 왔을 것이다—도 물러가고 누가 혼자 남아 수영을 하는 모양이었다. 단속적인 물장구 소리가 들리고 물그림자가 대리석 벽면에 일렁거렸다. 왜소한 웨이터가 발을 질질 끌며 과일과 꽃으로 장식된 칵테일 한 잔을 쟁반에 받쳐 수영장 쪽으로 사라졌다.

천년을 살 사람처럼 그가 느릿느릿 땀을 훔쳤다. 정애는 조바심이 났다. 이 남자가 아니었더라면 자신도 혼자 수영장 부근이나 맴돌며 시간을 보내게 되었을 것이다. 같이 방을 쓰는 김선주는 새벽까지만 비켜달라고 했었다.

그녀는 남자를 어떻게 룸으로 끌어들일까. 그러려면 뭔가 결정적인 말을 해야 할 텐데. 그냥 같이 잡시다,라고 말하면 되나? 안 돼. 이 남자는 같이 한잔하는 것 이상을 바라기엔 내가 너무 늙었다고 생각할지도 몰라. 당연히 영계를 찾고 있을 거야. 되지도 않을 일에 기운을 빼진 말아야지.

알코올 기운이 다시금 머릿속을 휘젓고 지나갔다. 순간 와그르르 빗소리가 몰려왔다. 머리 위에 늘어져 있던 야자수 잎이 살랑살랑 흔들렸다. 후텁지근한 욕조에 찬물을 부은 것처럼 공기가 서늘하게 식어 내렸다. 맨살이 드러난 목과 어깨에 냉기가 스쳤다. 반사적으로 정애는 후두두 몸을 떨었다. 옆 의자에 놓아둔 카디건을 집으려고 했다. 동시에 그가 팔을 뻗어 카디건에 손을 얹었다. 두 사람의 손이 겹쳐졌다.

"스콜이 내리네요."

그가 말했다.

"스콜이네요."

그녀가 받았다. 시선이 얽혔다가 풀어졌다. 정애는 아래가 축축해져 테이블 밑에서 다리를 꼬았다가 눈치채일세라 다시 다리를 풀었다. 빗줄기에 포위된 듯 소리가 멍멍하게 울리면서 그림자가 더욱 길어졌다. 곧 야간근무가 끝나는 모양으로 웨이터가 돌아다니며 탁자를 닦기 시작했다. 스콜이 그치면 새벽이 올 것이다.

실수하지 않으려면 언제 방으로 돌아가야 할까? 새벽에 돌아오

146

라고 한 건 네시를 말하는 건가, 다섯시를 말하는 건가.

"졸려요? 올라가려구요?"

들썩대는 정애의 시선을 잡아채어 뚫어져라 들여다보며 그가 다급하게 물었다. 어쩌면 그는 여태껏 정애의 제안만을 기다리고 있었는지도 모른다. 그 생각이 떠오르자 입안이 바싹 말랐다.

"글쎄 언제 돌아가야 적당할지…… 새벽까지만 비켜달라고 했는데……."

정애는 닳고 닳은 여자로 보이지 않으려고 우물거림을 과장했다. 천천히 음미하는 듯한 그의 시선이 얼굴에서 목으로, 쇄골로 미끄러져 내려갔다. 눈길이 닿은 곳이 맨살에 소금이라도 뿌린 듯 따끔거렸다. 정애는 자신의 외모가 남의 눈에 어떻게 비칠지 안다고 자신해왔으나 새삼 자신감을 잃어버렸고 세포들은 불에 올린 오징어처럼 오그라들었다.

그늘처럼 자리 잡은 눈가의 주름이 이 사람 눈에도 뜨였을까. 입꼬리에 진 표정 주름은 나이를 더 들어 보이게 할 텐데. 그리고 턱의 흉터, 파운데이션을 아무리 짙게 칠해도 가려지지 않는다. 그리고 목. 만약 이 사람이 목에 입술을 댄다면…….

끈끈한 그의 시선이 한참이나 가슴팍에 머물러 있었다. 초조해졌다. 그 밑의 아랫배가 마음에 걸리기 시작한 것이다. 탱크톱의 배 부분을 슬쩍 잡아당겼다가 놓았다. 그가 다 알겠다는 듯 실쭉 웃었다. 붉고 도톰한 입술이 벌어지고 침에 흠뻑 젖은 혀끝이 살짝 엿보였다. 거기서 시선을 뗄 수가 없었다. 현기증이 났다.

"이대로 헤어지긴 섭섭한데…… 내 방에 가서 한잔 더 하는 게 어때요? 발렌타인 좋은 게 한 병 있거든요. 어차피 날이 밝을 때까지는 어디서든 기다려야 하잖아요?"

높은 다이빙대로 내몰린 기분이었다. 눈을 질끈 감을 수밖에 없었다. 머릿속이 하얗게 바래며 빛 무리가 번쩍거렸다. 아무 생각도 할 수 없었다.

"그래볼까요?"

자기도 모르게 대꾸하다 움찔했다. 카운터에 서 있던 웨이터가 부르는 줄 알고 다가왔다. 웨이터는 입이 찢어져라 하품을 했다. 한참을 망설이다가 주문했다.

"커피, 프리이즈."

그가 무슨 뜻이냐는 듯 눈을 크게 떴다.

"커피를 마시고 올라갈게요. 나는 정신을 좀 차려야 할 것 같군요."

정애가 변명했다.

비는 내리기 시작할 때와 마찬가지로 갑작스레 그쳤다. 이젠 밤도 끝났다. 플로어 램프의 주황빛이 레몬빛으로 바래고, 그림자들도 한층 엷어졌다. 조리실 쪽에서는 아침을 준비하는 듯 부산하게 그릇 부딪치는 소리가 끊임없이 울려 나왔다.

그래서?

김선주는 언제나 결말에만 관심을 가졌다. 그러나 해줄 이야기가 별로 없어 유감이었다. 그날 그의 방에서 돌아와 오후 내내 자고 일어나 보니 그는 벌써 체크아웃을 하고 떠나버린 것이다. 휴양지에서의 쿨한 매너란 그런 것이라고들 하지만 어쩐지 연애를 시작하기도 전에 퇴짜를 맞은 것 같아 참담한 기분이었다.

괌에서 돌아온 후 내내 그의 전화를 기다렸다. 바닥까지 훤히 들여다보이던 투명한 바다, 야자수의 초록 그늘, 하얀 모래밭, 타는 듯 빨간 꽃으로 뒤덮인 불꽃나무, 퍼붓는 스콜을 맞으면서도 큰 소리로 웃던 트럭 짐칸에 탄 흑인 아이들, 면세점이며 호텔 로비에 떠도는 오렌지와 녹차 향이 섞인 향수 냄새들. 그런 낙원을 찍은 그림엽서의 한 풍물인 것처럼 그 남자는 정애의 뇌리에 선명하게 남아 있었다.

'그 남자가 진짜 부유하고 독신이라면, 나라면, 무슨 핑계든 만들어서 작업 들어갈 거야. 경기가 나빠서 그런지 죄 찌질이들이던데, 그런 남자라면 원나잇으로 끝내긴 아깝지.'

김선주의 말대로 그의 명함을 받아두었으니 먼저 전화해볼 수도 있었다. 그러나 정애에게 필요한 것은 하룻밤 정사가 아닌 사랑이었으므로 그럴 수가 없었다. 정애는 자신도 김선주처럼 거침없이 살 수 있었으면 하였다. 김선주는 세상물정에 훤했다. 입심도 좋아 사무실에선 전무후무한 실적을 내고 있었다. 정애가 하루종일 미로상자에 갇힌 쥐처럼 끙끙거리며 한 건도 엮어내지 못할 때 김선주는 느긋하게 수화기를 들고 농담 따먹기를 하듯 시시덕거리다가 쉽게 상담을 따내곤 했다. 신기했다. 정애의 경우엔 대부분 '좋은 투자 기회가 있어서……'라는 말이 끝나기도 전에 상대가 전화를 끊어버리곤 했던 것이다. 뚜뚜거리며 송곳처럼 귀를 후벼 파는 기계음.

힘을 빼, 힘을. 자기는 웃을 때도 이를 악물고 웃는 것처럼 보인단 말야. 그러니까 사람들이 부담스러워하는 거야.

때로 김선주는 팀장답게 정애의 어깨를 툭툭 치며 충고하기도 하였다.

김선주라는 모범을 발견하지 못했더라면 정애는 로얄 파이낸스라는 회사를 한 달도 못 다니고 그만두었을 것이다. 면접 볼 때 사훈이 '하면 된다'라는 소리를 듣고, 정애는 반사적으로 해도 안 되었던 자기 인생의 짱돌들을 떠올렸고, 여기는 내게 맞지 않는다고 판단했다. 로얄을 로이얼이라고 혀를 굴리며 말하는 부장의 과장스런 허풍부터 부담스러웠다. 그러나 흥미니 적성이니 하는 것은 정애에겐 사치스런 말이었다.

그럭저럭 반년을 지낸 지금도 부스에 앉으면 뒷목이 뻣뻣해지며 머리에선 쥐가 났다. 불현듯 눈꺼풀 밑이 파르르 떨리곤 하는 것도 다 스트레스 때문일 것이다. 퇴근할 때면 그날 하루 매정하게 끊어졌던 통화들이 이명처럼 귀를 울리기도 하였다. 온종일 어깨 넓이의 칸막이에 갇혀 같은 말을 되풀이하고 번번이 거절당하는 일. 두 마디도 하기 전에 전해져오는 거부감이며 노골적인 귀찮다는 반응, 때로는 방해된다는 신경질이며 화풀이, 한가한 남자들의 음흉한 응수……. 이 회사에선 저녁마다 다리가 코끼리처럼 퉁퉁 붓는 육체적인 피로는 없었으나 퇴근할 때면 자존심이 홍수 맞은 흙담처럼 무너져 내리곤 했다.

상가 분양 사기에 걸려 남은 돈을 다 날리자 정애는 탈진한 사람처럼 쓰러졌다. 그거 남았었는데. 나이 많다고, 여자라고 그만 나가라고 눈총을 받으면서도 버티고 버텨서 받은 퇴직금이 겨우 고거 남았었는데…… 애가 끓었다.

실패의 경험은 사람을 분발시키는 게 아니라 움츠러들게 하고 마비시킨다.

한동안 정애는 벌판에 외떨어진 사람처럼 살았다. 가끔 동네 약수터의 산악회에 끼어 가까운 산행을 다녀오는 것 말고는 거의 집을 나서지 않았다. 그 산악회는 까다로운 회원규정이나 시시콜콜히 신상정보를 캐려는 분위기가 없어 편하였다. 거기 오는 사람들 대부분이 불안에 떨리는 눈빛과 막막한 그늘을 품고 있었고, 사람을 정면으로 쳐다보지 않고 비스듬히 엿보는 음지식물 같은 분위기가 있었다. 그 때문에 정애는 자신이 그들과 어울리기엔 너무 젊은 게 아닌지 고개를 갸웃거리기도 하였다. 그들은 미래라는 수관이 잘려 나가 서서히 말라죽을 운명에 처한 명퇴자들이었다. 할 일이 없으니 건강이라도 확실히 챙기겠다는 결의. 사회적인 쓸모에서 멀어질수록 삶에 집착하게 되는 아이러니에 실소가 나왔다.

아무리 낮에 햇볕을 쬐고 많이 걸어도 잠들기 어려운 밤은 있었다. 전전반측하는 그런 밤이면 자신의 인생에 별 흔적을 남기지 못한 결혼생활이, 한땐 야심도 있었던 직장생활이, 지나쳐온 몇몇 남자들이 눈앞을 스쳐가곤 하였다. 갈림길에 대한 때늦은 후회. 인문계로 갈 게 아니라 전문기술을 배웠더라면, 자연유산만 되지 않았더라면, 과감하게 직장을 그만두고 남편을 따라갔더라면, IMF만 오지 않았더라면, 호감을 보인 남자들과 재혼했었더라면……. 퇴직하게 되었을 때 그녀는 다시는 돌부리에 걸려 넘어지지 않을 거라고, 성공해 보이겠다고 이를 악물었었다……. 몇 번이고 돌아누우면서 곱씹다 보면 지나간 일들 모두가 전생에 일어난 일인 듯 어렴풋하게 느껴졌다. 과거에 대한 실감이 희미하게 바래는 것에 비례하듯 미래 또한 막막하였다. 자신이 믿을 것은 깔고 앉은 집의 전세금밖에 없었고, 그런 생각만 해도 몸이 마비될 정도로 삶이 두려웠다.

그런 밤이 여러 날 이어지면 정애는 미친 듯 뛰어나가 직장을 구하곤 했다. 그러나 그녀 연배의 여자가 용이하게 구할 수 있는 일자리란 식당 종업원이나 청소, 설거지 같은 몸 고된 일밖에 없었고, 억지로 파스 냄새가 풀풀 풍기는 고된 하루를 시작하기도 하지만 결국은 서너 달도 못 채우고 그만두곤 하였다. 하긴 부양할 식구가 있는 것은 아니니까 그렇게 드문드문 일해도 밥은 먹을 수 있었다.

그녀는 고치 속의 애벌레처럼 웅크리고 살았다. 오전에는 약수터까지 걸어가 물을 떠오고 오후에는 티브이 앞에서 그 물을 마시며 한숨을 짓는 그런 일과였다. 진창에 빠져 서서히 가라앉는 중이었지만 몸을 빨아들이는 뻘흙에 익숙해져 감각은 마비되고 위험을 망각해가는 그런 나날이었다.

인생은 그렇게 흘러갔다.

어느 가을날 오후 모처럼 외출한 정애는 보험빌딩 로비에 있는 커피숍으로 갔다. 정통 시애틀 커피를 강조하는 그 가게는 메뉴가 다양했다. 두문불출했던 몇 년 사이에 가게의 실내장식이며 배경 음악의 톤이 달라졌고, 커피의 종류도 엄청나게 불어나 있었다. 한참을 혼란스러워하다가 '그냥 커필 주세요'라고 대답하고 나니, 정애는 자신이 세상 뒤꽁무니를 허겁지겁 쫓아가는, 발을 질질 끄는 노파로 보이는 것 같아 풀이 죽었다. 홀에 등을 돌리고 거리를 향한 통유리창을 바라보며 앉았다. 얼핏 교복 같은 비즈니스 복장을 한 남녀들이 바쁘게 거리를 오갔다. 서두르는 차들의 경적 소리. '그냥 커피'는 지독하게 썼다. 비가 많이 내린다는 시애틀에선 궂은 날씨만큼이나 독한 카페인이 필요한 걸까. 갸우뚱거리는 정애의 귀에 찢어질 듯한 여자아이의 목소리가 들어왔다.

"울 엄마 나이가 몇 살인 줄 아니. 마흔이 휠 넘었다구. 그런 주제에 갑자기 바람이 들더니 자기가 처녀나 되는 것처럼 옷이나 화장품에 열을 올리고, 종일 집이나 비우구, 늦기 전에 자기 인생을 찾아야겠다는 등 헛소리나 하구. 정말 철없는 엄마 땜에 딸인 내가 미친다니까."

얼핏 돌아보니 스물 중반은 되어 보였다. 마흔이라. 그 여자아이의 뾰족한 하이힐 굽이 두피를 자근자근 밟고 가는 것 같았다. 그래, 마흔 살이 넘었지. 입안엣소리로 중얼거렸다. 정애는 커피에 설탕을 넣을까 망설이던 자신의 손을 응시했다. 허공에서 떨고 있는 티스푼에는 반 가웃도 못 되는 설탕이 얹혀 있었다. 배부터 시작하여 가슴, 목, 입안까지 서늘한 물 같은 것이 서서히 차올라왔다.

'늘 이랬지. 사십 년이 넘도록. 재고 또 재고, 따지고 또 따지고, 몸을 사리고, 겁내고, 부들부들 떨고. 마치 인생을 티스푼으로 되질하듯이 살아왔어.'

쨍쨍한 가을볕에 빨래의 물기가 증발되어가듯 생각들이 하얗게 날아가고 한 가지 생각만 남아 머릿속을 자꾸 맴돌았다.

'이게 인생이야? 고작 이런 게? 사기 아냐?'

와락 눈물이 솟구쳤다. 화장실로 달려가 변기에 걸터앉아 울기 시작했다.

시애틀에선 일 년에 백 일쯤 비가 내린대. 남편의 편지는 그렇게 시작되었다. 뒤미처 깨달은 것이지만 남편이 공부하러 간 곳이 바로 시애틀이었다. 해를 자주 못 봐서 그런지 사람이 더 우울해지고 더 처지는 것 같아. 기온이 그렇게 낮은 편은 아닌데도 많이 추워. 그렇게 이어진 춥다, 외롭다는 말들. 그러다 지쳤다는 말이 날아들고 결국 이혼하자는 요구.

정애는 그 편지를 받으면 신혼 초가 떠올라 밤새 잠을 이루지 못했었다. 허니문 베이비를 가져 고달팠던 신혼 초. 직장 그만둔

154

걸 후회하면서 집에 갇혀 있었다. 왜 자신이 임신이라는 족쇄를 차고 이 낯선 집에 붙들려 있어야 하는지 납득되지 않았다. 매일 저녁 부엌 창에 우두커니 서서 칼과 도마를 만지작거리며 높은 성에 감금된 공주처럼 한숨을 푹푹 쉬곤 했었다. 미칠 것처럼 갑갑했고 안타까웠다. 참된 인생은 창밖을 지나가고 있었다.

결국 남편과의 결혼생활은 서류상으로 고작 삼 년 만에 끝이 났다. 정애는 끝내 미국으로 따라갈 엄두를 내지 못했다.

언제나 뒷짐 지고 구경만 해왔던 거야. 진짜 인생이 시작되기만 기다리면서.

"왜 울어요, 아가씨? 난 아가씨 정도로만 젊어도 춤을 출 텐데."

세면대 앞 거울 속에서 시선이 마주친 어떤 여자가 말을 걸었다. 지독히도 늙은 여자였다. 정애는 종이 타월로 눈가 주름을 꾹꾹 누르며 억지 미소를 지어 보였다.

"아가씨라뇨? 마흔이 넘었는걸요."

그 여자는 살짝 윙크를 하더니 핸드백에서 빨간 립스틱을 꺼내 주름이 자글자글 잡힌 입술을 세심하게 칠하기 시작했다.

"나도 마흔 무렵엔 늙었다고, 인생이 갑자기 끝났다고 비관했었다우. 마치 물을 움켜쥔 주먹처럼. 그러나 지금 생각해보면 그건 나이도 아니야. 마흔 살이라니? 내가 그렇게 젊었었다고 생각하면 눈물이 날 거 같아."

"어머 그 정도로 나이 들어 보이시진 않는데."

정애가 착하게 대꾸했다. 전시회에 다녀오는 모양 두툼한 카탈

로그가 핸드백과 함께 세면대 끝에 놓여 있었고, 한껏 멋을 부린 차림이었다. 허리가 날씬해 보이도록 벨트를 죄어 바바리코트를 입었으며 어깨에는 갈색 얼룩무늬 스카프를 걸쳤다. 꼼꼼한 화장에다 손톱까지 잘 손질하여 빨간 매니큐어를 칠했다. 순간 시간이 동을 한 듯 멍해졌다. 개화기의 신여성들. 자부심과 흐트러지지 않는 매무새로 목이 빳빳했던 여인들.

"이제 내 나이 일흔일곱이라우. 관절 때문에 이런 데도 자주 못 다녀. 계단을 오르내리려면 벌벌 떨리니까. 중년이 되었을 땐 사람들이 날 늙었다고 왕따시키나 해서 속상하고 슬펐는데, 이제 보니 그건 문제도 아니더라구. 마음은 굴뚝인데 몸이 따라주질 않는 게 더 큰 문제야……. 꼭 끼이는 상자에 들어앉은 것처럼 갑갑해……. 이제 와서 되돌아보면 제일 후회되는 건 망설이다가 그냥 흘려보낸 일들이야……."

그 여자는 꿈속처럼 느릿느릿 말하다가 끝도 맺지 않고 화장실에서 나가버렸다. 또각거리는 구두 굽 소리가 북소리처럼 오래오래 정애의 가슴을 두드렸다.

회사에서 정애가 쓰는 컴퓨터의 초기화면엔 남미 혁명가의 캐리커처가 떠 있었다. 물론 정애보다 앞서 그 자리에서 텔레마케팅을 했던, 레이지 어게인스트 더 머신이라는 록그룹 팬이었다는, 어떤 처녀가 남기고 간 흔적이었다. 베레모를 쓴 혁명가는 계시라도 보내는 양 정애를 똑바로 응시했고, 그 옆 말풍선에는 '이상적인 것이야말로 현실적이다'라는 경구가 적혀 있었다.

괌 여행을 다녀온 뒤로 정애는 출근해서 컴퓨터를 켤 때마다 저불타는 듯한 시선은 아마도 짙은 눈썹 때문에 오는 착각일 거라며 고개를 저었고, 괌에서 만난 눈이 부리부리한 남자가 전화를 걸지 않는다는 사실을 새삼 떠올리곤 피가 마르는 듯한 심정이 되었다.

그래, 꿈이라고 다 비현실인 건 아닐 텐데. 이번엔 그냥 지나치지 않을 작정이었는데.

그렇게 한 달쯤 지났을 때 그 남자가 전화를 걸어왔다. 이인행입니다,라며 잠시 틈을 두었다. 정애가 기억하지 못한다면 얼마든지 끊어도 상관없다는 듯이. 놀라며 반색을 하자 그는 볼일이 있어 서울에 왔는데 만나고 싶다고 말했다.

"그러고 싶지만 오늘은 약속이 있어서요."

정애는 조급해지려는 마음을 지그시 누르며 교과서대로 응수했다. 김선주가 통화내용을 눈치채고 빼지 말고 승낙하라는 입 모양을 만들어 보였다.

"빨리 보고 싶어서 그래요."

이인행은 일단 항복의 말을 했으나 그래도 금요일엔 업계 파티가 있어 시간이 될지 모르겠다고 투덜거렸다. 아무튼 그들은 금요일 저녁식사를 같이하기로 합의하였다.

"나이 든 남녀는, 젊은 애들 연애 같은 밀고 당기기가 안 통한다는 거 몰라? 사람은 늙으면 피로하지. 특히 늙은 남자는 노우 소리 한 번만 해도 가버린단 말야."

김선주는 아예 상담역을 자처하고 나서서 충고를 퍼부었다.

"그래도 원나잇은 이젠 그만할 거야."

"왜? 수녀처럼 살게? 이 사회가 우리를 어떻게 보는 줄 알아? 첫 번째 여자도 두 번째 여자도 아닌 세 번째 여자라구. 어머니도, 마누라도 아닌. 의심스럽고 불안하기 짝이 없는 수상한 여자들. 숫자는 점점 불어나는데 여전히 이름도 자리도 없는."

두 번의 결혼을 다 자진해서 깨고 나왔다는 김선주가 말했다. 그러나 정애는 고개를 저었다.

"난 결혼해야 하겠어. 그러면 골치 아픈 문제가 해결되겠지."

"꿈 깨. 무슨 문제가 해결된다고 그래?"

"적어도 수상해 보이지는 않겠지. 미래가 막막하지도 않을 거고."

"에구. 세상이 그렇게 만만하기만 하다면야."

"아냐. 곰곰 생각해봤는데, 그렇게 미리 체념하고 몸을 사리니까 문제야. 전에 팀장님이 나한테 한금영인가 하는 친구 얘길 했었잖아. 건너 건너서 아는 사람인데, 단칸 셋방에 살면서도 골프를 치러 다녀서 다들 미쳤다는 소릴 했다고. 그런데 나중에 보니까 골프장에서 돈 많은 남잘 만나서 결혼했다며? 세상엔 그런 일도 있지. 나도 이판사판이야."

"단단히 결심한 모양이네? 용감해 보여 좋긴 하다만."

용감한 게 아니라 겁이 많아서 그러는 거겠지. 겁나니까 눈을 질끈 감고 뛰어내리는 거야.

맨땅에 헤딩하려는 게 아니라면 약간의 투자는 필요했다. 예금한 돈을 찾고 모자라는 건 카드로 긁었다. 시내 백화점들을 태풍처럼 휩쓸고 다니며 자신의 용모를 돋보이게 해줄 옷과 액세서리, 핸드백이며 구두 등을 갖추었다. 그래도 부족했다. 고심 끝에 유명 탤런트의 전속 메이크업 아티스트라는 모 선생의 미용연구실에 가서 피부마사지부터 머리손질까지 토털케어를 받기로 했는데, 갑자기 예약을 비집고 끼어드느라 김선주가 가진 모든 연줄을 다 동원해야만 하였다.

은색을 바탕으로 다홍, 보라 등 파스텔 톤의 색감이 어우러진 그 미용실은 화려하면서도 기품 있었다. 노방 실크로 만든 양귀비꽃이 사람 얼굴보다 큰 다발로 곳곳에 장식되어 거울에 비친 고객의 피부색을 한층 환해 보이게 해주었다. 비로소 제대로 찾아온 느낌이었다. 호텔 로비에서 희미하게 맡을 수 있었던 열대과일에 녹차향이 섞인 것 같은 냄새가 여기서는 진하게 떠돌았다. 한껏 심호흡을 하며 정애는 확신을 가지려고 애썼다. 인생을 놓치지 않으리라. 평범한 카드에 금박을 뿌려 화려하게 변신시키듯 이곳에선 자신의 외모를 눈부시게 치장해줄 것이다.

"미인 되는 거, 어려운 문제가 아녜요."

제자들이 바쁘게 손을 놀리고 있는 뒤편에서 선생이 불쑥 나타나 거울 속의 정애와 눈길을 맞추며 한마디 던졌다.

"길 가던 남자들을 일제히 뒤돌아보게 만든다, 그 정도에 기준을 두면 쉽지요. 애인에게 자부심을 안겨줄 수 있어야죠. 그러려면 그냥 예쁜 것만으로는 이제 안 통해요. 부티가 필요하죠."

그는 비밀 전수자처럼 눈을 찡긋거리다 사라졌다. 윙윙거리는 헤어드라이어의 소음 때문에 그가 뷰티라고 했는지 부티라고 했는지 아리송했으나 일단 새겨두기로 했다. 그가 화장을 맡았다는 탤런트는 남자들의 마음을 확실하게 사로잡고 있었으니까.

이인행은 한국의 중년 남자들이 사귈 때 흔히 그러는 것처럼 남편처럼 굴지 않아서 좋았다. 약간 삼가는 듯한 젠틀한 면모를 보여 괌에서 받은 국제적인 인상이 더욱 강조되었다. 그는 정애의 외모에 만족하는 듯했다. 그녀가 입은 옷의 가격을 일일이 따져보는 것처럼 한참을 뜯어보더니 '흠, 안목이 있군. 진품을 못 살 바에야 바로 그 아래 브랜드를 선택하는 게 낫지'라며 혼잣말했다. 그들은 호텔 내 구운 마늘이 유명하다는 프랑스 식당에서 저녁을 먹고 스카이라운지로 올라가 다이커리를 주문했다.

"괌을 기억하는 의미로."

열대과일과 꽃으로 장식된 글라스를 가볍게 부딪치며 그가 윙크했다. 부리부리한 눈 속에 도깨비불 같은 것이 춤추었다.

"저, 여기다 룸도 주문할까?"

정애는 깜짝 놀랐다.

"여기 묵고 있는 게 아니었어요?"

흠칫 그의 얼굴에 당황한 표정이 스쳐갔다. 먼저 부정하는 손짓이 나오고 한참 지나서야 말이 뒤따랐다.

"아니, 그게, 사실은…… 여기서 만나자고 한 건 업자들 모임이 여기 볼룸에서 열리니까 시간을 절약할 겸 그런 거고……. 난 서울에 집이 있는데 뭐 하러 여기서 묵어?"

그러고 보니 이인행에 대해 확실하게 알고 있는 건 하나도 없었다.

"그럼 여기서 잘 게 아니라 인행 씨 집으로 가죠."

정애가 제안했다. 그는 한참 동안 주저하는 기색이었다.

"재개발을 기대하고 사둔 집이라 너무 허름한데……. 정애 씨가 날 어떻게 생각하고 있는지 모르지만…… 사실 난 가진 게 별로 없는 놈이야. 원래 살던 아파트랑 재산은 갈라서면서 그 사람이 다 가져갔거든. 애놈들 때문에. 지금 내게 남은 거라곤 그 집하고 장사 밑천밖에 없어."

유창하던 그가 말을 더듬었다.

"대체 일본에선 무슨 사업을 하는데요?"

"일종의 수출업이라고 할까……. 기왕지사 이렇게 된 거. 어차피 계속 사귀려면 정애 씨도 알아야 하겠지……. 명품 모조를 가져다 일본으로 넘기는 거야. 괜찮은 사업이지. 중국이나 동남아가 아무리 날고 기어봐야 한국 사람 물건 만드는 솜씨는 못 따라오거든. 일본에선 짝퉁 중에서도 메이드 인 코리아를 에이급으로 친다구. 값도 제일 비싸고."

"어머, 그러다 걸리면 큰일나잖아요? 범죄잖아요?"

"다들 짝퉁인 줄 알고 사는데 왜 범죄야? 설령 사기가 된다고

세 번째 여자 **161**

해도 뭐가 나빠? 물건도 진품과 다름없겠다, 사람들은 그걸 갖고 싶어서 몸살을 하는걸. 갖게 되면 얼마나 기뻐하는데. 물론 잠시겠지만."

그의 둘레에서 떠돌고 있던 황금빛 후광이 스러졌다. 정애는 잠시 심호흡을 하고 생각한 뒤 마음을 고쳐먹었다. 끈질기게 그를 졸랐다. 그가 한숨을 내쉬었다.

"딱 한 번만이야. 후회해도 하는 수 없어."

예상과 달리 그의 집은 시 외곽이 아니었다. 도심과 멀지 않은 버스 종점의 산날망. 낡은 집들이 빼곡히 모인, 초목보다는 바위가, 바위보다는 시멘트 포장을 더 많이 두르고 있는 황량한 야산 밑 동네. 1970년대 영화 세트로나 쓰임 직한 구멍가게 앞에서 택시를 내렸다. 밤늦은 시각이어서 뿌옇게 먼지 낀 몇몇 가게의 유리문들은 불이 꺼져 있었다. 여기부터 걸어서 올라가야 한다고 했다. 외등조차 드문 골목길은 어두워서 더 비좁고 구불거리는 듯했다.

"혼자서는 못 찾아올 거 같아요."

정애가 숨을 몰아쉬며 한마디 던졌으나 그는 불퉁해서 대꾸가 없었다. 복잡한 골목길을 빠져나갔다. 쓰레기와 오물 냄새가 진동했다. 정애는 새 구두를 더럽힐까 봐 골똘히 땅만 내려다보며 걸었다. 그가 발을 멈춘 곳은 무너질 듯 허리가 불룩한 시멘트 블록 담 앞이었다. 녹슨 대문이 있었다. 담 안쪽으로는 멋대로 자란 측백나무들이 빽빽하게 둘러서 있어 집 지붕조차 보이지 않았다. 대문 옆 전신주에 매달린 가로등 빛이 그들의 발밑에 둥그런 빛의 우물을 그렸다. 초인종을 눌렀으나 안에서 기척이 없었다.

"집도 지킬 겸 누님이 여기 살고 계셔……. 오밤중에 어딜 가셨나? 집은 깜깜하게 해놓고 대답이 없네."

그가 중얼중얼 대문을 흔들었다. 철컹거리는 쇳소리가 메아리를 달고 골목 저편으로 굴러갔다. 어디선지 개가 짖기 시작했다. 결국 열쇠로 대문을 열었다. 들어서자 짙은 수목의 향기가 확 끼쳐왔다. 발부리에 뭔가가 툭 걸렸다. 내려다보니 희끄무레한 옷감 뭉치가 쇠붙이와 함께 있었다. 대문 앞 맨땅에 둥그렇게 그려진 허연 금이 언뜻 보였다.

"어머, 이게 뭐예요?"

"쉿, 조용히 해. 원을 밟으면 안 돼. 금이 지워지면 누님이 화낼 거야. 소란 피우지 말고 날 따라와요. 땅은 꽤 되는데 집은 곧 무너지게 생겼지. 하지만 어차피 우리야 일본에서 살 테니 상관없잖아?"

돌연 그가 발음한 우리라는 단어가 귀에 쏙 들어와 가슴을 두드렸다. 정애는 불평을 멈추고 다시금 심호흡을 했다. 밤하늘에는 별이 몇 개 떠 있었다. 그들은 어두운 뜰을 지나 현관으로 들어갔다. 캄캄했다. 오래 비운 집처럼 먼지와 곰팡내가 진동하고 있었다. 그는 익숙한 듯 정애의 손을 잡아 어떤 방으로 이끌었다. 더블 베드가 가득 차서 발 디딜 틈도 없었다.

"이상하네. 아무래도 정전인가 봐."

스위치를 몇 번 딸깍거리더니 어둠 속에서 그가 갑자기 서두르기 시작했다. 진한 키스를 퍼부으며 성급하게 옷을 벗겼다. 정애는 그가 하는 대로 몸을 내맡긴 채 머릿속에서 네온사인처럼 깜빡거리는 우리라는 말을 응시하였다. 서서히 안도감이 찾아왔다. 정애는 들키지 않으려고 몰래 숨을 삼켰다. 그들은 알몸이 되어 침대에 누웠다. 그가 전희를 끝내고 몸속으로 들어오려는 순간 창너머에서 불빛이 들어왔다. 서치라이트처럼 집중된 탐색하는 불빛이었다. 그가 놀라 동작을 멈추고 숨을 죽였다. 그녀도 따라 굳어버렸다.

"뭐죠?"

숨이 막히는 듯해 속닥거렸다.

"쉿, 누님이야, 뭘 찾고 있나 봐."

손전등 빛이었다. 불빛은 한참이나 창 너머에서 일렁거리며 들어와 벽에 갖가지 그림자를 만들어냈다. 그의 머리통이 기괴하게 늘어나 천장까지 닿았다. 영화 엘리펀트맨 머리통 같았다. 그에 잇따라 작은 새 그림자 같은 것이 나타나 겹쳐지며 흔들렸다.

"저건 또 뭐죠?"

"당신 손이잖아."

"내 손은 여기 있는 걸."

"그럼 누님이 플래시 말고 또 뭘 손에 들고 있는 게지⋯⋯. 정말 미쳐. 못 말린다니깐."

그가 투덜댔다. 빛이 흔들릴 때마다 그림자들이 늘어나기도 하고 줄어들기도 했다. 그들은 숨소리조차 죽이고 기다렸다. 돌연 웃음이 나왔다. 그가 서둘러 입을 막았으나 쿡쿡거리는 소리를 아주 눌러버리지는 못했다.

"왜 그래?"

정애도 설명할 수가 없었다. 조금 뒤 발소리가 나더니 불빛도 점차 졸아들고 사라졌다.

흥분이 식은 채로 대강 마무리를 하고 나자 사방의 정적이 새삼스럽게 의식되었다. 멀리서 개 짖는 소리, 그리고 바닥에 깔린 채 아득하게 다가오는 어떤 소리. 점차 가까웠다가 멀어지는 소리. 따악 따닥 탕 탕, 리듬을 탄 북소리.

"무슨 소리죠?"

"무슨 소리가 들린다고 그래?"

그가 입이 찢어져라 하품했다. 북소리가 계속되더니 이윽고 그 리듬에 맞춰 구성진 가락이 들려왔다.

"……어와, 청춘 소년님네, 백발 보고 웃들 마소. 미미헌 인생덜은 거 어이 알아보리…… 불로초 구하려고 보낸 후으 소식조차 돈절허고, 사구침대 저문 날으 여산의 황초뿐이로다……."

"〈귀불귀(歸不歸)〉군."

그가 다시 하품을 하며 고개를 끄덕거렸다.

"뭐라고요?"

"저 판소리 제목이 〈귀불귀〉라고. 돌아오지 못한다는 뜻이래. 누님이 젤 많이 부르는 판소리야. 누님은 젊어 소박맞은 뒤로 하는 일이라곤 먹고 자고, 신들린 사람처럼 이상한 짓이나 하고 북

치고 창을 부르고 그래. 아마 고독해서 저렇게 됐을 거야. 정신이 온전치 않다고 하는 사람도 있지만, 글쎄, 약간 이상하다고 할 수도 있겠지. 당신도 창하는 거 싫어? 귀신 나올 거 같아? 그 사람은 누님 창하는 소리부터가 소름 끼쳐서 못 살겠다고 하더니 나중엔 나하고 관련된 건 모조리 다 진절머리가 난다더군. 아마 정리해고 당한 뒤로 더 그랬던 거 같아. 나도 때로는 누님이 힘들어. 그래서 자꾸 일본에 있으려고 하는지도 모르지. 당신도 일본에서 나랑 살면 어때? 그럼 누님은 상관없잖아? 아무리 저래도 누님인데 나 몰라라 한다면 사람도 아니잖아⋯⋯."

그는 중얼중얼 지껄이면서 벗어놓은 양복이며 와이셔츠를 조심스럽게 옷걸이에 걸었다. 커프스 버튼이며 넥타이도 정성스럽게 챙겨 나이트 테이블에 올려놓았다. 그러고는 바로 잠들어버렸다. 정애는 잠들지 못하고 어둠을 노려보았다. 크지도 작지도 않은 북소리는 쉬지 않고 들려왔다. 간간이 창하는 소리가 따르기도 했다. 아주 먼 곳에서 들려오는 것처럼 느릿느릿 아득했다. 따악 따악 탕 탕.

손전등 빛이 일렁거리며 방 안으로 흘러들어온다. 기괴한 형상으로 변하여 벽에 딱 붙어버린 정애와 남자. 그 위로 신들린 노파의 그림자가 거대하게 늘어나며 덮치고⋯⋯.

스멀스멀 잠이 찾아와 눈꺼풀이 감기면 자꾸 그런 광경이 나타났다.

역전거리에 살던 어린 시절, 읍내에 서커스단이 들어왔다. 그들은 옛 우시장 자리에 천막을 쳤고 오후마다 본정통에서 퍼레이드를 벌였다. 울긋불긋한 깃발을 앞세우고 광대 옷을 입은 사람이 큰북을 치며 앞장서면 몇몇 단원들이 화려하게 치장하고서 갖은 재주를 부리며 뒤따라갔다. 종종 원숭이나 말, 개도 동행하였다. 가장 관심을 끄는 것은 괴물들이었는데 퍼레이드에는 끼지 않았다. 서커스 공연 천막 옆에는 세계괴물전이라는 현수막이 붙은 작은 천막이 있었는데, 그곳에는 온갖 괴물들이 다 모여 있다는 소문이었다. 얼굴 없이 목만 길게 있는 처녀, 등이 달라붙은 난쟁이 형제, 피부가 축축 늘어져 주름진 옷처럼 몸을 감싸고 있다는 원자탄 귀신 등등. 서커스단의 출현은 썩은 연못처럼 가라앉아 있던 읍내를 떠들썩한 잔치판으로 바꾸어놓았다. 아이들은 신바람이 나서 퍼레이드 뒤를 쫓아다녔고, 어른들은 소문을 물어 나르느라 바빴다.

정애도 안달하였다. 괴물들 소문에 겁을 내면서도 한편으로는 궁금해서 어쩔 줄을 몰랐다. 몇몇 날 동안 아버지를 졸랐으나 허락은 떨어지지 않았다. 오히려 더 엄한 감시령으로 대문 밖 출입이 전보다 어려워졌다. 아버지는 서커스단은 범죄자들의 도피처라고 설명해주었다. 그러니 근처에 얼씬도 하지 말아야 한다고. 아이들을 유괴하여 식초만 먹여서 뼈를 말랑말랑하게 만든 다음 곡예를 시킨다고 했다. 끝까지 말을 안 듣고 우는 아이는 호랑이 밥으로 던져준다, 목이 긴 귀신이나 난쟁이 형제, 원자탄 귀신도 다 아이들을 납치해다 괴물로 만든 거라더라 등등.

밤마다 정애는 만주에서 마적두목 노릇을 했다는 서커스단 단장 꿈을 꾸었다. 일본군의 총에 맞아 애꾸가 된 그는 호탕한 웃음을 터뜨리며 손짓했다. 내가 바로 네 아버지다, 이리 오너라, 같이 가자꾸나. 정애는 화들짝 놀라 뒷걸음질 쳤고 그러다 보면 괴물들이 득실대는 천막 속 함정에 빠지게 되는 거였다. 비명조차 나와주지 않는 가위눌림에서 몸부림치다 깨어보면 불이 꺼져 깜깜한 방 안이었다. 창문으로 들어온 거리의 불빛으로 벽엔 괴상한 그림자가 어른거렸고, 그것들은 꿈보다 더 흉흉한 모습으로 일그러지거나 하면서 다가왔다. 정애는 다시 꿈에 빠진 것인지 아닌지 분간할 수가 없어 식은땀을 흘리며 몸서리치곤 했다.

그런 꿈을 계속 꾸었지만 그래도 정애는 창가에 붙어 서서 퍼레이드 구경하는 걸 멈추지 못했다. 다른 집 아이들은 팔짝팔짝 뛰며 그 뒤를 따라갔다. 꿈에서와 달리 햇빛 환한 거리에서 벌어지는 그들의 춤과 묘기는 신명나 보였다. 가슴의 고동을 점점 부추기는 큰북의 울림, 트럼펫의 애절한 노랫소리, 눈부시게 화려한 금박 은박의 옷차림들, 그 주변을 안개처럼 감싸고 있는 아련한 모험의 냄새. 정애는 군침을 삼키며 뚫어져라 바라보기만 했을 뿐, 끝내 대문 밖으로 나갈 엄두를 내지 못했었다.

어린 시절의 행동은 평생 변주만 될 뿐 변하지는 않는다.

낮잠에서 깨어나 임신한 무거운 몸을 간신히 일으켜 부엌으로 가면 싱크대 앞 조각창 가득히 스쳐가는 해 질 녘의 거리 풍경. 바

뻔 퇴근길의 사람들. 차들의 번쩍임. 저기에 인생이 있다며 쥐어
보는 허전한 주먹. 언제나 끓고 있던 저녁밥의 꾸무룩한 냄새. 자
유로울 남편을 기다리는 시계침 소리.

정애는 땀이 흥건한 채로 선잠에서 깨어났다. 깜빡 잠들었던 모
양이었다. 그는 옆에서 코를 골며 자고 있었다. 싸늘한 청회색 새
벽빛이 들어와 그의 짙은 눈썹 위에 머물러 있었다. 그녀는 골똘
하게 그의 얼굴을 들여다보았다. 청색시대 그림처럼 파랗게 질려
버린 얼굴, 금색 후광 같은 것은 사라지고 비로소 짙은 그림자가
보였다. 정애는 그 음영을 따라 살짝살짝 윤곽을 짚어보았다. 이
남잘 만난 건 단순히 즐기려는 게 아니었다.

"나, 그만 집에 갈래요."

그러나 그는 깨어나지 않았다. 살그머니 침대에서 빠져나와 더
듬더듬 옷을 찾아 입었다. 마른 옷감과 피부 사이에 써늘한 냉기
가 끼어들어 몸서리쳐졌다.

너른 마당에는 잡풀이 잔뜩 우거졌고, 집은 1970년대 문화주택
이라 불렸음 직한 형태였다. 대문 앞에는 둥근 원이 그려져 있고,
그 속에는 옷가지와 녹슨 식칼이 있었다. 어젯밤 발부리에 걸린
게 그것이었다. 정애는 고독에 갇혀 실성한 노파를 떠올려보았다.
무수한 갈림길들이 파도치듯 밀려오는 불면의 밤들. 때늦은 후회
와 돌아갈 수 없음의 막막함.

"하얏트에서 산동네까지…… 하지만 이 남자와 즐기기만 하려

던 건 아니었지."

헛웃음을 참고 입안엣소리로 중얼거렸다. 머리 한 귀퉁이에선 우리라는 네온사인이 꺼지지 않고 깜빡거렸다. 잿빛 새벽이 골목 끝에서 기어오고 있었다.

"말도 안 돼. 만난 지 한 달도 안 됐는데 결혼한다고?"

김선주가 비명 지르듯 말했다. 부러워서 나오는 오버액션일지도 몰랐다.

"안 될 것도 없어. 젊었을 때도 두 달 정도 만나곤 결혼했는걸 뭐."

대답을 하고 나서야 깨달았다. 첫 결혼을 할 때 두 달 정도 사귀었다고 하지만 따져보면 순수하게 데이트만 한 건 다섯 번이었다. 양가 어른들께 인사를 드리느니, 예단을 상의하느니, 예복을 맞추느니 하는 용건을 가지고서야 만났었다. 그때 그녀는 고르며 망설이기만 하다가 한참 지난 나이였고—그땐 무엇에서 지났다고 초조했던 걸까—더는 안 되겠다고 눈 질끈 감고 집에서 탈출하겠다는 일념으로—프라이팬이 뜨겁다고 불에 뛰어든 격이었다—결혼을 서둘렀던 것이다. 아마 그 사람이 아니어도 됐을 것이다. 남편도 정애가 아니어도 좋았을 것이다. 결혼을 결정하고 느꼈던 안도감은 오래가지 못했다. 허니문 베이비를 임신하고 고령인 탓에 중독증을 보이게 되어 집에 들어앉게 되자 갇힌 기분으로 빠져들었다. 포로였다. 태어나 처음으로 몸에 갇힌 자신을 느꼈다. 그러나 그땐 그게 몸이 아니고 결혼이라는 감옥에 갇힌 거라고 생각했었다. 안타까웠다. 창에 달라붙어 밖을 내다보며 나가야 할 텐데라고 중얼대며 초조해했었다. 저기 서커스가 지나가는데, 참다운 인생이 저기 있는데, 나는 여기 서서 구경만 하고 있다니. 주먹을 쥐고 발을 굴렀었다.

"그래, 자기 말도 일리가 있어. 나이 든 남녀가 꾸물거려봤자 뭐가 더 생기겠어. 이 사람이다 싶으면 그냥 해치우는 게 수지. 일없이 세월 간다고 생각하면 억울하지. 어젠 우리 할머니가, 구십 노인넨데, 갑자기 멀쩡한 얼굴을 하고 그러더라. 언제 내가 이렇게 늙어버린 거지. 얼마나 웃었는지. 그나저나 살림은 어쩌기로 했어?"

"도쿄에서 살 테니까 다 정리하고 몸만 오면 된대. 내가 준비할 건 여권밖에 없대. 근데 지금 그 사람이 일본에서 살고 있는 집이 아주 좁은가 봐."

정애는 고민을 털어놓기 시작했다.

로얄 파이낸스를 그만둘 수 있어서 정말 기뻤다. 퇴근 무렵 귀를 울리는 이명도, 미로상자 같은 부스도 이젠 안녕이었다. 또 다른 막막한 여자가 와서 혁명가의 말을 곱씹게 될 것이다. 이상적인 것이야말로 현실적인가 하고. 살림을 정리하고 집을 내놓았다. 집은 바로 나갔다. 그녀는 그 돈을 챙겨 일본에서 둘이 살 집을 구하도록 그에게 주었다. 출발에 임박하여 그는 비행기 시각은 15일 열두시인데, 누님 때문에 볼일이 생겨 한 이틀 정도 지방에 갔다

와야 한다고 하였다.

"그래서 하는 말인데. 아무래도 당일에 공항에서 만나서 가는 게 좋겠어."

정애도 출국 전에 부모님 산소엘 한 번 다녀오기로 마음먹었다.

정애는 약속시간보다 약간 이르게 공항에 도착했다. 역시 공항은 혼잡하고 바람이 거칠었다. 8번 게이트 앞 대기석에다 간략하게 꾸린 이민가방과 기내 백을 내려놓고 기다리기 시작했다. 사람들이 쉴 새 없이 나타나 게이트로 뭉텅뭉텅 빨려 들어갔다. 어디선지 브라스밴드 소리가 들려왔다. 귀빈이 나타난 걸까? 정애는 벌떡 일어나 두리번거렸다. 노랑 갑사 한복을 입은 처녀가 팻말을 들고 지나갔다.

'아름다운 땅 한국에 오신 것을 환영합니다.'

팻말에는 한국어와 한자로 그렇게 써 있었다. 그 뒤로 중국인 여행객으로 보이는 늙은 남녀 한 무리가 줄줄이 따라갔다. 간혹 꽃다발을 안은 사람도 있었다. 눈길로 그 행렬을 끝까지 좇아보려고 하였으나 사람들의 파도에 가려져 놓치고 말았다.

끊임없이 밀려와 부서지는 파도. 파도의 끝자락엔 하얀 물음표가 달려 있다.

점점 엉덩이가 아파졌다. 정애는 당황하여 시계만 뚫어져라 보았다. 빨간 숫자가 12로 바뀌면서 경고등처럼 재빠르게 깜빡거렸다. 나리타행 비행기가 출발한다는 안내방송이 흘러나왔다.

거미집

한숨같이 내 얼굴 뒤 어두컴컴한 거울 저편에
아빠의 얼굴이 떠올라왔다. 기묘했다.
어둠 너머 둥글게 가라앉은 표정에다
절 입구의 사천왕상처럼 퉁방울눈이 되어 부라리며 노려보고 있었다.
낯선 외계의 생물을 관찰하는 눈빛이었다.

어릴 때 나는 세상에는 인과응보(因果應報)가 있다는 말을 믿었다. 어른들이 입 모아 그렇다고 말했고, 그때 읽은 동화책이나 만화영화들은 착한 이가 승리하고 악한은 벌을 받는다는 식으로 그렇게 이야기가 끝났기 때문이었다. 착한 이들의 챔피언이라고 할 콩쥐나 백설공주 들은 모진 박해를 당하기도 하고 고난을 겪지만 끝에 가면 왕자와 결혼하여 행복해지며 그들을 못살게 군 팥쥐나 계모들은 잔치에서 내쫓겨 손가락만 빨게 되고 곰보가 되기도 한다. 정말 그런가? 그런가? 재우쳐 묻는다면 자신은 없어지지만 아빠가 이야기해준 동화의 내용은 대충 그랬던 것 같다.

또 착한 이들은 아름답고 섬세했다. 조그만 일에도 상처받고 눈물을 흘렸다. 일곱 장의 매트리스 밑에 감춘 콩 한 알이 배겨 잠 못 이루는 공주가 대표적인 예였는데, 아마도 아빠의 이상형이었을 거다.

어려서 나는 우리 집 공주였다. 맏딸인 나를 아빠는 끔찍이도 위했다. 밤마다 아빠의 자장가를 들으며 잠드는 건 기본이고, 세 식구 중 내게 필요한 물건에 우선권이 있었으며, 내 옷은 속옷까지도 다려서 입히라고 성화를 받칠 정도였다. 그런 탓인지 나는 유난히 아빠를 따랐고, 울 때도 여느 아이들처럼 엄마를 찾는 게 아니라 아빠를 찾았다고 한다.

아빠는 나를 예쁘게 꾸며 시장 사람들에게 자랑하고 싶어했다. 봉긋하게 부푼 소매와 화려한 레이스가 달린 층층이 원피스를 사온 사람은 아빠였는데, 겸하여 보석이 박힌 분홍신도 있었다. 엄마는 못마땅한 표정으로 생활비도 모자라는데……라며 툴툴거렸고, 아빠는 어린 딸을 질투하느냐고 받아쳐서 한바탕 부부싸움이 벌어졌다.

다음 날 아빠는 원피스와 구두를 입히고 곱슬곱슬 파마한 머리를 곱게 땋아준 후 시장 입구의 제과점으로 나를 데려가 팥빙수를 사주었다. 색색의 과일젤리와 단팥을 듬뿍 얹고 연유까지 뿌린 그 맛에 난 그만 황홀해지고 말았다.

아빠는 장사치에 불과한 사람이 되고 말았지만 실은 꿈이 컸었다고 했다.

"어떤 꿈인데?"

"공주님은 어려서 말해줘도 모를 거야. 아무튼 우리 공주님이 우아하고 고상한 숙녀로 자라주면 돼. 알았지?"

팥빙수의 달콤하고 영혼까지 얼려버릴 것 같은 맛에 취해 나는 무조건 고개를 끄덕거렸다.

"일테면…… 화사하고 꿈꾸는 것 같은 자태에다 부드럽고 상냥한 어조로 조곤조곤 말해야 해……."

아빠는 반쯤 얼빠진 표정으로 중얼거렸고, 나는 팥빙수의 마지막 한 방울까지 싹싹 긁어먹는 데 정신을 팔았다.

그런 데이트는 엄마에겐 비밀이었다. 데이트를 하고 들어오면 으레 나는 엄마의 눈치를 보게 되었다. 아빠랑 제과점 같은 덴 절대 안 갔어. 나는 얼굴이 새빨개져서 우물쭈물 변명하였다. 그리고 엄마가 옷이 더러워진다고 타박하기 전에 냉큼 벗어놓고 구두도 신발장 안에다 곱게 모셔두었다.

사실은 나도 그런 차림이 불편했다. 공주처럼 떠받들리면 우쭐해서 으스대긴 했으나 실은 어색해서 어쩔 줄을 몰랐다. 아빠가 말하는 것처럼 치맛자락을 곱게 추스르고 앉아 인형놀이나 소꿉장난을 하는 건 재미없었다. 머슴애들처럼 마구 뛰어다니고 드잡이질을 하며 노는 게 좋았다. 짓궂은 장난을 거는 녀석은 끝까지 쫓아가 때려주어야 직성이 풀렸고 그러다 몸싸움이 되어 흙바닥에서 뒹굴어도 개의치 않았다. 어릴 때 내 몸은 열이 펄펄 끓는지 늘 상기되어 불그스름했고, 막일꾼처럼 겨울에도 땀을 뻘뻘 흘렸으며, 마구 내뻗는 어린 싹처럼 넘치는 힘을 주체하지 못했다. 때문에 내가 움직이는 반경 안에선 늘 무언가가 넘어지고 떨어지고 부서졌다.

나는 아빠가 없을 땐―사실 아빠는 열시쯤 시장에 나가면 한밤중에나 집에 들어왔고 쉬는 날도 거의 없었다―구멍 난 셔츠에 실밥이 뜯어진 반바지를 입고 골목을 마구 휘젓고 다녔다. 그럴 때마다 아빠의 기대를 어긴다는 어렴풋한 죄책감 같은 걸 느꼈던 것 같다. 어쩌다 그런 꼴을 아빠에게 들키기도 했는데, 그럴 때마다 아빠의 실망감은 이루 말로 표현할 수 없을 정도였다. 어린 마음에도 아빠의 상심이 물처럼 가슴에 스며들어와 자진해서 다신 안 그런다고 싹싹 빌기도 했다.

그처럼 사랑을 퍼붓던 아빠가 돌연 우리 식구를 버린 것은 충격이었다.

어쩌면 예고된 일이었을지도 모른다. 둔감한 엄마만 몰랐을 뿐. 그전부터 나는 아빠가 변해가고 있다고 놀라고 있었다. 동생이 태어나던 무렵인데, 아빠는 갑작스레 날 멀리하기 시작했다. 내 일거수일투족이 다 거슬린다는 듯이 일일이 잔소리하기 시작했다. 그렇다고 새로 태어난 동생에게로 애정이 옮아간 것도 아닌 것 같았다.

예를 들면 아침마다 아빠 침대에 뛰어들어 남은 아침잠을 자는 버릇이 금지되었다. 안방 문은 굳게 잠겼고, 추운 거실에서 아무리 문을 두드리며 애원해도 소용없었다. 그리고 출근할 때면 나를 안고 뽀뽀해주던 것도 그만두었다. 내가 유치원에 들어가 아빠가 출근할 때 배웅하지 못하니까 그런다고 했다. 그런데, 평소에도 아빠는 나를 안아주거나 하지 않게 되었다. 손톱이 길게 자라 손톱 밑에 때가 끼고 거스러미가 일었으나 알아채지 못했다. 어쩌다 아빠의 무릎에 앉으려고 하면 치대지 말라고 버럭 소리를 지르는 가 하면, 거칠게 날 내려놓고 일어서버리기도 했다. 무안해서 눈물이 쑥 빠질 지경이었다. 어리둥절했고 당황했고 영문을 몰라 끙끙 앓았다.

어쩌면 동생이 태어나고 내가 유치원에 들어간 것과 상관있을지도 모른다. 유치원에서 나는 만화영화의 별명을 따서 말라깽이라고 불렸는데, 그 무렵 나는 갑자기 키가 쑥쑥 커버려 초등학생보다 클 정도였다. 거울을 들여다보면 키만 흉하게 자란 남자도 여자도 아닌 이상한 아이가 하나 있었다.

다시 어려지고 예뻐지면 아빠가 날 귀여워해줄까? 안타까웠다.

거울을 들여다보고 노는 버릇이 생긴 것이 그 무렵이었다. 거울에 비친 내 모습을 뜯어보며 이런저런 방식으로 머리를 고쳐 빗기도 하고, 엄마의 머플러를 베일처럼 휘감고, 내 얼굴을 도화지 삼아 엄마의 화장품을 덕지덕지 바르기도 했다.

그 장난에 한참 빠져 있을 때였다. 한순간 내 얼굴 뒤 어두컴컴한 거울 저편에 아빠의 얼굴이 떠올라왔다. 기묘했다. 어둡디어둡게 가라앉은 표정에다 절 입구의 사천왕상처럼 퉁방울눈이 되어 부라리며 노려보고 있었다. 낯선 외계의 생물을 관찰하는 눈빛이었다. 날 미워하는 것도 같고 측은해하는 것도 같았다. 그 눈초리를 받자 심장이 따끔따끔 저려왔다.

"아빠아?"

침묵이 짓눌러와 뒤돌아보았다. 아빠는 없었다. 허깨비를 보았을까? 아무튼 그 눈길은 내 뒤통수에 깊숙이 박혀 언제까지나 꺼지지 않았다.

그 무렵부터 아빠는 집에서 겉돌았고, 원체 데면데면한 사이였던 엄마와는 더욱 서먹해지더니 시장통에 여자가 생겼다는 소문이 돌았으며, 그 여자네 식구들이 찾아와 한바탕 엉켜서 싸움을 한 뒤, 엄마와 헤어졌다.

아빠가 집을 나갔을 때, 나는 인과응보라는 말을 씹고 있었다. 처음 그 말을 안 것은 『장화홍련전』이라는 전래동화책이었는데, 친절하게도 아빠가 설명을 해주었던 것이다. 나쁜 사람은 벌을 받는다는 뜻이라고. 나는 그 말을 씹고 또 씹었다. 아빠는 벌을 받고말 거야. 마치 풍선껌을 입에 넣고 부풀릴 수 있을 때까지 꼭꼭 씹는 것처럼.

어쩌면 아빠가 그처럼 갑작스럽게 멀어지지만 않았더라도 아빠가 벌을 받을 거라는 생각은 하지 않았을 것이다. 또 그 여자네 식구들이 쳐들어와 엄마와 대판 싸우다가 그 와중에서 내 등짝까지 철썩철썩 때리지 않았더라면 아빠가 망할 거라는 생각까지는 하지 않았을 것이다.

갑자기 버려진다는 건 참혹했다.

이제 나의 공상은 공주가 되는 게 아니라 성공하는 거였다. 앞으로 나는 굉장한 부자에다 굉장히 힘센 사람이 되리라. 작은 콩알 하나에도 상처받고 눈물 흘리는 건 사절이었다. 눈물이라면 엄마가 흘린 것만 해도 충분할 터였다. 나는 인정사정없이 전진하여 성공하리라. 어른이 된 나는 목을 빳빳이 치켜들고 세상을 비웃게 되리라. 사람들은 내 명령이 떨어지면 흙고물이 묻을세라 전전긍긍 시행할 것이다. 그때쯤이면 아빠는 인과응보를 받아 망할 것이고, 나를 찾아와 도움을 청할 것이다. 하지만 나를 만나려면 애 좀 먹어야 할걸. 나는 여왕처럼 눈부시게 차려입고 면회를 허락하리라. 그런데 아빠가 거지꼴을 하고 울면서 용서를 빌면 난 어떡해야 하나? 댁이 누구세요? 하고 면박을 줄까? 아니면 아빠 지나간 일은 잊어요. 용서해드릴게요,라고 말해야 하나?

열일곱 살 나던 해 겨울 아빠 가게가 부도났다는 소식을 들었을 땐 당혹했었다. 옳다구나 무릎을 치려는 걸 간신히 참았다. 그건 도리가 아닌 것 같았다. 마음 한 켠에선 내가 앙심을 품고 있어서 그렇게 된 게 아닌가 싶어 꺼림칙했고, 그러면서도 고소했고, 그 식구들과 고생하게 될 아빠가 조금은 불쌍하기도 했다. 아무튼 인과응보는 이루어지는 모양이니 앞으로는 내가 성공하는 일만 남았다.

나는 별 불평 없이 대학진학을 포기하고 소녀 가장이 되었다.

사실 엄마는 있어도 없는 게 더 낫다고 할 정도로 무능했다. 하는 일마다 되는 게 없는 팔자라고 투덜거리며 가진 돈을 야금야금 까먹었는데, 내가 보기에는 정신을 못 차려서 그렇게 되는 것 같았다. 비디오 가게를 할 땐 드나드는 아이들이 버릇없다며 내쫓기 일쑤였고, 옷가게는 예쁜 건 자기 몫으로 챙기느라 손해만 보고 접었으며, 최근 호프집을 할 때는 손님이 반말지거리를 한다고 싸우기도 했다. 그래서 백수나 다름없는 지금의 남편과 살겠다고 했을 땐 반대는커녕 안도의 한숨까지 쉬었을 정도였다.

이런 형편이니 동생이 무슨 일이 생길 때마다 아빠도 엄마도 아닌 나부터 찾는 게 당연했다.

동생은 아빠가 학비와 기숙사비를 대주기로 하여 대학에 진학했는데, 지방대학이라 혼자 내놔서 그런지 걸핏하면 사고를 쳤다. 그러면서도 동생은 자신을 성인이라고 주장했고, 따라서 나를 찾는 건 돈이 필요할 때뿐이었다.

전화 속에서 동생은 일단 울음부터 터뜨렸다. 속이 부글부글 끓어올랐으나 사무실에서 험한 소리를 늘어놓을 수도 없는 터여서 목소리를 낮추었다.

"무슨 일인데?"

"당장 백만 원이 있어야 돼. 큰일 났어."

"백만 원 같은 소리 한다. 나도 다달이 학비 융자 받은 거, 제하고 나면 생활하기도 빠듯해. 돈이라면 먹고 죽을래도 없다."

"그 돈 못 구하면 죽어버릴 테야."

많이 들어본 협박이어서 나는 눈도 깜빡하지 않았다.

"왜 백만 원씩이나 필요해? 아빠가 이달 생활비 안 줬어?"

"그건 아니고…… 학교 실습비 내야 하는데…… 아빠는 절대 못 준대. 그런 건 알아서 하는 거라나."

"아빠가 그딴 소릴 해? 실습비라고 했는데?"

뚜껑이 열려 나도 모르게 확 일어섰다. 돌아가시는 줄 알았다. 아빠 이야기만 나오면 그랬다. 나에게 쏠리는 사무실 안의 눈을 피해 화장실로 달려갔다. 마침 아무도 없었다. 변기 뚜껑을 덮어놓고 털썩 주저앉았다. 이제 동생은 엉엉 울고 있었다.

"마치 내가 딴 데 쓰려고 거짓말한 것처럼 몰아세우는 거야. 아빠 주제에 의심부터 하고……."

화가 나지만 짐작 가지 않는 것도 아니었다. 아빠 생각이 맞을 수도 있었다. 동생은 늘 사고를 쳤고 그걸 수습하느라 바빴다. 그래서 실습비라고 둘러대고 돈을 타내려고 하는 것일 게다.

이게 또 무슨 사고를 쳤지? 바쁘게 머리를 굴렸으나 짚이는 게 없었다.

"내일까지 못 내면 큰일 난다고."

동생은 내가 자기 말을 믿는다고 생각하는지 계속 징징거렸다.

"나 죽어버리고 말 거야. 다 소용없어."

밖에서 노크 소리가 났다. 일어나 변기 물을 내리며 빠르게 말했다. 일단 만나자. 만나서 이야기하는 게 좋겠다. 저녁 때 내 사무실로 와라. 걱정 마라. 아빠가 정 그런다면 둘이 가서 따지면 된다, 등등. 오겠다는 답변을 듣고 전화를 끊었다.

돌아와 자리에 앉는데 머릿속이 지끈지끈했다.

갑자기 엄마가 나타나 내 카드를 빌려 현금인출을 해간 게 보름도 되지 않는다. 그런데 이번엔 동생? 소녀가장 노릇은 진절머리가 난다. 언제까지 이렇게 살아야 돼? 머릿속이 뜨거워졌다 차가워졌다 하는 게 꼭 병이 난 것만 같았다. 전표를 입력하는데 숫자가 자꾸 틀려서 짜증이 났다. 이를 악물었다. 갑자기 왼쪽 어금니가 자근자근 아파왔다. 혈관에는 피가 아니라 더러운 구정물이 거품을 부글대며 돌아다니는 것만 같았다.

정말 되는 일이라곤 없는 날이었다.

점심시간에 치과에 갔더니 문이 닫혀 있었다. 유리문을 흔들었으나 꿈쩍도 하지 않았다. 안쪽에 걸린 휴진이라는 팻말이 조롱하듯 건들거렸다. 월요일에 왔을 때, 분명 모레 오라고 했는데……. 멍해졌다.

하는 수 없어 진통제를 사 갖고 오는데, 어디서 사고가 났는지 길까지 막혔다. 버스 안에서 발을 굴러보아도 소용없었다. 밥 먹을 시간도 달랑달랑했다. 정말 되는 일이라곤 없어,라고 악을 쓰고 싶어 속이 불끈거렸다. 치과도 그렇고 동생도 그렇고. 엄마 아빠는 떠올리기만 해도 재수가 없었다. 인간들이 너무 무책임했다.

아빠가 돈을 못 주겠다고 했다는 건 예상할 수 있는 반응이었다. 아빠는 원래 짠돌이였다. 동생을 대학 보내는 것만 갖고서도 딸을 위해 엄청난 희생이라도 하는 양 생색을 냈다. 거기다 뭘 더 요구했다간 난리가 났다. 때로 아빠가 양심이 찔리는지 가만있어도 그 여자가 가만있지 않았다. 이러니 무슨 일이 있어도 아빠는 도움이 안 되었다. 언젠가 엄마가 교통사고를 당했을 때, 그건 사람의 힘으론 어쩔 수 없는, 천재지변에 속하는 사건이었는데도 아빠는 마치 우리가 아빠를 괴롭히려고 고의로 사고를 당한 것처럼 투덜거렸었다.

심란한데다 점심을 빵으로 때웠기 때문인지 퇴근시간이 되자 몸이 자꾸 까라지며 치통도 점점 더 심해졌다. 사무실 사람들은 재빨리 퇴근해버렸고, 나는 혼자 꾸물대며 동생을 기다렸다.

'도대체 걘 무슨 일을 저지른 거야? 왜 백만 원씩이나 필요해?'

자꾸 사나워지는 심사를 달래느라 구시렁거리는데, 갑자기 사무실 문이 빠끔 열렸다. 빨갛고 뭉툭한 코끝이 들어왔다. 같은 층에 있는 옆 사무실 김 사장이었다.

"나가다 보니 여긴 아직 불이 안 꺼졌기에?"

김 사장은 전에 없이 변명 같은 말을 늘어놓으며 들어섰다.

"우리 사장님은 버얼써 퇴근하셨는데요?"

둘은 같은 부류여서 그런지 친했다. 둘 다 예순 살이 넘었을 것이다. 그런데도 넥타이 대신 스카프를 두른다든지, 주말엔 캐주얼한 골프복장을 한다든지 하는 식으로 젊어 보이려고 안간힘을 썼다. 게다가 성격은 더할 수 없이 치사하고 쪼잔했다. 계산이 일 원만 틀려도 누가 자기 돈을 강탈하러 온 듯 부들부들 떨었고, 통장과 도장을 함께 맡기는 법이 없어 은행일이 늘 이중이었다. 그 사무실 여직원과 나는 마주치기만 하면 그들을 할아버지라고 부르며 씹었는데, 어떻게 알았는지, 우리 사장이 한번은 나를 불러놓고 잔소리를 했었다.

"할아버지라고 할 정도로 그렇게 늙진 않았어. 앞으로는 꼭 사장님이라고 해."

앙드레 김처럼 교양 있는 체 말끝을 야릇하게 꼬부리는 투여서 먹은 게 넘어오려고 했다.

"하지만……."

승복하긴 싫지만 반박할 말이 있는 것도 아니어서 우물거렸다. 젠장, 면접 보면서 내 나이를 물어볼 때, 나도 사장 나이를 물어봤어야 했다.

"뭐가 하지만이야? 미스 정은 용모도 일처리도 다 좋은데, 언행이 거친 거, 그게 문제야. 여자가 그러면 못써. 여자란 모름지기 부드럽고 상냥해야지."

여자가 어쩌고 하는 소리야말로 내가 상대방 주둥일 콱 비틀고 싶어지는 그런 말이었다. 브래지어 속까지 더럽고 섬뜩한 손이 들어온 것 같아 진저리를 쳤다. 그러나 상대는 사장이었다.

나는 은근히 심해지는 치통 때문에 볼을 부여잡고 축 늘어져 있었다.

"미스 정은 왜 아직도 퇴근 안 해? 데이트가 있나?"

그가 버벅거리며 물었다. 뭔 상관이람? 나는 벌떡 일어나 그가 뒷손질로 닫은 문을 다시 열어놓았다. 그러고는 바쁜 척 움직였다. 평소에는 하지 않던 사무실 뒷정리를 했다. 신문들을 접어 제자리에 놓고 테이블에 지저분하게 널려 있던 간식 찌꺼기를 쟁반에 담아 개수대로 옮기면서 방해가 되니 비키라는 시늉도 했다. 그가 방향을 못 잡고 우왕좌왕하더니 강아지처럼 나를 졸졸 쫓아왔다. 노인네를 너무 구박했나 싶어 미안해졌다.

"동생이 온다고 해서 기다리고 있는 거예요."

친절하게 설명해주었다. 갑자기 그가 활짝 웃었다. 드러난 이는 성했으나 잇몸이 뒤로 물러나 길쭉하고 누르칙칙했다. 갈데없이 마귀할멈 이빨. 헨젤과 그레텔 같은 순진한 아이들을 꾀어다가 과자 대신 우적우적 씹어 먹겠지.

"가만 보니까, 미스 정, 애인 없지?"

실없는 물음이라 대꾸할 가치도 없었다. 나는 미소를 보여주곤 칸막이 뒤에서 컵이며 접시 같은 것을 씻었다. 물소리를 최대한 내어 그의 주절거림을 상대하지 않으려고 했다. 그는 칸막이 저편에서 뭐라 뭐라 계속 지껄였다. 그러다 무슨 말 끝에 "응? 좋지? 시간 낼 수 있지?" 하고 재우쳐 물어 칸막이 밖으로 고개를 뺐다. 그는 똥 마려운 초등학생처럼 안절부절이었다.

"뭐라고요?"

"토요일에 시간 있느냐고? 나하고 같이 저녁 먹자고? 응?"

"내가 왜 사장님하고 밥을 먹어야 되는데요?"

"할 이야기가 있다니까. 조용히 만나서 이야기 좀 하자고. 그러니까…… 저기 남산 밑에 리젠트 호텔이라고 알지? 거기 사장이 내가 아는 사람이거든. 공직에 있을 때 그 친구가 내 신세를 좀 졌지. 그래서 내가 말하면 스위트룸이 공짜야. 미스 정, 거기 스위트

룸 가봤어? 호텔 규모는 좀 작아도 룸 인테리어는 최고급이야. 전
망도 죽여줘. 국내에선 최고로 치지. 거기서 같이 저녁식사를 하
면서 의논을 하자구. 좋지?"

그가 얼굴을 들이대며 채근했다. 침이라도 질질 흘리게 생겼다.
기름내처럼 끈적끈적한 향수 냄새가 코를 찔렀다. 되는 일이라곤
없는 날이었다. 젠장. 애는 왜 아직도 안 나타난담. 화가 나서 어
쩔 줄을 몰랐다. 눈에서 불꽃이 튀도록 노려보아주었으나 도무지
눈치가 없었다. 그에겐 내가 인간이 아니라 싱싱한 섹스기계로 보
이는 모양이었다.

"지금 당장 대답하라는 건 아냐. 잘 생각해보라고. 내가 보기엔
말야. 미스 정처럼 불안정한 처녀에겐 나처럼 나이 지긋한 애인이
있으면 좋을 거야. 그럴 땐 누가 조금만 뒤를 받쳐줘도 한결 낫지.
애인은 나처럼 나이가 지긋해야 여자 마음을 잘 알고 잘 보살펴주
는 거야. 그러니까…… 에, 작년까지 내가 사귀었던 여대생은 오
피스텔 한 채를 걔 앞으로 해주고 끝냈지. 겨우 이 년밖에 안 사귀
었는데도. 많이도 아냐. 일주일에 두어 번만 만나주면 돼. 만나서
이야기도 하고 회포도 풀고. 좀 좋아? 어때? 괜찮지? 여기 내 명
함 줄 테니까 생각해보고 핸펀으로 전화해. 토요일날 몇 시에 만
나면 좋겠는지."

머릿속이 하얗게 바래어 어쩔 줄 모르고 서 있다가 그가 명함을
들이밀자 휙 잡아채어 갈기갈기 찢었다.

"이 노인네가 미쳤나? 사람을 뭘로 보고 껄떡대는 거야?"

그는 잠시 주춤거리더니 도리어 얼굴을 붉히며 버럭 소리를 질렀다.

"아님 그만이지, 뭐 잘났다고 소리는 빽빽 지르고 지랄이야? 여자애가 교양 없게스리."

"교양? 그러는 넌 뭐가 그렇게 잘나서?"

나도 모르게 삿대질을 했다.

"허, 이런 봉변이 있나? 대학도 못 나와 심부름이나 하는 애라, 역시……."

"뭐야? 이게 입에서 나오면 말이야?"

나는 손에 잡히는 대로 집어 들어 덤볐다. 비명이 터졌다. 그가 얼굴이며 아랫배를 움켜쥐며 주저앉았다. 아쉽게도 내가 쥔 것은 과도가 아니라 포크였고 그것도 얼굴에서 미끄러져 가슴도 그냥 지나치고 배만 슬쩍 찔렀을 뿐이었다. 손에 물컹하니 파고드는 느낌이 얕은 걸 봐선 할퀸 정도인 것 같았다. 그래도 배 부근 와이셔츠엔 핏방울이 조금씩 내배었다.

제기랄, 눈알을 콱 쑤셔놓았어야 했어.

오른발로 웅크린 그의 등을 걷어찼다. 구두가 벗겨져 날아가버렸다. 책상 위에 있던 핸드백을 집어 닥치는 대로 때렸다. 비명 소리가 점점 높아져 메아리칠 정도가 되자 청소 아줌마와 관리인 아저씨가 함께 들이닥쳤다. 그에 용기를 얻었는지 그가 벌떡 일어나 내 멱살을 잡았다. 토요일과 일요일을 골프로 시간을 죽인다고 하더니 정말 힘이 셌다. 그는 무자비하게 나를 잡고 흔들어댔다.

"이 나쁜 놈아, 이거 못 놔?"

"신고했어? 했어? 당장 오라고 다시 해. 경찰 와야 해. 이거 미쳤어."

파출소에서 그는 배에 타월을 대고 누르며 죽어가는 시늉을 했다. 고작 긁힌 정도일 텐데도 엄살이 심했다. 그러면서도 병원 가는 건 미루었다. 치료도 급하지만 미친년부터 잡아넣어야 사회의 안녕과 질서가 보장된다는 거였다. 그가 줄곧 떠들어대는 말은 자기는 가만히 있었는데, 내가 갑자기 미쳐서 포크를 휘두르며 덤볐다는 거였다. 어이가 없어 팔짱을 끼고 경멸해주었으나, 내심으로는 마구 떨려서 무릎이 마주 붙어 있지 않았다. 눈치채이지 않으려고 이를 악물고 참았다. 엄지발가락이 뻣뻣해질 때까지 다리에 힘을 주었다. 그러다 망신스럽게도 눈물이 왁 터져 나왔다. 걷잡을 수가 없었다. 아무리 애를 써도 그칠 수가 없었다. 숨을 꺽꺽거리며 더듬거렸다.

"이 사람 부인까지 불러다놓고 이야기하는 게 아니라면 나는 아무 말도 안 할 거예요."

경찰은 저간 사정을 다 알겠다는 듯 쓴웃음을 지었다.

"그래, 그만 그쳐요. 우리를 믿어요. 좋도록 해결해줄게요. 울음 그치고 이야기합시다."

경찰이 호의적으로 말했다. 일부러 그러려는 게 아닌데 부드러운 말을 듣자 또 눈물이 쏟아졌다. 파출소 안의 이목이 모두 이쪽으로 쏠렸다. 경찰은 난처한 듯 칸막이 뒤 소파로 우리를 데려가

앉게 했다.

"물 마시고 진정하세요."

그 경찰은 양 볼이 가팔라서 매초롬하니 콱 막힌 사람처럼 보였으나, 웃는 표정이며 태도로 봐선 마음을 놓아도 될 것 같았다. 나는 물을 한 모금 마시고 눈물을 닦았다.

"그럼 양쪽 보호자를 불러다 동석한 가운데 진술을 듣는 것으로 하지요?"

갑자기 그의 입에서 아우성이 터졌다. 이게 미쳤다는 건 보기만 해도 안다. 집사람은 뭐 하러 부르느냐. 내가 바로 피해자다. 당신 그러는 거 아니다. 나도 마찬가지였다. 내가 몇 살인데 보호자가 필요하냐. 나는 어엿한 성인이고 내 일은 얼마든지 내가 책임진다고 항의했다. 우리가 시끄럽게 떠들어대자 경찰은 팔을 휘휘 내저으며 제지했다. 갑자기 그가 호주머니를 뒤적거렸다.

"에, 잠시 전화 좀 걸어도 되겠소? 내가 잘 아는 사람이……."

그러고는 휴대전화를 꺼내 만지작거렸다. 경찰의 얼굴이 확 일그러졌다가 곧 펴지더니 실실 웃기 시작했다.

"이런 일이 있었다고 소문나는 건 사장님도 원치 않으시는 걸로 압니다만……. 조용히 해결하려고 하신 게 아니었던가요? 두 분 다 보호자를 부르는 건 반대하시니까 그냥 이 자리에서 진술을 받아두는 걸로 할까요?"

나는 눈물을 멈추지 못하여 끅끅거리면서 말했다.

"제일 먼저 이 사람이 나를 성희롱했다는 거부터 써주세요. 괜

거미집 191

히 남의 사무실에 들어와서 치근덕거리잖아요."

그는 농담한 거뿐이라고 잡아뗐다. 나는 지지 않았다.

"여대생에게 돈 주고 같이 자는 게 취미라면서요? 일주일에 두어 번씩 잔 여대생에게 오피스텔 한 채 줬다는 말은 유머였다 그거죠? 그럼 나한테 사기 치려고 한 거잖아?"

마구 따지고 들자 그가 꼬랑지를 내리는 걸로 끝났으나 진술을 하고 합의는 봐야 했다.

파출소에서 나올 때까지도 눈물이 그치지 않아 어쩔 줄 몰랐다. 똥물이 튀면 샤워를 해도 껍껍한 법이다.

"도대체 언닌 왜 그래?"

동생이 중간에 전화하곤 파출소까지 쫓아왔다가 타박했다.

"성질 좀 그만 부리고 살아. 그딴 말 들었다고 포크를 들고 설치냐? 앞으로 회사는 어떻게 다니려고 그래?"

"그만두라면 그만두지 뭐. 더러워. 몸서리가 나. 토할 것 같다고."

"정말 오바하고 있네. 언니가 젊고 예쁘니까 남자들이 껄떡거린다, 그렇게 생각하면 안 되는 거야?"

동생은 얼간이 같은 소리를 했다.

"그 껄떡거리는 게 싫다고. 몸서리가 나. 똥물 뒤집어쓴 거 같다고."

"그럼 언니는 언니한테 관심 보이는 남자는 다 포크로 찌르고 싶어져?"

"과잉반응이었다는 건 인정해. 하지만 전부터 그런 놈들에겐 화가 났어. 어떻게 해버리고 싶었다고."

"이상하네. 난 남자들이 나한테 관심을 안 보이면 섭섭할 거 같은데."

"혼동하지 마. 그게 아니니까. 이건 프러포즈가 아니라 사람을 모욕하는 거란 말야. 그래서 화가 나는 거고. 관심이 있어서 호감을 표시하고 싶다면 왜 상대방을 존중하면서 프러포즈하면 안 되지?"

"그게 오히려 위선일 수도 있잖아. 사랑하는 게 아니고 그냥 자고 싶은 거뿐이라면."

"그런 넌 사랑하지도 않는데 같이 자니?"

"뭐가 문젠데? 자고 싶음 자는 거 아냐?"

"정말 세대 차이 난다. 요즘 대학생은 다 그래? 정말 그런 거야?"

"언니도 대학생이면서 뭘 물어?"

"방통대도 대학이니? 근데, 가만 생각하니까 너 땜에 더 화가 나네. 너 같은 얼간이들 땜에 남자들이 여자들을 우습게 보는 거잖아. 치근대는 걸 프러포즈라고 착각하질 않나. 어쩜 애가 그렇게 헤플 수가 있어? 너, 파더 콤플렉스 아냐? 태어나자마자 아빠 엄마가 이혼하는 바람에 남자가 쫌 잘해준다 싶으면……."

"닥쳐. 고리타분한 소리 하지 마. 언니야말로 자타가 공인하는 파파걸이잖아. 아빠한테 집착해서 남자라면 이를 갈면서. 그러니까 여태 연애도 못 하고 시집도 못 갔잖아."

동생과 나는 격렬하게 말다툼을 했다.

그랬다. 아빠가 떠난 뒤로 우리는 그렇게 살았다. 서로를 헐뜯고 원망하고 미워하고 싸웠다. 남겨진 우리끼리 잘 살아보자고 다독거리면서 위하는 척했으나 얼마 못 갔다. 내심 물어뜯지 못해 안달하는 가족이었다. 틈만 나면 서로의 약점을 잡아 빈정댔다.

특히 엄마는 나를 원망했다. 나 때문에 아빠가 가정을 버렸다고 생각하는 것 같았다. 대놓고 그런 말을 한 적은 없어도 나를 대하는 태도를 보면 느낄 수 있었다. 나를 볼 때마다 공연히 한숨 쉬고 다시 보고 또 한숨 쉬었다. 땅이 꺼져라 내뱉는 한숨들. 설레설레 고개 젓기. 말은 안 해도 내가 잘못해서 아빠가 떠났다고 생각하는 게 분명했다. 나는 영문도 모른 채 한없이 움츠러들었다.

머리가 지끈거렸다. 말다툼이 길어지자 치통은 두통으로 번졌다. 어금니 부근을 고무망치로 탁탁 치는 것처럼 둔중한 통증이 정수리까지 울렸다. 눈앞의 사물들이 두 개씩 겹쳐져 보일 지경이었다.

내일 다시 만나자고 동생을 따돌리고 무작정 걷기 시작했다. 아직도 못다 한 울음이 남은 양 가슴이 그들먹했다. 숨이 차오르도록 급하게 걸었다. 가을밤은 서늘했다. 불타는 것 같은 도심의 불빛 위로 종이뭉치처럼 허옇게 풀어진 달이 떠올라 있었다. 젖은 빨래 주머니에서 나온 종이뭉치 같은 달. 아무리 펴봐도 원래 돈이었는지 영수증이었는지 알 수가 없다. 눈자위가 축축해서 손을 대보았으나 눈물이 흐르고 있진 않았다.

어느새 걸음은 아빠의 가게가 있는 시장통으로 가고 있었다.

시장은 여전했다. 최근 유통 혁신인가 하는 사업으로 새로 정비했다고 들었는데, 예전 그대로인 것 같았다. 변한 것이라곤 시장 입구의 철골 아치를 산뜻하게 칠한 것과 아케이드 지붕을 해 달고 바닥을 포장한 정도일까? 길모퉁이에 환하게 빛나는 수족관 같은 가게. 고려당이었던 제과점은 파리바게뜨로 간판이 바뀌었으나 유리벽은 그대로였다. 아빠는 그 유리벽 뒤에다 인형 전시하듯 나를 앉혀놓고 자랑하기를 좋아했었다.

시장 골목으로 들어서니 가게들 절반은 문을 닫아 어두컴컴했다. 바닥엔 물이 질펀했다. 상인들이 전을 거두며 물청소를 했을까? 조심스럽게 물웅덩이를 피하면서 걸어갔다. 건어물상과 반찬 가게 골목을 지나면 노천 음식점들이 줄지어 선 골목이 나왔다. 거기서 갈라진 오른쪽 샛길은 어느 고등학교 뒷담과 만난다. 그 고등학교는 일제시대부터 있었다는데, 담을 따라 측백나무며 플라타너스 같은 수목들이 울창했고, 시장 길과 맞닿은 담엔 찔레꽃 덤불이 넘어와 수북이 자라고 있었다. 덥고 메마른 유월이 오면 하얗게 뒤덮던 찔레꽃. 시큼하면서도 달콤하기도 한 알알한 머리 아픈 향기.

“아가, 이리 좀 오너라.”

그 덤불 아래서 걸걸하니 위엄 있는 목소리가 들렸었다. 쳐다보니 나이 지긋한 어떤 할아버지가 담벼락 덤불 밑에서 반쯤 몸을 숨긴 채로 서서 내게 손짓하고 있었다. 부근엔 리어카며 부서진 좌판 같은 것이 버려져 부랑자들의 낮잠 터가 되기도 했는데, 그 할아버지는 부랑자처럼 보이지는 않았다. 하얀 모시옷이 약간 때가 묻고 꾸깃거렸으나 보기 흉할 정도는 아니었다. 몇 살쯤이었을까? 어렸던 나는 서른 살만 넘어도 엄청 늙었다고 생각했고, 그 이상의 나이는 헤아리려고도 하지 않았었다.

“허, 이리 와보라니까.”

목소리 톤이 높아졌다. 뭔가 잘못된 일이라도 있나 하고 사방을 둘러보았다. 드물게도 그 샛길엔 아무도 없었다. 나를 부르는 것 같았다. 주춤거리는데 그 할아버지가 다가와 내 손목을 덥석 잡더니 덤불 밑으로 데려갔다. 나를 번쩍 들어서 자기 무릎에 앉혔다. 그러고 보니 헌 의자가 놓인 그 자리는 덤불로 가려져 은밀했다. 속이 메슥거려와 일어서려고 몸을 비틀었다. 할아버지가 가만히 있지 못하겠느냐고 윽박질렀다. 진한 담배 냄새가 났다. 아빠가 쓴 세수 수건을 얼굴에 대면 맡게 되는 냄새. 할아버지는 흥흥거리며 내 볼을 꼬집더니 까칠거리는 자기 볼을 가져다 비볐다.

“네가 예뻐서 그러는 거야. 그러니까 가만히 있어야 착한 아이야.”

그는 연신 중얼거리며 블라우스 깃 사이로 손을 쑥 집어넣어 가

196

슴을 움켜쥐었다. 잡히는 게 없자 투덜거리며 손을 뺐다. 내가 몸을 뒤틀어 내려가려고 하자 목과 가슴 사이에 두른 팔에 힘을 주었다. 숨이 턱 막혔다. 이번에는 그 손이 치마 밑으로 들어와 팬티 가랑이를 젖혔다.

'가만있어. 안 그러면 혼내줄 테야.'

내 귀에 끈적거리는 뜨거운 침을 바르며 할아버지가 속삭였다. 팬티 사이로 들어온 손이 성기를 조물락거리기 시작했다. 놀라 헉하고 숨을 삼켰다. 어찌할 바를 몰랐다. 찌르는 듯 아팠고 오줌이 마려운 것도 같아 어쩔 줄을 몰랐다. 그러다 비명 소리를 들었던가? 그 소리의 주인이 이웃 건어물 가게의 아줌마였던가? 성난 얼굴로 나를 잡아채어 끌고 가던 엄마. 엄마의 매질.

그러고는 무슨 일이 일어났던가?

아무 일도. 아무도 어떤 말도 하지 않았다. 그저 쉬쉬하며 흘깃거리는 시선들. 이상한 표정으로 나를 물끄러미 응시하는 아빠. 나는 잔뜩 움츠러들어 이 사람 저 사람 눈치만 보았었다.

그때 나는 변명을 하고 싶었으나 내가 말할 기회가 없었다.

시장 골목을 돌아다니다 아빠 가게 앞에 닿았다. 영신상회라고 쓴 아크릴 간판의 불은 꺼졌으나 아직 서터를 내리지는 않았다. 잠긴 유리문 너머에서 어두운 실내가 보였다. 천장까지 가득 쌓인 종이상자들. 그 뒤편은 아주 캄캄했다.

여길 왜 왔지?

퍼뜩 정신을 차렸다. 유리문 위에 여자의 얼굴 하나가 보였다. 잔뜩 일그러져 당장이라도 울음을 터뜨릴 것 같은 표정이었다. 입가가 파들파들 떨고 있었다.

나는 손을 내밀어 그 입가를 가만히 쓸어주었다.

'무슨 말을 하고 싶은 건데?'

'내 잘못은 아니었어.'

유리문 속의 그녀가 웅얼거렸다.

'그래도 아빠는 싫었겠지. 공주님이 망가졌다고 느꼈겠지.'

내가 좋도록 변명해주었다.

'그래도 그래선 안 됐잖아. 아빤데. 나한테 그래선 안 되었던 거야.'

가슴이 축축해지면서 다시 눈물이 나올 것 같았다. 갑자기 여자의 얼굴 뒤편에 남자의 얼굴이 나타났다. 어릴 때 거울 뒤편에 떠오른 아빠의 얼굴처럼. 소스라치며 돌아다보았다. 김 사장이었다.

"여기가 미스 정 집이야? 잠시라도 좋으니 어디 가서 이야기를 마저 하자. 응?"

애원조였다. 목소리가 커질세라 기가 꺾여 나는 작은 소리로 말했다.

"할 얘기가 뭐 더 남았단 거예요?"

소리를 죽이느라 목소리엔 날이 서지 못했다. 그는 움찔거리며 경계하면서도 뒤로 물러서지 않고 뒤통수를 만지작거렸다. 팔을 쳐들어 와이셔츠가 하얗게 빛나 보였고 배 부근에 점점이 내밴 핏방울이 숫자를 셀 수 있을 만큼 선명했다. 짐작한 것보다 더 깊이 찔렸을까? 흥분이 가라앉아서 그런지 조금은 미안했고, 불쌍하기도 했다. 그렇다고 여기서 밀릴 수는 없었다.

"아까 병원으로 갈 거라고 했잖아요? 내가 치료비 낸다고요. 영수증만 가져오면 낸다니까요. 정말 우습네. 사람을 못 믿고서 뒤를 따라와요? 할 일도 없네. 참."

말은 거칠었으나 소곤거리는 목소리가 되었다. 그가 흠칫 뒤로 물러섰다가 왼쪽으로 비켰다. 그러다 다시 조금 다가섰다. 오줌 마려운 강아지처럼 안절부절이었다. 한참이나 뒤통수를 만지작거리며 입술만 씹다가 그가 갑자기 내 손을 왈칵 그러쥐었다.

"미스 정, 제발 진정하고 내 말 좀 들어봐. 난 정말 미스 정에게 반하고 말았다고. 난 실은 칼칼한 여자를 좋아해. 그래서 미스 정이 더욱 좋아졌어. 나 미치겠어. 그러니까 제발 성질 그만 부리고 사람 말 좀 들으라고. 미스 정이 허락만 한다면 난 앞으로 미스 정에게 엄청 잘할 거야. 바라는 게 뭐야? 말만 해. 뭐든지 다 해줄게. 맹세해. 응? 아까는 내가 무슨 말을 어떻게 잘못해서 그렇게 성질이 났는지 모르지만, 남의 진심을 그런 식으로 받으면 못써. 잘 생각해보라고. 나는 진심으로 하는 얘기야. 진심으로 미스 정이 좋아…… 아냐, 사랑해. 토욜 날 만나. 만나서 차분하게 진심을 이야기해보자고. 나는 미스 정이 하자는 건 뭐든지 다 할 거야. 알겠지? 응?"

거의 애절하기까지 했다.

어안이 벙벙해서 대꾸조차 안 나왔다. 그는 몇 번이나 제발 잘 생각해봐, 알겠지,를 되풀이 속삭이면서 내 손을 잡고 마구 흔들어댔다. 어린애가 엄마를 붙잡고 조르는 것처럼. 그 손을 선뜻 떨쳐내지 못하고 놀라 서 있었다.

하긴 세상에는 이보다 더 나쁜 일도 얼마든지 있다. 이 사람은 그래도 나은 편일지도 모르지. 거저 먹겠다고 덤비는 건 아니지 않은가.

이런저런 상념에 빠져드는데, 덜컹거리는 문 소리가 나더니 안쪽 깊숙한 곳에서 긴 화살촉 모양의 불빛이 그어지며 뻗어 나왔다.

"거기 누구요? 누굴 찾아왔소?"

짜증과 귀찮음에 찌든 목소리. 아빠의 얼굴이 어두운 유리문 위에 나타났다.

어두운 층계 위

아버지는 죽은 지 오래고, 어머니도 곧 죽을 것이다.
이번 주? 혹은 내일? 아니, 지금 이 순간 숨을 멈추고 있을지도 모른다.
내가 잠깐 바람을 쐬겠다며 뛰쳐나와 밤거리를 헤매고 있는 동안 말이다.
어머니가 지지부진 죽어가고 있는 과정을 지켜보자니 갑갑해서
내가 먼저 숨이 멎어버릴 것 같았다.

나는 침대에 모로 누운 남자의 벌거벗은 등을 물끄러미 바라보며 앉아 있다.

저녁 무렵 물에 젖은 먼지처럼 흩날리던 비는 밤이 깊어지면서 여름 장마 때처럼 퍼붓는다. 빗소리에 둘러싸인 먹먹한 소음 위로 젖은 아스팔트에 차바퀴 미끄러지는 소리가 이따금씩 들려온다. 지금쯤 거리엔 인적이 끊어졌으리라. 도로는 시궁창처럼 더러운 물이 넘칠 테고 바람은 사납게 몰려다닌다. 덜컹거리는 유리창엔 빗방울이 찍찍 미끄러지며 방 안을 흘겨보는 것 같은 눈길을 남긴다. 멍멍한 소음 속에서 사방에서 사람들이 내 이름을 외쳐 부르는 듯하다.

이런 밤이라면 아무리 추레한 여관방에 앉아 있다 할지라도 선뜻 일어나 거리로 나서기가 쉽지 않다. 또다시 코트를 입을까 망설이다가 주저앉는다. 내친김에 의자 깊숙이 앉아 담배를 꺼내 문다. 머리 뒤편엔 세포 분열한 쌍둥이 같은 명료한 의식이 있어 먼 도로를 질주하는 사이렌처럼 윙윙거린다. 그 소리는 아무리 손을 휘저어 쫓아도 다시 달라붙는 파리 떼처럼 끈질기다.

"자신을 비웃는 투로 말하는 습관은 그만둡시다. 자기 감정을 해설하려고 하지 말고, 거기에 전적으로 빠져보면 어떻겠습니까?"

오후에 병원에 들러 당신의 그 말을 들었을 때 옷 속에 감춰진 내 살은 지진의 여파로 인 물결처럼 떨고 있었다.

남자는 잠꼬대를 하며 몸을 뒤척인다. 나는 술래가 숨듯 잠시 숨을 참는다. 곧 남자의 호흡이 규칙적으로 돌아가고 어깨가 오르내린다. 몹시 피곤한 모양이다. 가볍게 코까지 곤다. 시트를 걷어찬 알몸은 창에서 기어든 붉고 푸른 네온빛에 덮여 보호색을 입은 것 같다. 반쯤 어둠에 녹은 몸의 둔덕들. 날개가 되다 만 듯 솟은 견갑골 두 개. 등 가운데는 대나무 속처럼 울퉁불퉁 골이 패었다. 뼈대가 선명히 짐작되도록 근육이 얇다. 그리고 등에 난 몇 개의 여드름. 여드름이라……. 어쩌면 술집의 어두컴컴한 불빛 아래서 짐작한 것보다 나이가 더 어릴지도 모른다.

나는 이처럼 상대가 무방비 상태로 자신을 드러내는 순간을 좋아한다. 이 때문에 밤의 남자들에게 끌리는지도 모른다. 이런 주장이 있다. 한 번 같이 자는 것이 백 번 대화하는 것보다 상대를 훨씬 더 잘 알게 해준다고. 말은 꾸밀 수 있어도 몸은 거짓말하지 못한다고.

어렸을 때 나는 할리우드 영화들이 결정적인 대사를 침대에서 말하도록 하는 관습에 분개했었다. 어떻게든 섹스 장면을 더 많이 집어넣으려는 관음증적인 조작이라고. 그러나 지금은 아니다. 진실은 말로 대화할 때가 아니라 긴장을 푼 몸의 시간에 찾아온다고 생각하고 있다.

물론 늘 정직한 것만은 아니다. 놀랍게도 내겐 드물게 찾아오는 잠이 쏟아진 밤이었다. 깨어보니 창 어름이 벌써 부옇게 밝고 있었다. 새벽빛이 상대 남자의 모습을 드러내었다. 손길로 짐작했던 것보다 몸은 작은 편이었다. 뺨엔 달 표면처럼 얽은 자국이 있고 팔다리는 짧고, 손발은 크고 두터웠다. 그 때문인지 어린아이 같았다. 더구나 잠든 채로 오물거리는 입술과 눈물 자국 같은 눈가의 말라붙은 얼룩. 하찮은 그 모습에 감동한 나머지 나는 일어나 말없이 나오는 대신 그를 깨워 계속 만나기를 청할 뻔했다. 사랑에 빠진 여자들이 자신을 꽁꽁 묶는 대사. 만나요, 당신을 위해서라면 뭐든지 하겠어요. 다행히 급류에 몸을 던지기 전에 그 남자가 깨어나 말을 걸었고, 나는 환상에서 깨었다.

이런 이야기를 늘어놓으면 당신은 언짢은 기색으로 고개를 설레설레 저을 것이다. 나를 바라보는 당신의 표정은, 지도에서 엉뚱한 지역을 답이라고 짚은, 열등생을 바라보는 선생의 그것이다. 나도 알고 있다. 당신이 내게서 끌어내고자 하는 것은 현재가 아니라 과거일 것이다. 내 마음에 퇴적된 단층들을 하나하나 파헤쳐 보고 두드리고 귀를 기울이는 것이 당신네 수법이다. 불면증을 치료한다면서 나를 공사장처럼 파헤쳐놓을 작정인 것이다. 당신은 내가 치료받을 자세가 덜 되었다고 에둘러서 말한다.

"당신의 마음 밑바닥에는 부글부글 끓고 있는 게 있어요. 마치 지구 속 깊숙한 곳에서 용암이 끓어오르듯……. 그걸 분노라고 말해볼 수도 있겠죠."

탐사가 덜 끝난 유적지를 조심스럽게 안내하는 고고학자의 말투이다. 당신은 분노라는 말을 꺼내놓곤 염려스럽다는 듯 얼른 미소로 얼굴을 뒤덮는다. 사람들이 결코 가질 수 없었던 좋은 부모라는 인상의 영업용 미소. 어쩜 그렇게 당신들의 미소는 한결같이 정치인들을 닮았는지. 언제 봐도 따분할 정도로 적당히 과장되어 고정된, 선량한 미소이다.

"분노라고요? 동의할 수 없는데요. 나는 온화한 성격이에요. 나도 그렇다고 생각하고 남들도 다 동의하는 거죠. 누구랑 싸운 게 언젠지 기억도 안 날 정도예요."

나는 부자연스러울 정도로 환한 미소를 보이면서 대답한다. 당신은 고개를 갸우뚱거린다.

"그 말이 마음에 안 든다면…… 죄책감이라고 바꿔 말할 수도 있을 겁니다. 아무튼 우리, 게임하듯 하지 맙시다. 시간낭비예요. 우리는 거기까지 내려가봅시다. 그러려면 진지하고 솔직해야 해요. 좀 유치하다고 느껴지더라도 상관 말아요. 깊게 숨을 내쉬고 들이쉬면서 아주 바닥까지 내려간다고 상상해보세요. 아주 깊숙이. 명상 같은 거 해본 적 없죠? 밑바닥까지 가서 부닥뜨리게 되는 거. 그걸 이야기하는 게 우리에게 도움이 됩니다."

나는 화가 난다. 우리가 누구죠? 하고 격렬하게 반문하고 싶어진다. 당신은 내 삶을 대신 살아줄 수 있다는 양 우리라는 표현을 쓴다. 나는 저항한다. 당신은 내가 아니고 또 나의 부모가 될 수도 없다. 그저 나는 정기적으로 당신을 찾아가 쓰레기통을 비우듯 기억나는 것들을 대강 꺼내놓는다. 정해진 시간이 흐르면 당신은 시계를 힐끔 보고 수면제 처방전을 쓴다. 돈과 처방전은 교환된다. 다음 환자 들어오세요. 그뿐이다.

때때로 나는 계산 없이 위안을 주고받는 밤의 남자들을 생각해본다. 그들과 당신의 차이는 무엇일까? 몸과 말의 차이? 그들에게서 얻는 위로를 당신의 처방전과 비교하여 폄하하여야 할 이유는 무엇인가? 밑바닥까지 내려가자고? 당신도 이미 짐작했겠지만 나는 살아오면서 줄곧 인간의 밑바닥을 만났던 셈이었다. 그러나 그건 내가 선택한 것이 아니었고, 내 책임도 아니다. 퇴적층의 밑바닥? 부모? 그들의 이야기를 털어놓아야 한다는 건 정말 곤혹스럽다.

아버지는 죽은 지 오래고, 어머니도 곧 죽을 것이다. 이번 주? 혹은 내일? 아니, 지금 이 순간 숨을 멈추고 있을지도 모른다. 내가 잠깐 바람을 쐬겠다며 뛰쳐나와 밤거리를 헤매고 있는 동안 말이다. 어머니가 지지부진 죽어가고 있는 과정을 지켜보자니 갑갑해서 내가 먼저 숨이 멎어버릴 것 같았다.

어머니가 아무래도 심상찮다는 전화를 오늘도 네 번씩이나 받아야 했다. 이모는 매번 전화선 저편에서 숨이 차서 가래 끓는 소리를 낸다. 나는 근무 중이라 곤란하다, 간병인 아줌마가 알아서 할 거다, 이따 저녁 때 들어가면 이야기하자,고 속삭이는 음성으로 대꾸하고 끊는다.

이모는 어머니의 숨소리가 조금만 달라져도 큰오빠와 나, 올케 언니를 불러 모으지 못해 안달이다. 그 노인네 머릿속에 든 인간다운 종말이란 애통해하는 자식들에 둘러싸여 마지못해 이 세상을 떠나는 것이다. 당연한 노릇인지도 모른다. 우리가 원숭이에서 인간으로 진화하는 과정에 있던 네안데르탈인도 죽은 자를 애도의 꽃다발로 덮어 매장했다고 하지 않는가. 요즘은 그런 정도도 까다로운 요구가 되고 말았다. 큰오빠는 지난주 '불가피한 업무'로 독일 출장을 가야 했고, 올케 언니도 '회사 일을 더는 미룰 수가 없어' LA에 다녀온다고 했다. 그러니 이모는 더욱 내게 매달리고 있다.

오후 세시쯤이었을까? 휴대전화를 닫는데 부장과 시선이 마주쳤다. 그는 컹컹 헛기침을 하더니 나더러 들으라는 듯 크게 중얼거렸다.

"요즘은 암 걸린 노인네 한 사람 없는 집이 없단 말이지……."

한 달 전, 당분간은 일찍 퇴근하게 해달라는 내 부탁을 겨우 제시간에 퇴근하는 걸로 크게 생각해주는 척 생색을 낸 인간이다. 9·11테러 이후 경기는 바닥을 쳤고, 아직 회복이 안 돼 여행업계가 한가한 편인데도 말이다. 그런 인간에게 어머니가 한 달째 위

독한 상태라는 말을 해야 하는지 고민스럽다.

어머니의 삶은 이제 막다른 골목에 닿았다. 수술만 하면 천수를 누릴 거라고 장담하던 의사들은 말을 아꼈고 더 이상 소매춤에서 꺼낼 마술이 남아 있지 않은지 거드름을 피우는 일도 없어졌다.

지난봄, 암 수술 후 어머니는 죽음이라는 종착역으로 가는 가파른 길을 숨을 헐떡대면서 터벅터벅 걸어왔다. 늙은 코끼리처럼 퉁퉁 부은 다리를 질질 끌면서 말이다. 그러는 동안 내 귓가에는 시계 초침 소리 대신 헌 신발 끄는 소리가 그치지 않고 울렸었다. 나는 어머니가 그만 죽기를 바라는지 더 살기를 바라는지 알지 못한다.

도대체 어느 나이여야 살 만큼 살았다는 말을 할 수 있는가? 어느 정도의 고통이라야 이젠 됐다, 충분하다고 말할 수 있는가? 제정신을 잃고 남의 손을 빌리더라도 살아 있는 게 죽는 것보다는 나은가……. 노인 환자에 대한 온갖 풍문과 각기 다른 충고의 말들. 어쩌면 양심이라고 부를 '자식이라면 마땅히……' 어쩌고 하는 마음 한켠의 미약한 부르짖음. 그리고 나도 모르게 연신 두드려대는 계산기 소리로 머릿속은 소란스럽기 짝이 없었다.

그것도 모르는 채 어머니는 망망한 시간의 대해를 표류하고 있었다.

마취에서 깨어난 어머니는 여기가 어느 역인지, 기차는 오고 있는지 궁금해했다. 우리는 어리둥절해서 쳐다보았고, 큰오빠가 나서서 어머니에게 얼굴을 바짝 들이대고 물었다. 자기를 알아보겠느냐고. 어머니는 큰오빠의 이름을 대긴 했다. 못으로 시멘트 바닥을 긁는 것처럼 찍찍 미끄러지는 목소리로. 그러나 우리가 안도할 틈도 없이 어머니는 큰오빠에게 기차표를 사다 달라고 부탁했다. 갑자기 병실 안이 어두컴컴해졌다. 별안간 병실 안의 전등을 절반쯤 꺼버린 것 같았다. 올케 언니는 겁먹은 얼굴로 치매면 큰일인데,라고 소곤거렸고, 이번엔 이모가 나서서 어머니를 현재로 데려오려고 하였다.

"언니, 나 알아보겠수?"

어머니는 하얗게 부르튼 입술을 달싹거리며 이모의 이름을 댔지만 여전히 기차 타령이었다. 기차가 오는지 나가봐라, 그걸 놓치면 안 되는데, 차표를 못 샀으니 이를 어쩌면 좋냐, 등등. 보리차를 적신 가제로 입술을 닦아주면서 한참을 입씨름하던 이모는 결국 포기하고 눈물을 줄줄 흘렸다.

"에고, 언니. 언니가 열세 살인 줄 아나 봐. 뭐 좋은 일이 있었다고 하필 그때야……. 지금 느이 엄마가 말하는 게 바로 청도역일라. 그때 언니는 외갓집에서 도망쳤는데, 꼬맹이라 돈이 있었어야지. 차표도 없이 몰래 기차를 타고 가출했었다고 하더라. 느이 외할머니가 집을 나간 뒤 계모가 들어오긴 했지만 우린 말도 아니게 살았거든. 느이 외할아버지는 언니를 또 얼마나 모지락스럽게 팼던지…… 아마 외할머니가 집을 나간 것도 다 외할아버지 손버릇 때문일라……."

정신과 의사가 내려왔고, 어머니가 마취 후유증에서 벗어나 현재로 돌아오는 데 일주일이 걸렸다. 그동안 어머니는 당신 인생에서 고통스러웠던 시절을 방황했다.

수술 후 어머니는 급속도로 쇠약해졌다. 예정했던 항암치료는 딱 한 번 받았을 뿐, 더는 엄두를 내지 못했다. 감당할 체력이 안 되었기 때문이다. 어머니의 몸은 물이 차는지 익사체처럼 팅팅 부어올랐고, 정신은 깜빡깜빡 현재를 벗어나곤 했다. 어머니의 현재 시제는 넓은 바다에 아무렇게 버려진 부표였다. 또 말이 많아졌다. 사람을 알아보지도 못한 채 웅얼웅얼 불평을 늘어놓았고, 당신이 현재 머물고 있는 시제를 알려주려고 기를 썼다. 그럴 때마다 나는 깔딱거리며 밭은 숨을 쉬는 두려움을 의식해야 했다. 어머니와 내가 동시에 지뢰를 밟았는데, 누가 먼저 발을 뗄까 봐 전전긍긍하는 꼴이었다. 조심성 없이 움직였다간 폭발하여 두 사람 다 산산조각 나고 말 터였다.

지난 반년 동안 어머니는 잔뜩 주눅 들어 눈치만 보는 어린아이였고, 신혼의 기대에 부푼 수줍은 새색시였으며, 말없이 화를 삭이는 젊은 아내의 시간으로 돌아다녔다. 하루에도 여러 차례 어머니는 갖가지 퇴적층을 오르내렸으므로 그 순간 어디에 가 있는지 쉬 짐작하기가 어려웠다. 어쨌든 인생의 끝에 이르러 이렇게 동시적으로 다시 한 번 인생을 살아내야 하는 거라면 나는 되도록 어머니가 행복했던 시간을 찾아 거기에 머무르기를 바랐다.

만약 천국이 자신이 살아온 날들 중 가장 좋았던 시간에 머무르는 것이라면 사람들은 대체로 어느 시간을 택하게 될까? 순진무구해서 뭘 모른다는 어린 시절? 활짝 꽃피는 청년 시절? 가장 활동적이라는 중년? 아니면 오직 행복해야 할 의무만 남는다는 노년?

나는 작은 여자아이인 어머니를 그려보려고 하지만 잘 되지 않는다.

내 기억 속의 어머니는 병석에 누운 지금의 모습과 크게 다르지 않은 늙은 여자이다. 이럴 때 나는 서른 살이 넘으면 까마득한 어른이고, 따라서 많이 늙은 나이라고 단정 지었다. 그러다 내 나이 서른 살을 넘긴 지금은 환갑을 지난 나이가 자신은 그렇게 되리라는 실감이 나지 않는 많이 늙은 나이라고 느껴진다. 이처럼 어머니와 나 사이에는 아무리 시간이 흘러가도 메워지지 않는 심연이 존재하는 것이다.

어머니가 회복실에서 나와 열세 살의 인생을 방황하고 있을 때, 이모는 작은 여자아이를 그려 보이면서 자기 언니의 인생을 그녀의 자식들에게 알려주려고 했었다.

갑자기 어머니가 사라져 열두 살 때부터 살림을 했다는 작은 여자아이. 쉽게 겁먹고 우물쭈물하는 태도 때문에 아버지에게 더욱 구박받는 아이. 뚱한 모습 때문에 한 대 맞을 매를 두 대 세 대로 벌어들이는 아이. 작은 쥐처럼 몸집이 작고 재빠르게 눈을 굴리며 눈치를 보려고 애쓰는 아이.

저녁 밥상을 들여놓는데, 아버지가 거기 잠깐 앉아보라고 해도 화들짝 놀라며 바들바들 떤다. 그게 비위를 거슬러 아버지는 또 화가 폭발한다. 아비를 뭣같이 여긴다는 호통과 함께, 구타, 구타 또 구타. 아버지의 매질은 사정없다. 주먹으로 따귀 한 대만 쳐도 시뻘건 손자국이 날 정도로 힘센 사람이, 가슴에 쌓인 울분이 풀릴 때까지 아이를 때린다. 동생들은 윗방으로 피난 가 옹송거리며 얼싸안은 채로 장지문에 비친 그림자극을 지켜보며 부들부들 떤다. 위협 때문에 울음소리는 문지방을 넘어가지 않고 매질 자국은 옷으로 감춰진다. 이웃 사람들은 점잖은 정 씨의 큰딸이 엄마를 닮았는지 음침하다고 소곤거린다. 견디다 못해 외갓집으로 도망쳐보지만 다시 집으로 돌아오지 않을 수 없다.

작은 여자아이는 결국 체념하고 만다. 유일한 해결책은 매질에 익숙해지는 것뿐이다. 아버지의 매질이 계모의 냉대보다 낫다고 자신을 타이른다. 어쨌든 관심의 표시이고 관심은 애정의 증거일 테니까.

아버지 또한 울분을 큰딸에게 풀고 나면 변명한다.

다, 너 잘되라고 이러는 거다. 계집애가 어미처럼 바람이라도 나봐라. 어디다 쓰겠냐. 누군 좋아서 이러냐. 새끼 때리는 내 맘도 찢어진다. 네 외가든 이웃에든 아비가 어쩐다고 말만 내봐라. 아비는 다른 건 몰라도 남이 우리 집안일에 참견하는 거는 죽어도 못 본다. 알아서 해라.

학대 속에서 사랑을 발견하는 건 인생의 불가사의 중 하나이다. 당신은 그것을 사랑이 아니라고 깨우쳐주려 할지도 모른다. 그건 단순히 길드는 것뿐이라고. 반복되는 일은 자칫 우리를 어둠으로 끌어들여 중독에 빠뜨린다고. 나는 그 말에 반박하겠다. 사람들은 자신의 소중한 것이, 물건이, 몸이, 인생의 시간이 가 있는 곳에 몸도 따라서 가게 마련 아닌가. 설혹 강제로 그곳에 가 있게 되었다 할지라도.

또 미성년인 작은 여자아이에겐 다른 수가 없는 것이다. 아버지의 말을 믿어야만 한다. 그러지 않으면 살 수가 없다. 다른 이의 생존을 손아귀에 쥔 사람들의, 무의식적인 혹은 의식적인 잔인함. 작은 여자아이는 살기 위해 침묵으로 울타리를 쌓고 한편으로는 아버지의 슬하를 떠나 참된 인생을 살게 되기를 기다린다.

그러나 그런 기다림 끝에 만난 남자가 조금 지내고 보니 아버지와 똑같은 사람이라는 걸 발견하게 된다는 것도 수많은 여자들을 낙담시키는 인생의 불가사의 중 하나이다.

한숨 절반, 눈물 절반인 이모의 추억담을 들으며 나는 생쥐처럼 조용한 여자아이가, 눈치 보느라 눈알을 쉴 새 없이 움직이는 음침한 얼굴의 여자아이가, 나의 어머니라는 사실을 인정하기가 어려웠다. 내 기억 속 어머니는 말수는 적었으나 몸집이 작은 편은 아니었고, 우직하고 감정표현도 드문 뚱한 성격이다. 그러면서도 은근히 고집이 세서 나의 아버지는 어머니를 두고 곰 같은 여편네라는 말을 자주 썼었다. 생쥐가 아닌 곰.

어쩌면 가족 앨범이라도 펼쳐놓고 찬찬히 살펴보아야 할지도 모른다. 그러나 대부분의 사진 속에서 어머니는 웃고 있다. 억지로 입가를 잡아당겨 어쩔 줄 몰라 하는 어정쩡한 미소. 만지면 부서질 것 같은 희미한 미소. 초승달처럼 떠오를 듯 말 듯 살짝 얹힌 미소.

웃어요, 웃어. 김치 하세요. 그렇게 찡그리고 있으면 사진 못 찍습니다.

사람들은 인생의 좋은 시절은 사진으로 잡아두려고 해도 나쁜 시절이 남겨지는 건 바라지 않는다. 그러니 앨범이란 우리가 지내온 과거의 시간을 담았다기보다는 그랬으면 하고 바랐던 지난날의 소망을 모아놓은 것이리라.

더구나 어머니는 말로 하지 않으면 나쁜 시간이란 없는 것이 된다고 믿고 있었던 듯하다. 어머니는 고개를 흔들어 현실을 부정하고 침묵으로 울타리를 쌓아 올리곤 했다. 우리 가족은 다 그랬다. 우리는 한 번도 어머니의 남편이 외할아버지처럼 주먹을 휘두르는 폭군이라는 사실을 입 밖에 내어 말한 적이 없었다. 어쩔 수 없이 말해야 한다면 그건 아버지가 기분이 조금 나빴던 것뿐이고, 때로 우리가 너무 못되게 굴어 아버지에게 꾸중을 들은 것뿐이었다. 어머니의 몸에 난 푸르고 붉은 상처들은 당신이 어설퍼서 넘어지고 부딪쳐 만들어진 것이었고, 자식인 우리도 마찬가지였다.

어머니는 특히 작은오빠의 입을 단속하느라 부심했다.

작은오빠. 내 눈앞엔 하얀 솜털이 무성히 덮인 뽀얀 소년의 뒷덜미가 떠오른다. 그리고 세상을 한입에 삼켜버릴 듯 크게 입을 벌려 시원하게 짓는 미소. 솜털 때문에 햇빛을 받으면 얼굴에서 빛이 뿜어져 나오는 듯 눈부셨다. 나보다 오 분 먼저 태어났다는 작은오빠. 우리는 쌍둥이였지만 여자와 남자로 구분되듯이, 음화

와 양화로 나뉘는 것처럼 오목렌즈와 볼록렌즈처럼 대조적이었다. 작은오빠에겐 사람을 미소 짓게 만드는 이상한 힘이 있었다. 내가 더듬거리며 말을 시작하면 사람들은 표정을 찡그리며 고개를 저었지만 작은오빠에겐 무조건 미소를 보내며 똑똑하다는 칭찬까지 아끼지 않았다. 작은오빠는 유난히 자주 웃었고, 두려움을 몰랐고, 거침없었다. 말도 또박또박 잘했다. 아주 어릴 때부터 나는 할 말이 생기면 작은오빠가 대신 말해주기를 기다렸다. 나의 대변인이었던 작은오빠. 그는 나처럼 눈치 보는 일이라곤 없었다. 우리 가족 중에서 유일하게 아버지를 무서워하지 않는 사람이었다. 아버지의 분노가 폭발하면, 대개는 예고 없이 용암을 내뿜는 활화산 같은데, 작은오빠가 냉큼 안방으로 건너가 말렸다. 그런 다음에야 큰오빠와 난 쭈뼛거리며 눈치를 보며 들어가 울음을 터뜨리는 게 고작이었다. 운이 좋을 때면 아버지는 화내기를 포기하고 횡하니 밖으로 나가버렸다.

그러면 어머니는 우리를 불러 모았다.

"집안일은 집안일로 끝내자. 가족이란 말이다. 설혹 결점이 있다고 할지라도 서로 감싸는 거야. 그러지 않으면 남들이 우리를 어떻게 보겠니?"

"거짓말을 하라는 거야, 엄마?"

작은오빠가 눈을 동그랗게 뜨고 물었고 어머니는 어쩔 줄 몰라 하다가 얼버무렸다.

"거짓말하라는 소리가 아냐. 집 안에서 일어난 일을 나가서 떠

216

벌리지 말라는 거지. 입 다물고 있으란 거야. 쓸데없는 소릴 할 필요는 없으니까."

어머니의 뇌리에 박힌 '남의 눈'이란 것이 우리 가족을 가두는 울타리였다. 단란한 가정이라는 식물은 '남의 눈'이라는 울타리 밖에서 무성히 꽃피우는 것이었다.

초등학교 3학년 가을이었을 것이다. 보통 아버지의 일기예보는 예측 불가능이었으나 그날만은 전조가 있었다. 미리 천둥이 치면서 앞으로 몰려올 폭풍우를 예고하고 있었다.

작은오빠와 내가 학교에서 돌아오니 어머니 혼자 발을 동동 구르며 맞아주었다. 계에 가서 점심을 먹는 날인데, 물건을 떼러 도매시장에 간 아버지가 아직도 오지 않는다는 거였다. 어머니는 우리더러 이층에 있지 말고 가겟방으로 내려와서 공부를 하라고 하곤 서둘러 나갔다. 얼마 뒤 아버지가 돌아왔다. 어머니가 집에 없다는 사실을 알자 아버지의 표정이 확 구겨졌다. 물건을 풀어놓는 손길이 거칠었다. 내려놓는 게 아니라 내던진다는 게 맞았다. 한참을 그러더니 아버지가 우리에게 소리쳤다.

"느이 엄마 어디 갔다고?"

대답을 듣고서도 또 묻는 거였다. 나는 떨었으나 작은오빠가 싹싹하게 대답했다.

"친목계요. 아버질 기다리다 늦었다고 서둘러 가셨어요."

아버지는 또다시 물건을 이리저리 옮기며 정돈하다가 가겟방에 딸린 방문을 활짝 열어젖히고 우리를 노려보았다. 험상궂게 짙어진 눈동자가 울화에 못 이겨 앞으로 튀어나올 것처럼 이리저리 굴렀다. 순간 나는 최면에 걸린 개구리처럼 얼어붙으면서도, 한편으로는 교과서를 당겨 만화책을 가릴 정도의 경계심은 발휘했다. 잘못하면 우리에게까지 불똥이 튈 거였다.

"언제 온다고 말은 안 했어?"

"곗돈만 전해주고 오신다고 했어요."

"난 이층에 올라가 잠시 눈을 붙일 테니까 느이 엄마 오면 깨워라."

아버지는 방으로 들어오더니 쾅쾅거리며 층계를 올라갔다. 머리 위에서 울리는 발소리가 정수리를 망치질했다. 아버지는 잠들지 못했다. 발소리는 울리다 멎었다 다시 층계 위쪽에 다리를 드러내며 고함치기를 반복했다.

"느이 엄마, 아직도 안 왔냐?"

"오시면 말씀드릴게요."

그리고 나면 다시 발소리가 울리고 조금 뒤 층계 위쪽에 다시 다리가 나타났다.

"아직도야? 이놈의 여편네. 자알한다. 집안일이며 가게는 나 몰라라 내팽개치고. 들어오기만 해봐라."

그 목소리는 도끼처럼 허공을 가르며 떨어져 내렸다. 작은오빠는 떨고 있는 나를 진정시키려는 듯 내 어깨에 손을 올려놓았다. 시간의 흐름은 달팽이가 기어가는 듯 느리고도 숨찼다.

중학생인 큰오빠가 어머니보다 먼저 돌아왔다. 그는 사태를 깨닫곤 자기가 가게를 보겠다고 했다. 작은오빠는 이층으로 갔지만 난 차마 그럴 수가 없었다. 겁이 났다. 밖에서는 시장 상조회 회장 에나 어울림 직한 목소리로 점잖게 말하고 행동하는 아버지가 집 안에서 아귀처럼 시뻘겋게 달아올라 날뛴다는 게 나로선 감당하 기가 힘들었다. 그 와중에 끼어들어 나까지 맞고 싶지도 않았다. 걱정해주는 척 멍자국이 왜 생겼느냐고 호들갑을 떠는 선생님도 싫었고, 입을 다물라고 강요하는 가정이라는 족쇄도 끔찍하기만 했다.

그날 나는 집을 나와 한없이 쏘다녔다. 해는 천천히 졌다. 산동 네 뒤편으로 기우는 태양은 지장 찍는 손가락처럼 하늘을 붉은빛 으로 더듬더니 사라졌다. 나는 몇 주일을 꼬박 방 안에만 갇혀 앓 고 난 사람처럼 생소한 거리의 공기를 들이마시며 헤매었다. 어둡 고 낯선 골목들. 감나무에 매달린 감처럼 어둠 속 군데군데 노랗 게 빛나는 창문들이 있고, 그 속에는 파랗게 빛나는 텔레비전 불 빛과 웃음소리, 그리고 평화가 있었다. 아니, 그들도 우리 집처럼 '남의 눈'이라는 울타리 밖에서만 행복해 보일 뿐인가?

배도 고프고 다리도 아팠다. 망설이다 겨우 집에 돌아가니 그제 야 어머니도 헐레벌떡 들어오던 참이었다. 어머니는 계원 아줌마 들과 함께 중국음식만 먹은 게 아니라 술까지 마셔 얼큰한 상태였 다. 가파른 나무 층계를 서둘러 올라가는 뒷모습이 불안했다.

오후 내내 천둥이 울리던 참이었다. 층계 위편에서 어머니의 모 습이 사라지자 바로 폭풍이 시작되었다. 어머니는 술김이어선지 몸을 사리지 않고 아버지에게 대들었다. 구타, 구타, 고함과 비명. 소동이 벌어졌으나 큰오빠와 나는 아래층 가겟방에서 떨기만 했다. 그 전쟁터에 작은오빠가 어떻게 끼어든 것인지 나는 알지 못한다. 단지 눈 깜짝할 사이 층계 위 어둠 속에서 작은오빠의 몸이 나타나더니 굴러떨어지는 것만 목격했을 뿐이다. 말 그대로 방바닥에 개구리처럼 납작 붙어버렸다. 큰오빠가 고함치며 위로 올라갔고, 아버지는 혁대를 내던지며 헐레벌떡 내려왔다.

작은오빠는 중환자실에서 열흘가량 머물렀다. 처음부터 의식은 없었고 인공호흡기를 언제 떼느냐는 결정만 남았다고 했다. 아버지는 의사에게 작은오빠가 발을 헛디뎌 층계에서 굴렀다고 말했고, 어머니는 동조하듯 옆에서 침묵했다. 열흘이 지나자 아버지도 포기하고 호흡기를 떼겠다고 했다. 어른들 말론 어린이는 죽으면 매장을 하지 않고 화장을 해서 재를 날려야 한다고 했다.

나의 반쪽…… 작은오빠는 그렇게 세상을 떠났다. 정말 있기는 했었는지 실감도 나지 않을 정도로 짧고 간단한 생애였다. 그 후 우리 가족은 작은오빠 이야기를 전연 입에 올리지 않았다. 원래 없었던 사람인 것처럼 굴었다. 작은오빠라는 존재는 우리가 사는 집 창문 밖을 스쳐 지나간 것처럼 덧없었다.

어떤 계기였을까. 어머니가 눈을 시퍼렇게 빛내며 아버지의 등을 노려보던 광경이 떠오른다. 전후 사정은 전혀 기억나지 않는다. 이층으로 올라가는 나무 층계는 난간도 없고 하도 밟아서 검게 반들거리며 윤이 났는데, 아버지는 중간에 멈춰 서선 양말발로 바닥을 쓱쓱 문질러보다 고개를 갸웃거리면서 올라가고 있었다. 뭐라고 혼잣말을 하는 것 같았으나 소리가 들리지는 않았다. 그런 아버지의 등을 어머니는 파란 용접 불꽃이 튀는 눈길로 쳐다보고 있었던 기억이다. 아버지가 층계 위쪽 어둠 속으로 사라질 즈음 어머니는 씹어뱉듯 작게 웅얼거렸다.

"살인자."

나 말고 그 말을 또 누가 들었을지 의심스럽다. 아니, 어쩌면 이건 내 착각일 수도 있으리라. 나에겐 기억을 나 좋을 대로 변형시키는 경향이 있으니까.

아무튼 작은오빠가 없어진 뒤 큰오빠는 자신이 작은오빠의 역할을 대신해야 한다고 믿었던 것 같다. 부부싸움이 벌어지면 큰오빠는 적극적으로 두 사람 사이에 끼어들기 시작했고, 어머니의 수호천사 역할을 떠맡았다. 당연히 큰오빠는 아버지에게 죽도록 얻어맞게 되었다. 얼마나 심하게 매를 맞았던지 교복 바지의 엉덩이가 나달나달 해져 못 입게 된 적도 있었다.

중학교를 졸업하자 남자아이는 고등학교를 서울서 다녀야 한다고 큰오빠를 서울로 보낸 것은 어머니의 교육열이었다기보다는 어떻게든 아버지의 손길에서 큰오빠를 벗어나게 해야겠다는 의도였을 것이다.

그 때문에 큰오빠는 내가 두 사람에 대해 아는 것의 반의반도 모른다. 어머니의 병이 간암으로 진단 내려졌을 때, 큰오빠는 왜 하필 간이냐고 의아해했다. 간암이란 그동안 지켜봐온 내가 보기엔 당연한 결과였다. 어머니는 평생토록 술을 입에서 떼지 못하고 살아왔던 것이다.

물론 어머니는 주정을 부리거나 술에 취해 일을 못할 정도로 마시지는 않았다. 어머니에겐 술 마시는 일조차도 '남의 눈'이라는 한계선이 작용했던가? 암튼 표 나지 않게 찔끔찔끔 마셨다. 슈퍼를 했으니 술을 손에 넣는 건 쉬웠을 것이다. 처음엔 막걸리였고, 점점 도수가 센 술로 바뀌어갔다. 어머니 몫의 술병이 싱크대 밑 찬장에 감춰져 있다는 걸 내가 눈치챈 것이 중학생 때였을까? 화나는 일이 생기면 어머니는 부엌으로 도피했다. 그러곤 살림을 정리하는 척 그릇을 들었다 놨다 바쁘게 움직이면서 알아듣지 못할 소리로 한없이 궁시렁거렸다. 한참을 그러다 나온 어머니의 표정은 한결 느슨하게 풀려 있었고, 때로는 매미날개처럼 바스라질 듯 신경질적인 미소까지 띠었다. 그렇게 어머니는 아무렇지도 않은 척 가장하며 일상으로 돌아오곤 했다. 아마 그때마다 어머니는 술을 마셨을 것이다.

아버지는 어머니의 음주를 알고 있었을까?

하루가 흐르고 자정이 가까워질수록 어머니의 입에선 단내가 풀풀 났지만 아무도 신경쓰지 않았다. 어머니가 태연하게 움직이기만 하면. 가끔 어머니 혼자 가게 문을 닫곤 했는데, 가게 앞에 내놓은 테이블과 의자들을 접어서 넣고 유리문에 휘장을 치고 걸쇠를 잠그는 등의 일을 어머니는 빠짐없이 해냈다. 술 마시는 걸 눈치챈 후로 나는 불안해서 밤이면 어머니 옆에서 알짱거렸고, 어머니는 나를 성가셔하며 끊임없이 혼자 중얼댔을 뿐, 술 취한 표를 낸 건 딱 한 번뿐이었다.

그날도 아버지는 열두시가 가깝도록 집에 돌아오지 않았다. 어디서 화투판이 벌어졌을까. 봄이었다. 얇고 투명한 연초록 베일이 밤의 공기 위에 살짝 얹힌 것처럼 꽃향기 섞인 바람이 불고, 발정한 고양이들은 며칠째 공터에서 울부짖었다. 우리 가게 옆이 바로 놀이터 겸 공터였다. 거기엔 평소에도 도둑고양이들이 자주 출몰하는 장소인데, 봄이 되자 수많은 고양이들이 몰려와 밤새도록 아기 울음소리를 내고 있었다.

어머니와 나는 가게 문을 닫았다. 누군가 그 울음소리를 못 견뎌 고양이들을 쫓은 모양이었다. 공터의 고양이들이 갑자기 우르르 몰려나와 우리 발등을 스치며 골목 저편으로 달아났다. 나는 비명을 질렀으나 어머니는 일손을 놓고 멍하니 서서 사라지는 고양이 떼를 지켜볼 뿐이었다. 분명 어머니는 그때, 그 어느 때보다 술을 더 많이 마셔 취해 있었을 것이다. 불안해진 내가 어머니를 일깨우자 어머니는 입안엣소리를 웅얼대며 다시 움직이기 시작했다.

"뭐라구? 말을 하려면 알아듣게 말을 해."

궁시렁대는 소리가 그치지 않자 불안이 점점 자라 못 참을 지경이 된 내가 소리쳤다. 어머니가 느릿하게 대꾸했다.

"암것두 아냐. 그냥 신세한탄이야……."

어머니는 길게 한숨을 내쉬고 들이쉬더니 말을 이어갔다.

"이렇게 사는 에미 심정을 딸년인들 알아주겠니……. 이건 사

는 것도 아니다……. 너는 모를라. 이 에미가 얼마나 기막히게 사
는지……. 난 정말, 정말…… 처녀나 다름없지."

벌써 혀가 꼬부라져 있었다. 순간 살갗 위의 털들이 주르르 일
어섰다. 물컹하니 풍기는 육욕의 살내음이 눈에 보이지 않는 벌레
처럼 땀구멍으로 기어들어와 피와 섞이고, 그 불순한 피가 몸 구
석구석으로 몰려다니는 듯했다. 진저리를 쳤다.

"엄마, 엄마. 정신 차려? 취했어? 그렇게 막 말해도 돼?"

급해진 나는 아무 말이나 내뱉으며 윽박질렀고, 어머니는 낯선
듯 나를 물끄러미 보았다. 그 눈 속엔 욕망의 그늘이 새파랗게 날
을 세우고 있었다. 어머니는 고개를 설레설레 젓더니 안으로 들어
갔다. 층계를 밟는 발자국 소리. 그리고 부엌으로 들어간 모양 딸
깍대는 소리.

또 술을 마시겠구나.

나는 가게 문을 잠근 뒤 이층으로 올라가지 않았다. 가겟방에서
담요를 뒤집어쓰고 고아처럼 잔뜩 웅크려 내 몸을 안았다. 무엇인
가로부터 나를 지켜야 할 것 같았다.

가겟방에서 이층으로 올라가는 반들반들한 나무 층계를 떠올리
면 지금까지도 납득되지 않는 의문이 솟구친다.

큰오빠마저 떠난 뒤 어머니는 내가 학교에서 돌아오면 잠깐 눈
을 붙이겠다며 내게 가게를 맡기는 적이 자주 있었다. 새벽에 열
어서 밤 열두시나 되어 문을 닫곤 했으니 당연한 일이었다. 그런
데 어머니가 낮잠을 자러 가는 장소가 이층 안방이라는 사실이 내

겐 불가사의였다. 왜 가게에 딸린 일층에서 낮잠을 자지 않을까? 나는 고개를 갸우뚱거리며 이층을 흘겨보곤 했다. 이층 안방에는 새벽에 청과물 시장엘 다녀왔거나 도매시장에서 돌아온 아버지가 낮잠을 자고 있는 게 보통이었던 것이다.

나는 철이 든 뒤로 자신을 그토록 때리고 구박하는 아버지가 잠든 그 방에 어머니가 태연하게 들어가 잘 수 있다는 게 믿어지지 않았다.

오후에 가게를 볼 때면 난 대개 소설들을 읽으며 시간을 때웠다. 어린 시절의 시간은 지루할 정도로 길었다. 원하기만 한다면 가게를 보면서 『대망』 같은 스무 권짜리 대하소설도 읽어치울 수 있을 정도였다. 그러나 내가 읽는 것은 만화방에서 빌려온 것들로 순정로맨스물이었다. 신데렐라 이야기에 배경을 현대로 고치고 약간의 우여곡절을 넣어 윤색한 뻔한 이야기. 가난하지만 미인인 여주인공과 운명이 정해준 상대인 미남이고 부자인 청년. 처음엔 여주인공이 그 청년을 오해하고 의심하는데, 이유는 다양했다. 삼각관계라든지, 부모 대의 원한, 때로는 악의를 품은 인간들의 방해공작. 그러나 의심은 풀리고 두 사람은 결혼하면서 소설이 끝난다. 그런 책들은 그 커플들이 결혼한 다음에는 행복하게 살았는지를 말해주지 않았다.

왕자가 뭇 여성의 선망을 받는 남편감인 것과 비교하면 아버지는 말할 수 없이 초라했으나, 그렇다고 나쁜 남자라는 소리는 듣지 않았다. 조금 허풍스런 구석이 있고, 의리를 잘 내세우며, 사람이 진국이라는 이웃의 평을 들었다. 어머니 역시 신데렐라처럼 미녀는 아니었지만 말수가 적고 수더분했다. 두 사람 다 집 밖에서 누구와 다투었다는 말은 들은 적이 없었다. 적어도 밖에서는 겸손하고 무난한 사람들이었다.

그러나 '남의 눈'을 벗어나 가정이라는 울타리 안으로 들어오면 두 사람은 마귀라도 썬 듯 돌변했다. 어머니는 수만 년의 빙하기가 지난 뒤에도 녹지 않은 유빙처럼 차가운 태도로 아버지를 괴롭혔고, 아버지는 주먹을 휘두르는 것으로 그에 답했다. 그 사이에 끼어드는 자식들은 얻어터지는 게 당연한 수순이었다. 그런 소동이 끝나면 아버지는 가면을 바꿔 쓰고 밖에 나가 사람 좋은 행세를 했고, 어머니는 부엌으로 도망쳐서 허공에 대고 욕을 웅얼대면서 술을 마셨다.

로맨스 소설에 취해 있다가 문득 책에서 빠져나와 집 안의 정적을 의식하게 될 때가 있었다. 가게 손님들은 언제나 한꺼번에 몰려왔다가 빠져나가게 마련이었고 한가해진 나는 소설책에서 눈을 떼고 어두컴컴한 충계 위편을 줄곧 노려보곤 했다. 그 어둠의 이면까지도 샅샅이 꿰뚫어보려는 양 두 눈에 힘을 잔뜩 주고서 말이다. 그곳에선 내 상식으론 납득하기 어려운 불가사의한 일이 벌어지고 있는데, 나는 알지 못해서 억울하고 그러면서도 한편으로는 알게 될까 봐 두렵다는 이율배반적인 느낌이 불안이라는 외피를 쓰고 스멀스멀 가슴팍을 기어 다니는 거였다. 또 어쩌다 그 정적이 풍선 터지듯 깨어지고 아버지의 고함 소리가 터져 나올지도 모

226

른다는 긴장감도 더불어 마음을 죄었다.

그런 오후들은 내겐 지옥이었다.

어머니의 낮잠 버릇은 나중에 아버지가 죽고 슈퍼가 식당으로 바뀐 뒤에도 변하지 않았다. 식당이라고 해봐야 대단한 것은 아니었다. 간판조차 바꾸지 않았다. 아버지가 죽은 뒤 더는 물건을 사입해올 사람이 없어지자 점차 비어가기 시작한 가게에다 테이블 두어 개를 들여놓고, 슈퍼를 할 때도 간단한 김밥이며 라면, 소주를 팔던 메뉴를 약간 더 늘린 것에 불과했다.

그런 형편에 엉뚱하게도 화분이 하나 들어왔다. 축 개업이라는 큼직한 분홍 리본이 달린 행운목. 그 화분은 가게를 비웃는 것처럼 떡하니 중앙에 놓였다. 실험용 마루타처럼 위아래가 뭉텅 잘려 나갔음에도 옥수수 잎처럼 짙푸른 잎사귀를 뻗어내고 있는 그 나무는 끈질긴 생명력으로 어머니의 간이식당을 더욱 초라하게 만들고 있었다. 나는 그 화분을 볼 때마다 인상을 북북 썼다. 어머니는 나의 그런 태도를 화분을 보낸 사람에 대한 반감이라고 여겼던 모양이다. 그러나 내가 그 화분을 보낸 사람이 부동산 이 씨라는 걸 안 것은 훨씬 뒤의 일이었으니 반감을 갖고 자시고가 없었다. 아무튼 이 씨 아저씨는 점심 손님이 뜸해질 즈음 나타나 낮잠을 자러 가는 어머니의 뒤를 따라 이층으로 올라가곤 했다. 이 씨 아저씨와의 밀회는 큰오빠만 몰랐을 뿐 동네에선 공공연히 소문나 있었다.

그 일 때문에 최근 어머니는 나에게 용서라는 말을 썼을까?

어머니가 완전히 정신을 놓아버리기 전이니까 한 달쯤 전 일인
듯하다. 그 무렵만 해도 어머니의 초점 잃은 눈엔 가끔 생기가 돌
아오기도 했었다. 특히 어머니의 유일한 손자―작은오빠를 닮았
다며 몰래 한숨짓곤 했던―가 나타나면 알아보고 눈물이 그렁그
렁 괴기도 했다.

그날은 간병인 아줌마가 잠깐 딸을 만나고 온대서 나 혼자 어머
니의 병상을 지키고 있었다. 일요일이었다. 나는 무료해서 졸다
깨다 하였다. 한낮, 문병객들이 들고 나느라 복도에선 수런거리는
말소리와 발소리가 쉼 없이 울렸으나 병실 안은 고요했다. 어머니
맞은편 침대는 비었고, 다른 한 병상의 환자 역시 잠자고 있었다.
문득 어머니의 목소리가 졸음으로 텁텁해진 의식을 뚫고 들어와
뇌리에 선명하게 박혔다.

"그래도 너는 나를 용서하겠지?"

후다닥 졸음이 달아났다. 벌떡 일어났으나 왜 일어났는지 몰랐
다. 어디를 주목해야 할지 잠시 어리둥절하였다. 어머니는 다시
과거로 침몰하는 모양 흐릿하니 초점 없는 눈을 천장에 두고 껌벅
거리고 있었다. 내가 말을 걸자 어머니는 대꾸하지 않았고 누군가
를 만나러 어디 가야 하는데 큰일 났다고 중얼거릴 뿐이었다. 그
러다 내가 말을 걸고 있다는 것도 잊은 듯 바로 잠들어버렸다. 내
귀가 의심스러워졌다.

정말 어머니가 한 말이었을까? 무슨 뜻으로? 그렇다면 어머니
는 치매가 시작된 뒤로 내 가슴을 갉기 시작한 불안감을 눈치채고

있었다는 것인가? 아니, 어머니는 끝까지 침묵을 지켜야 한다는 신념을 이성을 잃어버린 상태에서도 잊지 않았을 터이다. 단지 어머니는 딸인 내게 말년의 연애를 사과한 것일 게다.

어머니는 아버지가 죽은 뒤 얼마 지나지 않아—동네 사람들 입방아를 옮긴다면 무덤의 흙이 마르기도 전에—드나들기 시작한 이 씨 아저씨를 내가 싫어한다고 생각했다. 그건 오해였다. 알고는 있었으나 나는 굳이 해명하려고 하지 않았다. 그 무렵 나는 이미 밤 고양이들에게 놀라는 사춘기 소녀도 아니었고, 모든 판단을 중지해버린 상태였다. 어머니든 아버지든 설혹 새로운 어머니의 연인이라 할지라도, 나서서 판단하거나, 편들거나, 혹은 목격자가 되어 증언하거나, 비난하고 조정하는 등의 일은 결코 맡지 않으리라 단단히 결심하고 있었던 것이다.

철이 든 뒤로 나는 줄곧 자신을 타일러왔다. 작은오빠는 죽었다고. 나의 반쪽. 세상을 환하게 비출 줄 알았던, 또 말로 마음을 표현하는 데 거침이 없었던 양지 쪽의 아이. 반쪽을 잃어버린 나에겐 무엇이든 나누어야 한다는 게 어려웠고, 또 그걸 말로 표현해야 한다는 건 불가능에 가까웠다. 작은오빠가 죽은 뒤 내 머릿속에선 사고의 코드들이 모두 뽑혀 나갔고 오로지 생존을 위한 감각만이 남겨졌다. 그리고 부모와 나 사이에, 아니 타인과 나 사이에는 지구와 달만큼 먼, 텅 비고 막막한 거리를 두었다. 그러지 않았더라면 나는 미쳐버렸을 것이다.

그러니까, 굳이 설명해야 한다면, 아버지는 층계에서 굴러떨어져 죽었다. 작은오빠처럼. 사인은 뇌진탕이었고, 흠뻑 술에 취해 몸을 제대로 가누지 못하고 미끄러졌다고 했다. 학교에서 돌아와 가겟방 문을 열었을 때 아버지가 층계 밑에 굴러떨어져 있는 것을 목격했다. 작은오빠가 그런 것처럼 납작하게 방바닥에 달라붙은 모습은 아니었다. 죽기 직전 깜짝 놀란 모양 눈을 휘둥그렇게 뜨고 뒤로 넘어져 있었는데, 정수리에서 솟은 피가 이름을 지우는 빨간 선처럼 이마를 가로질러 관자놀이 부근으로 흐르고 있었다. 점차 커지는 점액질의 붉은 웅덩이. 비릿한 피 냄새. 나는 전혀 놀라지 않았다. 오래전에 꾸었던 꿈을 다시 구경하는 것처럼 익숙하면서도 멍한 기분이었다. 누렇게 바랜 현장사진을 들여다보고 있는 것 같기도 했다. 나는 잠자코 도로 방문을 닫으려고 했다. 그러다 문득 위를 올려다보니 어두운 층계 위편에 어머니의 두 다리가 못 박힌 듯 서 있었다.

이것이 내가 오래전 집을 떠날 때 일어났던 일이고, 당신이 파헤쳐 드러내고 싶어하는 전부이다. 그러나 이렇게 밑바닥까지 파헤쳐 끄집어 내놓은들 이제 와서 무엇이 달라지겠는가? 이런다고 밤마다 찾아와 내 이름을 외쳐 부르는 소리들을 침묵하게 만들 수 있을까? 그들로 하여금 나의 잠을 훼방 놓지 못하게 막을 수 있을까?

죽은 사람들의 잠은 방해하지 말고 내버려두는 편이 나을 것이다. 이건 이렇고 저건 저렇다고 말로 입 밖에 내어 해명하려고 하면 그들은 그 말소리에 깨어 일어나 각자 자기 상처를 되새김질하고, 고통의 크기를 서로 비교할 수 있기라도 한 것처럼 아우성치며 서로 다툴 것이다. 그들은 자기편을 들어달라고 손을 내젓겠지만 우리는 그저 어리둥절할 따름인 것이다. 결국 우리는 깨닫게 될 것이다. 어느 손을 잡든 다른 쪽에 대한 배신이 되는 건 피할 수 없다는 것을. 아무리 말로 달래려고 해보아도 아무 소용없으며, 상처는 결국 자신만의 것이라는 것. 우리에게 허용된 유일한 일은 잠자코 지켜보는 것이라는 것을.

나는 담배를 힘껏 비벼 끄고 일어선다. 내 이름을 부르는 죽은 사람들의 목소리에는 귀를 틀어막고 불면과 두려움을 잠시 달래주었던 이 피신처를 나서기로 한다. 비는 추적추적 내리고 있다. 인적이 드문 밤거리에 서서 택시를 기다린다. 쉽게 발견되게끔 모텔이라는 간판 아래 핏물처럼 질펀하게 붉은빛 웅덩이에서 서 있다. 잠시 후 긴 헤드라이트 불빛이 다가오자 내 그림자는 흔들리며 슬금슬금 모텔 담장을 기어오른다.

지금쯤 어머니는 숨을 거뒀을 것이다.

돌아가면 이모는 힐난하는 표정으로 나를 맞을 것이다. 네가 바람 쐬러 나간 사이에 어머니가 죽었다고 말해줄 것이다. 그리고 자식들에게 둘러싸여 눈을 감지 못한 언니의 외로운 죽음을 애도하며 혼자 눈물을 흘릴 것이다. 나는 이모의 눈물을 말리지 않을 것이다. 이모는 아무것도 모르는 것이다. 애증으로 뒤엉킨 몸이 사라지고 나면 우리의 눈물을 받아줄 그 무엇도 남지 않는다는 것을.

낯선 이들의 집

그게 공식이었다.
지칠 때마다 살짝 관심을 보여주어 잡아두는 것.
시간이 흐르고 뿔뿔이 흩어져 미경이란 이름조차 희미해진 뒤에도
오렌지 향 같은 그 냄새는 오랫동안 남아 있었다.
무슨 신호처럼, 때로는 일없이 설레는 어떤 전조처럼.

흐린 날엔 낮과 밤의 경계가 불분명하다. 떼 지어 뭉싯거리며 창에 부딪쳐 오던 구름은 어느새 형체를 잃고 검은 연기처럼 시야를 가로막는다. 낱낱으로는 투명한 물방울이 모여 만드는 짙은 먹구름, 그 밑에는 비가 내릴지도 모른다.

"오늘부터 장마가 시작된다죠?"

신문을 부스럭거리는 소리와 함께 뒷좌석에서 남자 목소리가 난다. 정적은 그 말의 꼬리를 잡아 늘여 오랫동안 허공에서 떠돌게 한다. 한참 뒤 다른 남자의 졸린 목소리가 대꾸한다.

"제주도에는 비가 오는지…… 서울은 흐리기만 했는데……."

승객이 드문드문 앉은 비행기 안은 느른한 분위기다. 웅웅거리는 기계의 소음만 자꾸 부풀어 포화상태에 이르러 있다. 부산하게 오가던 스튜어디스들도 보이지 않는다. 모두가 기계음에 짓눌려 몽환상태에 빠져버린 듯하다. 정님은 파릇하니 곤두선 긴장을 늦

추지 못하고 앉아 있다. 컴컴한 창에 코를 박고 손발 끝 부분의 경
련을 느끼고 있다. 비행기를 타는 건 정말 싫어. 불현듯 그런 생각
이 떠오른다. 너무 빠른 탈것들은 이동한다는 실감이 들지 않는
다. 안전을 이유로 실내를 밀폐하기 때문이다. 갑자기 진동이 멍
멍하게 귀를 막는다. 기체가 심하게 흔들린다. 가슴이 답답하다.
폐소공포증일까? 고개를 흔든다. 암튼 상자 속에 갇혀서 A지점에
서 B지점으로 이동하는 건 정말 싫어. 철창 안의 맹수처럼 으르렁
거리고 싶어져……. 상념에 빠져들다 정님은 저도 모르게 싫다는
말을 소리로 내게 된다. 제풀에 놀라 곁눈질한다. 옆자리의 유진
은 이어폰을 낀 채 잠든 것 같다. 무릎을 세워 껴안고 그 위에다 턱
을 올린 자세이다. 잠들지 않았을 거라고 고쳐 짐작해본다. 긴장
해 있을지도 모른다. 정님은 불쑥 유진의 어깨에 손을 올려놓고
싶은 충동을 느낀다. 가만가만 어루만지며 속삭여주고 싶다. 괜찮
아. 그렇게 도사리지 않아도 돼,라고. 문득 따가운 시선을 느낀다.
유진이 눈을 뜨고 빤히 바라보고 있다. 미소를 지을 듯 말 듯 입가
를 가늘게 떨면서. 곧 망설임의 순간이 사라지고 길게 하품하더니
나른한 고양이처럼 기지개를 켠다.

"아직도 다 안 온 거야?"

그 물음에 대답하듯 안전벨트를 매라는 안내방송이 나온다. 다
시 창밖을 내다보지만 짙은 구름바다뿐, 제주도는 보이지 않는다.
정님은 생각한다. 늘 제멋대로 행동하는 것처럼 보이는 유진이지
만 사실 행동들은 순간순간 짧은 망설임을 앞세우고 있다고.

둘이 처음 만난, 그렇다고 유진이 주장하는, 시간과 장소가 정님에겐 전혀 기억나지 않는다. 유진은 어떤 모습이었더라? 나는 어땠지? 무슨 일이 있었지? 어떤 말을 했던가? 흐릿한 그림자들이 뒤엉킨 화면. 그 시기는 정님의 기억 속에 군중과 환성, 구호, 헐떡임, 땀과 먼지 자욱한 어지러운 영상들로 뒤범벅되어 남아 있다. 요구사항이 정신 차릴 수 없을 정도로 쏟아졌다. 이럴 땐 이런 모습이어야 하고, 저럴 땐 저런 모습이어야, 이때는 웃어야 하고, 살짝 눈물을 훔치는 체하고…… 사람들 눈에 어떻게 보일지를 항상 염두에 두고 좋은 인상이 되도록 해야 돼. 정님은 소리라도 지르고 싶었다. 내가 저들을 어떻게 보는지는 궁금하지 않아? 그런데도 정님은 때때로 유진의 첫 번째 시선은 기억한다고 생각한다. 어쩌면 그것은 나중에 만들어진 기억일지도 모른다. 군중 속에서 돌연 날아온 총알 같은 시선. 망설이면서도 확고한, 돌돌 말린 용수철처럼 잔뜩 긴장되었다가 튀어 오른 시선. 거기에는 결정적인 무엇인가가 있었다. 시선은 그녀를 끈질기게 쫓아다녔고 나중엔 한마디 말로 변해 툭 다가왔다. '사모님은 자신감이 없으세요. 그래서 사진이 잘 안 나오는 거예요.' 리플릿에 쓸 사진을 찍는 순간이었다. 그 말을 듣자 벌거벗은 알몸을 들킨 기분이 들어 후두두 떨었고, 그 말을 던진 여자아이에게 주의를 기울이게 되었다. 영리한 소년 모습을 한 예쁜 여자아이. 어쩐지 예전부터 이미 알고 있었던 것 같았다.

공항에 내려보니 공기부터 사뭇 다르다. 후텁지근한 중에도 막연한 소금기가 배어 비릿하다. 바다가 멀지 않은 것이다. 바람도 없는데 야자수 이파리가 흔들린다. 여름 저녁의 어스름이 거리를 회색으로 물들이고 군데군데 붉고 흰 꽃들이 눈부시다. 한참 만에야 그 꽃 이름이 협죽도라고 생각해낸다. 해가 졌어도 아직 등불을 켤 시각은 아니다. 모슬포행 버스는 쉽게 오지 않는다. 두리번거리던 유진의 시선이 저만치 전화박스에 머문다. 빨간 원피스를 입은 여자가 들어 있다. 여자는 몸을 비비 꼬며 전화선을 손가락으로 감았다 풀었다 한다. 그 옆 도로에는 오토바이와 함께 해병대 무늬 티셔츠를 입은 청년이 서 있다. 그는 지루한 모양 발을 까닥거리면서 손짓을 한다. 청년의 신호에 여자는 몸을 비틀며 고개를 숙인다. 저거 좀 봐. 유진이 정님의 옆구리를 쿡쿡 찌르며 웃는다. 언제나 표정부터 웃는 아이이다. 입이 하트 모양으로 살짝 벌어지고 긴 속눈썹은 까만 나비처럼 빠르게 깜빡거린다.

"저 여자, 집에다 전화해서 여자친구랑 노느라고 늦는다고 거짓말하는데 그게 잘 안 먹히는 모양이지?"

문득 정님은 궁금해진다. 얘는 제주도에 놀러 간다고 남편에게 말이나 하고 왔을까? 그 생각이 떠오르자 속이 메슥거린다. 마냥 태평스런 유진에게서 시선을 돌리다 아예 반쯤 돌아서고 만다. 왜 나는 그런 걸 쉽게 물어보지 못하지?

버스는 해안 도로를 따라 달린다. 오른편은 바다인데, 땅거미가 깔려 창밖이 보이지 않는다. 본격적인 휴가철보다 약간 이른 시기

238

여서 버스에는 관광객이 드물다. 대부분 고무함지나 비닐 포대를 안은 장사치들이다. 그들이 내뱉는 알아들을 수 없는 사투리로 버스 안은 와자지껄하다. 그에 대항하듯 디스코 메들리인가 하는 음악이 이어진다. 우리 만남은 전생의 인연이고 어쩌고……. 되풀이되는 단조로운 리듬이 이명처럼 달각거린다. 이어폰으로 귀를 막고 있던 유진조차 눈살을 찌푸린다.

"우린 어디서 내려?"

유진이 고개를 갸웃하면서 묻는다. 정님은 몇 주 전부터 들여다본 지도를 머릿속으로 더듬는다.

"바닷가에서 자고 싶은데 넌 어때?"

"그럼 협재에서 내려. 난 그 바다를 좋아해."

정님은 아무렇게나 고개를 끄덕이지만 또다시 궁금하다. 유진은 언제, 누구랑 같이 협재에 왔었을까? 정님이 모르는 유진의 생활사. 갑자기 목 언저리가 뜨거워진다. 동요를 눈치챈 듯 유진이 살짝 자기 손을 정님의 손 안으로 집어넣는다. 젖내 같기도 하고 오렌지 향기 같기도 한 냄새가 마주 댄 손바닥을 통해 혈관으로 파고든다.

정님이 제주도에 와본 것은 여고 시절 수학여행 때였다. 20년도 더 지난 옛일. 그때는 목포에서 기차를 내려 배를 탔다. 돌아갈 땐 폭풍우 때문에 제주항에서 사흘을 기다렸던 기억도 선명하다. 식당에서 몰래 건네어진 쪽지. 나랑 영화 보러 가게 뒷문 옆 삼나

무 밑으로 나와. 남학생에게서 받은 것 이상으로 가슴이 설레었
다. 얼른 머리를 빗고 차림새를 다듬었다. 몇 번이나 거울을 보았
다. 복도를 살금살금 걸어가는 동안 방마다 아이들이 귤을 까먹으
며 늘어놓는 수다 소리가 시끄러웠다. 삼나무 둥치 사이로 어른거
리는 파란 비닐우산. 우산 그늘은 단정한 미경이의 얼굴을 해맑은
빛깔로 물들였다. 미경은 체격이 크고 다재다능했으며 어딘지 모
르게 어른스러웠다. 교사들도 미경이만은 어른처럼 대했다. 그 옆
에 있으면 같은 또래여도 동생 정도로 보였다. 그 때문인지 미경
의 주변에는 늘 아이들이 몰려 있었다. 시녀를 거느린 여왕. 그런
데 삼나무 밑엔 미경이 혼자 기다리고 있었다. 너, 영화 잘 안다
며? 별것 아닌 말인데도 정님은 얼굴이 새빨개졌다. 미경은 정님
의 어깨를 가볍게 끌어당겨 우산 밑으로 들어오게 했다. 미경에게
안긴 듯한 자세가 되자 숨조차 크게 쉴 수가 없었다. 미경에게선
귤 냄새가 진했다. 지루하게 배를 기다리는 동안 모두들 선물로
사놓은 귤을 먹어치우는 중이었던 것이다. 하지만 미경에게서 나
는 귤 냄새는 체취와 섞였는지 더 진하고 더 향기로웠다. 오렌지
냄새였을까? 그 냄새는 영화관에서도 내내 정님을 압박해왔다.
미경과 살갗이 닿은 맨살에선 오소소 소름이 돋았다. 정님은 몰래
숨을 몰아쉬곤 하느라 영화의 내용도 기억하지 못했다.

　그날 이후 정님은 불현듯 오렌지 향기를 맡을 때가 있었다. 어
떤 갈망의 표식처럼.

　오렌지 향에 끌리듯 오래 미경의 주변을 맴돌았다. 그러나 단둘

이서만 있을 기회는 좀처럼 오지 않았다. 지친 기색을 보이면 그제야 미경은 둘만 만나자고 제안하곤 했다. 그게 공식이었다. 지칠 때마다 살짝 관심을 보여주어 잡아두는 것. 시간이 흐르고 뿔뿔이 흩어져 미경이란 이름조차 희미해진 뒤에도 오렌지 향 같은 그 냄새는 오랫동안 남아 있었다. 무슨 신호처럼. 때로는 일없이 설레는 어떤 전조처럼. 정님은 종종 그처럼 전면적이고 결사적인 열정을 다시는 맛보지 못했던 게 아닌가 싶기도 했다.

캄캄한 솔숲 입구에 하얀 현수막이 펄럭거린다. 해안은 바람이 거칠다. 빗질하듯 나무들이 한 방향으로 허리를 구부렸다가 편다. 솔숲이 끝나는 곳에 키 작은 야자수들이 늘어선 모래밭이 있고 그 옆에 호텔이 있다. 인가라곤 보이지 않는다. 버스는 가로등조차 없는 도로에다 그들을 내려놓고 떠난다. 비로소 파도 소리가 들린다. 파도는 칠흑 같은 밤 속으로 하얀 거품을 일으키면서 몰려왔다가 산산이 부서지며 사라지고 있다.

"협재야, 나 왔어. 나야."

유진이 밤바다를 향해 두 손을 흔들고 펄쩍펄쩍 뛰면서 고함친다. 그 소리는 모래밭을 굴러가 파도의 으르렁거리는 소리와 만나 삼켜진다. 그들은 축축한 밤바람을 맞으며 한참이나 어두운 바다를 바라보며 서있다.

남국 호텔. 어둠 속에서 하얀 아크릴 간판과 일층 유리창이 밤의 오아시스처럼 환하게 빛난다. 접수대의 청년은 텔레비전을 켜놓고 앉아 있다. 화면에 구름 사진이 펼쳐지더니 기상 캐스터가 나타나 내일의 날씨를 알려준다. 남해안에 머물고 있는 장마전선이 내일은 북상할 것이며 그에 따라 파도가 높아지겠으며……

"온돌? 아니면 침대요?"

정님은 트윈 침대 방을 부탁하지만 없다는 대답이 돌아온다. 모두 더블 침대란다. 망설이는 사이에 끈적거리는 바람이 긴 휘파람 같은 비명을 지르며 텅 빈 로비를 휘감고 지나간다. 창문들이 덜컹거린다. 빈 공간을 강조하는 소리의 꼬리들. 메아리. 태풍이 오기 직전처럼 적막하다. 열쇠를 받고 일층 식당으로 간다. 커피숍 겸 식당인 그곳도 인적은 없고 불빛만 환하다. 긴 생머리의 처녀 혼자 물컵을 쌓아놓은 바 뒤에서 졸고 있다. 그들은 캄캄한 바다빛깔로 물든 유리벽에 붙어 앉는다. 유진은 메뉴를 펼치고 연구한다. 다른 건 몰라도 먹는 문제 하나만은 진지한 아이다. 패스트푸드를 먹는다든지 하는 식으로 끼니를 대충 때운다는 건 있을 수 없다. 해물된장찌개? 여긴 뭐가 들어가요? 이것저것요. 처녀는 얼떨떨한 얼굴인 채로 전염된 듯 유진을 따라 미소 짓는다. 정님은 피곤하니까 대충 먹자고 한다. 해물된장찌개는 맛있다. 숟가락으로 뒤적거릴 때마다 작은 새우며, 조개 같은 다양한 종류의 해물이 자꾸 나온다.

"정말 재미있는 음식이야."

유진은 만족스러운 듯 입맛을 다시며 음식을 평한다.

"재미?"

"발견의 기쁨을 누리게 해주잖아. 앗! 여기에 새우가 있네? 앗! 여기는 조개가……."

과장된 몸짓이 섞인 유진의 말에 숟가락질을 멈추고 웃게 된다. 휴대전화 벨 소리가 난다. 돌연한 그 소리에 그들은 빨간 소방차가 지나가기라도 하는 양 깜짝 놀란다. 한참 만에야 정님은 자신에게 온 전화라는 걸 깨닫는다.

"서정님 씨?"

딱딱 끊어지는 발음의 남자 목소리. 귀에 설다.

"누구시죠?"

정님은 놀라 경계한다. 곧 조금 누그러진 목소리가 들린다.

"저, 지훈이에요. 유진이 남편. 어디예요? 서울은 아닌 거 같은데?"

힐끗 유진을 건너다본다. 먹는 일에 한창 열중해 있다. 밥그릇 옆에 소복하게 쌓은 해물껍질이 소꿉장난이라도 하는 것 같다.

"제주도예요. 나, 휴가온 거예요."

자기도 모르게 변명투가 된다. 그 말을 듣자 지훈은 전화를 통해서도 숨결이 전해질 정도로 크게 한숨을 내쉰다.

"유진이하고 같이 있죠? 원 참…… 놀러 간다는 쪽지 하나만 달랑 써놓고 사라졌으니……. 출장 갔다가 집에 와보고 얼마나 황당했는지……. 누님하고 함께 갔을 거라고 짐작은 했지만…… 누님 핸드폰 번호 알아내느라고 또 얼마나 고생했다고요……."

지훈은 어이없다고 투덜투덜 불평을 늘어놓는다. 짐작대로 유진은 지훈에겐 말하지 않았다. 아침에 통화할 때 정님이 오후에 제주도로 떠난다고 하자 앞뒤 가리지 않고 따라나선 것이다. 시선이 마주치자 유진이 말끄러미 눈을 빛내며 눈치를 살핀다. 야생 고양이 같은 눈. 그 눈의 중심은 투명하기까지 하다.

"바꿔줄게요."

"아뇨, 됐어요. 큰소리 내기 싫군요. 지금 어디예요?"

"협재요."

"아, 협재. 암튼 누님하고 같이 있으니 안심이지만요……. 돌아올 때 비행기 타기 전에 전화나 하라고 그러세요. 내가 공항으로 나가든지 할 테니까. 아무튼 재미있게 놀다 오세요."

인사할 사이도 없이 전화가 끊어진다.

"지훈이지? 맞지? 화 많이 났대?"

"그게 문제가 아니잖아. 왜 말도 안 하고 따라와?"

정님이 낮은 목소리로 으르렁댄다. 유진이 악동처럼 씨익 웃는다.

"그럴 틈이 없었으니까. 언닌 당장 비행기 타러 나간다고 그러지, 지훈이야 출장 가서 내일 돌아오니까 나중에 말해도 됐단 말야……. 언니, 화났어?"

순간 참을 수 없이 유진이 미워져 눈을 흘긴다. 앤 늘 그래, 오만하고 뻔뻔스러워. 저 좋을 대로 생각하고 움직여. 정님은 체할 것 같아 숟가락을 놓고 만다.

마음 밑바닥에는 작은 선인장 하나가 자라고 있다. 생각의 머리

244

를 안으로 깊숙이 수그리면 그 가시에 찔려 따끔거리는 작은 통증들이 주르륵 일어선다. 양심의 금속성.

정님은 침대 왼편에 도사리고 누워 생각에 잠긴다. 머릿속에 지훈의 말이 메아리친다. 누님하고 같이 있으니 안심이지만요……. 유진인 도대체 어떤 마음일까? 오늘 일만 해도 그렇다. 같이 가고 싶다고 무조건 따라나서고…… 지나치지 않은가? 날 뭐라고 생각하는가……. 유진은 어둠 속에 텔레비전을 켜놓고 캔맥주를 마시고 있다. 〈매트릭스〉 주제가가 나온다. 혼자 킬킬거리다 간간이 정님에게 말을 던진다. 저 인터뷰 좀 들어봐, 되게 재밌는데. 키아누 리브스가 말야, 이제 인류를 구원하는 덴 싫증이 났대. 지구는 독수리 오형제에게 지키라고 하고 다른 역할을 하고 싶은가 봐. 정님은 대꾸하지 않는다. 문득 유진이 정님의 등에 손을 올려놓는다. 축축한 손이다. 등줄기로 오한이 지나간다. 맥주 냄새에 섞여 또다시 이상한 향기가 풍겨오는 듯하다. 언니, 그만 화내고 맥주나 마시자, 응? 정님은 엎드린 채로 고개를 흔든다.

남편과 헤어질 무렵이 떠오른다.

소란했던 선거철이 끝나자 찾아온 긴 정적의 날들. 그 가을은 많이 가물었다. 그동안 너무 많이 소비해버려 바닥났다는 듯 그들 부부는 말을 아끼게 되었다. 각자 일을 알아서 챙겼다. 혹시라도 서로 간섭할 필요가 생길까 봐 전전긍긍하면서. 모범적인 유치원생 두 명이 서로 경쟁하는 것 같았다. 유진은 그런 정님에게 자주 놀러 왔었다. 그땐 유진도 이미 이벤트 회사 직원은 아니었다. 실직했고 곧 결혼할 텐데, 뭘 해야 좋을지 몰라 놀러 다닌다며 웃었다. 갈수록 메말랐다. 쩍쩍 갈라진 논바닥 같은 정님의 집은 노상 버석거렸다. 갈수록 그들 부부의 행동과 말에도 먼지가 쌓여 서걱거리며 불투명해져갔다. 언닌 선거 때도 무척 힘들어했었지만 요즘이 더 힘들어 보여. 유진은 곧잘 의표를 찌르는 말을 했다. 짧은 망설임 뒤에 오는 통찰력 있는 한마디. 마치 온 생을 꿰뚫어보는 듯. 그래? 아마 서로를 원망하고 있어서 그럴 거야. 같이 실패한 사람들은 흔히 서로를 원망하지. 정님이 대꾸하자 유진은 소리 내어 웃었다. 고양이가 골골거리는 소리를 닮은 독특한 웃음. 갑자기 마음이 가벼워졌다. 그 웃음이 꼭꼭 닫아놓은 골방 문을 활짝 열어젖힌 것 같았다. 신선한 바람과 햇빛이 들이치고 거미줄이며 퀴퀴한 먼지는 모두 날아갔다. 무엇보다도 만나면 기분이 좋았기 때문에, 정님은 많은 시간을 유진과 보내게 되었다. 함께 보낸 시간은 서로를 끈끈하게 엮어준다. 그리고 한쪽 문이 열리는 동안 어느 쪽 문인가는 닫히게 마련인지도 모른다. 그런데도 남편은 지훈과 비슷한 소리를 했었다. 마음이 통하는 유진 같은 친구가 있어서 다행이라고.

아침, 두터운 구름이 정수리를 누를 듯 낮게 내려앉아 있다. 하늘과 먼바다는 구분되지 않게 청회색으로 짓뭉개져 보인다. 유진이 창문을 활짝 열어젖힌다. 날씨가 이런데 숲에는 텐트를 친 사

246

람도 있네! 정말 섭섭해. 날씨만 맑았더라면 여기 바다 빛깔이 끝내준다는 걸 언니도 알 텐데……. 한참을 재잘댄다. 로비에서 조간을 사들고 커피숍으로 간다. 어젯밤과 달리 시끄럽다. 음악은 지금 건데, 분위긴 영 아니네, 이건 동네 다방이잖아? 유진이 살짝 눈썹을 찌푸린다. 한 테이블에 다섯 명의 남자가 마주 앉아 떠들고 있다. 이들은 해수욕장 개장 준비 문제로 흥분하여 시끄럽다. 지체하지 말고 포클레인을 불러야 한다, 모래밭이 지금처럼 해초투성이여선 동네의 명예 문제다, 그러려면 보증금부터 올려 받아야 한다……. 귀 기울여 들어보니 이 동네 유지들인 모양이다. 그들 중 감색 양복에 넥타이 없이 흰 와이셔츠를 입은 남자의 목소리가 가장 크다. 억양은 제주도 사투리지만 꼬박꼬박 표준말을 쓴다. 그는 분명 직함이 서너 개쯤 박힌 금박 명함을 갖고 있을 것이다. 뚱뚱하고 배가 나오고 번들거리는 이마를 가진 얼굴. 구의원쯤 되는지도 모르겠다. 정님은 그런 남자들을 볼 때마다 뚜렷한 확증도 없이 뇌물이니 부패니 하는 단어를 연상한다. 아마 남편의 영향일 것이다. 남편에게 화가 날 때마다 정님은 속으로 정치꾼이라고 욕을 퍼붓곤 했었다.

남편은 어느 날 갑자기 불가사의하게 변해버렸다. 몸무게가 불어나고 걸음걸이가 느려지면서 성격도 느글느글해졌다. 하얀 당구공인 줄 알고 잡았다가 물렁물렁한 연식 정구공인 걸 알았을 때처럼 당혹스러웠다. '그럼에도 불구하고'가 입버릇이던 사람이 '오죽하면'이란 말을 자주 쓰게 되었다. 걸핏하면 좋은 게 좋은 거라고 얼버무리곤 하였다. 놀라는 정님에게 자신이 갑자기 달라진 게 아니라 정님이 무관심해서 몰랐던 거라고 주장했다. 그럼에도 정님은 그게 바로, 중년의 함정인 것처럼, 손쓸 도리 없이 늙어버렸단 표식인 것 같아 씁쓸했었다.

　원치 않는 회상이 밀려와 정님은 화난 사람처럼 성급하게 커피를 마신다. 유진도 묻지 않고 같은 속도로 식사를 한다. 산책을 나선다. 대기 중에는 비도 안개도 아닌 미세한 물방울이 가득 떠 있다. 눈앞을 주시해보면 바람에 쓸려 다니는 투명한 물방울이 보인다. 머리며 옷이 금방 축축해진다. 해수욕장 개장을 알리는 현수막이 습기를 머금고 게으르게 펄럭거린다. 파도가 높다. 〈폭풍 속으로〉라는 영화 기억나? 파도가 높은 게 꼭 그 영화 라스트신 같지? 저런 파도에서 서핑하면 죽여줄 텐데……. 호텔 옆에는 컨테이너 박스로 지은 다이버 숍이 있다. 비수기여서 꼭꼭 닫아놓은 창문 안쪽엔 거미줄이 쳐진 게 보인다. 자물쇠도 푸르게 녹슬었다. 다음 주라야 개장이라니…… 우리가 일렀어. 아쉬운 듯 유진이 컴컴한 창문 안쪽을 한참이나 들여다본다. 그 옆길에서 아이 세 명이 우산을 들고 나타난다. 달마시안 강아지가 크게 그려진 우산이 바람을 가득 품어 젖혀질 듯 위태롭다. 아이들도 바람에 떠밀려 종종걸음을 친다. 노란 버스가 와서 아이들을 태우고 사라진다. 호텔 뒤편으로 작은 마을이 있는 것이다. 돌담으로 이어진 골목길은 인기척 없이 조용하다. 개들이 어슬렁거리고 있지만 낯선 그들을 보고도 짖으려고 하지 않는다. 골목은 곧 끝나고 해안에 닿는다. 그들은 엉거주춤 바위에서 바다를 들여다본다. 한차례 파도가 몰려와 물거품이 자욱이 날린다. 투드덕거리는 소리가 커지면서 본격적으로 비가 내리기 시작한다.

　무성하게 자란 침엽 상록수 숲 허리까지 안개가 빽빽이 내려와 있다. 중산간 지역으로 접어들자 갑자기 겨울 날씨로 변한다. 차창 틈으로 차갑고 축축한 안개비가 밀려든다. 라디오헤드의 뮤직비디오에서 흔히 보던 날씨이다. 냉기가 뼛속까지 에는 청회색 정서. 부르르 몸서리를 친다. 음악까지 추워서 안 되겠어. 정님이 구시렁거린다. 반팔 티셔츠와 반바지 차림이라 냉기를 당해낼 수가 없다. 유진은 내내 되풀이되던 〈오케이 컴퓨터〉란 앨범을 끈다. 아득한 우주 공간으로 날아가는 듯 우울하고 냉랭한 톰 요크의 음성이 사라지고 차 안의 병병한 정적이 도드라진다. 산간도로에는 차량의 통행도 뜸하다. 멀리 안개 너머 간간이 아스팔트에 차바퀴 미끄러지는 소리가 솟구쳐 퍼져나간다. 3~4미터 앞도 분간되지 않는 지경이라 유진은 속도를 늦추며 커브 길마다 경적을 누르며 세심하게 운전한다. 높고 경쾌한 경적 소리가 숲 속을 메아리친다. 그에 대답하듯 이름 모를 새가 운다. 나선형으로 산간도로를 달리는 동안 긴장이 풀리는 것을 느낄 수 있다. 정말 편안하다. 말은 필요가 없다. 멋진 경치를 즐기려면 말없이도 편안한 상대와 함께라야 한다. 이심전심의 느긋함. 예전에 남편과 함께 떠났던 여행들. 얼마나 시끄럽고 번잡했는지. 주부라면 대개 그렇듯, 정님에게도 휴가 여행이란 지겹고 귀찮은 일상을 장소만 옮겨놓는 것에 불과했었다. 헌 짐 보퉁이를 버리지 못하고 질질 끌고 다니듯 가는 곳마다 예전 일을 떠올리곤 하는 자신이 싫다. 깊이 담배 연기를 들이마시며 전방을 주시한 유진을 바라본다. 이 아이에겐 뭐가 기억난다든가 하는 거리낌이라곤 없는 것 같다. 젊기 때문일지도 모른다. 유진의 투명한 눈은 신비로운 산 풍경에 매혹된 듯 숲으로 오므려진 도로의 소실점에 붙잡혀 있을 뿐이다.

구름바다에 떠 있는 것 같은 성판악 휴게소에서 산굼부리 쪽으로 내려오자 갑자기 날씨가 활짝 갠다. 오랜만에 보는 햇빛이다. 히터를 끄고 차창을 내렸으나 곧 에어컨을 켜야 할 정도로 더워진다. 길섶에는 삼나무, 측백나무, 연필향나무 같은 것들이 쭉쭉 뻗어 있고 그 아래로는 협죽도가 흐드러지게 피었다. 눈이 부시다. 한라산 위쪽에서 만난 비와 안개, 추위가 꿈이었던 것만 같다. 두 손가락으로 잡아서 비벼보면 바스라지는 소리가 날 것 같은 짱짱한 햇빛이 비친다. 믿어지지 않아 정님은 자꾸 뒤돌아본다. 등 뒤 산 중턱은 여전히 짙은 비구름이 덮여 있다. 그런데 몸을 돌리면 햇빛을 받아 눈부신 물고기 비늘처럼 몸을 뒤채는 여름바다가 펼쳐져 있는 것이다. 여름 낮의 정적인 듯 귀가 멍멍하다. 시간의 흐름이 벌레처럼 자잘하게 간지럼을 태우며 기어간다. 마을이 나타난다. 세 갈래로 갈라진 길목에서 유진이 차를 세운다.

"돈내코가 어느 길이야?"

조수석에서 멍하게 있던 정님이 뒤늦게 지도를 펼친다.

"여기에 표시는 있는데 어느 길인지가 애매해."

한참을 들여다보지만 어느 길을 택해야 할지 알 수 없다.

"콜라 마실 거야?"

매미 소리가 요란한 정자나무 그늘은 구멍가게 앞턱까지 뻗어 있다. 한낮의 더위를 때문인지 구멍가게도 문만 열어놓은 채 주인이 없다. 그림자조차 몸을 감춘 마을은 조용하다 못해 괴괴하다. 시간도 정지된 것 같다.

"누구한테 길을 물어본담?"

저편 골목에 인기척도 없이 어떤 노파가 지나가는 모습이 눈에 뜨인다. 수천 년을 산 듯 허리가 직각으로 굽었는데 빈 고무함지를 땅에 닿을 듯 질질 끌고 있다. 소리쳐 부르지만 못 들은 양 그냥 간다. 뒤따라 골목 입구까지 뛰어갔지만 어느새 흔적이 없이 사라졌다. 벙벙하다. 더위 때문에 꿈의 풍경인가 싶도록 멍하다. 그러고 보니 눈앞은 사막 저편의 신기루처럼 아지랑이가 피어오르듯 가물가물 흔들리고 있다. 유진은 혀를 차더니 팔다리를 흔들며 간단한 체조를 한다. 그것만이 꿈에서 벗어날 유일한 방법이라는 듯. 그러고는 묻는다.

"최연숙인가 하는 사람 집엔 꼭 들러야 하는 거야?"

꼭? 정님은 머뭇거린다. 돈내코에는 최연숙이 산다. 지난봄부터 제주도에서 집을 구해서 살고 있다고 했다. 제주 여행을 계획했을 때 한번 들러보리라 마음먹었다. 동백나무 숲으로 둘러싸인 집이 정말 멋져. 온갖 새들이 와서 울고, 육지에선 볼 수 없던 상록

수들이 사철 푸르러서 가끔 니스나 칸에 있는 것 같은 착각이 들 정도야.

"믿을 수가 없어. 정말 점성술을 연구하는 사람이라면 별 보러 산에 들어가서 사는 거 아냐? 무슨 천문대도 소백산에 있다잖아? 근데 만날 비오고 안개나 끼는 제주도에서 지낸다니까 어쩐지 사기 같아."

유진은 덥고 싫증 났는지 투덜거린다.

"내가 잘못 알았을지도 몰라. 점성술을 연구하는 사람이 아니고 타로카드 점을 치는지도."

"정확히 뭐야? 귀신같이 미래를 맞춘다는 소리는 맞아?"

"암튼 신비주의나 운명론 같은 유의 무엇인가를 연구한대. 서양식으로. 마르세유 카드라고 했나…… 확실한 건 아직 못 들었어. 직업적인 건 아니고 연구만 하는 정도. 불문학을 공부하러 파리에 갔는데 거기서 점에 홀딱 빠져 공부고 뭐고 집어치웠다니까. 너도 궁금하지 않니?"

아무리 달래도 유진의 튀어나온 입은 좀처럼 들어가지 않는다.

"난 그저 한번 들러보려는 거뿐이야. 전에 알았던 사람이니까…… 제주도에 온 김에."

"우린 쉬러 온 거잖아. 일없이 돌아다니고, 일없이 늘어져서 빈둥거리려고……. 그러려고 왔는데 낯선 사람이 끼어드는 건 싫어. 언니도 알잖아? 난 낯선 사람하고는 영 불편해한다는 거."

싫다는 말이 너무나 간단하게 나와 놀라지만 정님은 잠자코 대신 운전하기로 한다. 솔직해서 좋다고 해야 하나? 눈치 보지 않고 자신의 거리낌을 털어놓을 수 있다는 게 일견 부럽기도 하다. 성격의 문제일까? 젊음의 힘일까? 유진을 사귄 이래 정님에겐 계속 가슴으로만 품는 의문들이 있다. 그것을 말로 표현하지는 못한다. 머릿속에 떠올릴 때마다 심장은 거칠게 뛰며 목이 뜨거워지고 속이 메슥거리는 것이다.

도로는 이어진다. 말들을 방목하는 골프장처럼 너른 풀밭이랑, 옛 고분 같은 작은 오름들이 나타난다. 다시 한참을 가니 멀리 하얀 건물이 눈부시게 햇살을 반사하고 있다. 하얀 벽과 초록색 슬레이트 지붕을 인 창고이다. 그 벽에 돈내코 수협이라는 글자가 써 있다. 이정표도 눈에 뜨인다. 마을 끝 집이라고 했다. 돌담으로 구획 지어진 밭들 사이로 창이 커다란 전원주택풍의 양옥도 서너 채쯤 있다. 그리고 숲 사이에 포장되지 않은 작은 길이 보이고 그 입구에 녹슨 양철 표지판이 있다. 버스정류소인가 하고 들여다보니 반쯤 지워진 페인트 글자가 서툴게 쓴 백록장이란 글씨이다. 바람이 불 때마다 표지판은 댕강거리며 그네처럼 뱅글뱅글 돈다. 숲의 공터에 차를 세우자 그 소리에 누가 내다본다. 어떤 여자. 나이와 성이 쉽게 드러나지 않는, 선이 굵고 거친 인상이다. 머리를 하나로 묶고 헐렁한 검은 티셔츠와 반바지를 입었다. 얼굴이 드라큘라로 분장한 것만큼이나 하얗다. 직감적으로 최연숙이 프랑스에서 만나 같이 살고 있다는 그 친구라고 짐작한다. 연숙이는 볼일이 있다고 제주시에 나갔는데…… 그 말끝에는 전화를 하고 오는 게 예의 아니냐는 여운이 들어 있다. 정원이 있는 낡은 양철 지붕 집은 고즈넉하다. 어디선지 북소리가 들린다. 잔뜩 등을 움츠린 그 소리는 정적을 수호하듯 긴 여운을 끌며 울려 퍼진다. 유진은 나팔꽃 시렁 아래 의자에 파묻혀 꼼짝도 하려 하지 않는다. 정적 속으로 서서히 침몰되고 있는 것 같다. 간혹 숲을 뒤흔드는 세찬 바람이 새소리와 어우러진다. 호로롱꾀꼴 하고 우는 게 휘파람새 같다. 그 여자가 묻지도 않고 뜨겁고 진한 커피를 가져다준다. 정님이 이름을 대고 인사하자 짙게 좁혔던 두 눈썹을 펴고 무람없는 태도가 된다. 이름을 들었다고 한다. 연숙이는 이곳이 마음에 든대요, 하고 시작된 이야기는 여기서 지내기로 한 일 년이 너무 짧게 느껴진다든지, 요즘 하는 공부가 재미있다든지 하는 걸로 이어진다. 이 여자가 생각하는 우주는 보르헤스의 '바벨의 도서관' 같은 것이다. 우주 삼라만상의 운명을 기록한 책들로 꽉 차 있는. 듣는 동안 정님은 머릿속으로 도서관의 모습을 그려본다. 컴퓨터에 익숙한 탓인지 책이 꽉 찬 서고보다는 CD롬이 더 자연스럽게 떠오른다. 그 여자는 그 도서관, 즉 운명의 기록 보관소를 아카식 레코드라고 부른다고 가르쳐준다. 마이크로소프트니, 매킨토시니 하고 부르듯 그것도 이름이 있다고. 정님이 고개를 끄덕인다.

"인도에서 유래한 이름이죠. 옛날부터 유명한 예언자들이 미래를 예언할 땐 자기도 모르게 운명의 책이 가득 찬 거대한 도서관에 가 있게 된다는 표현을 많이 했거든요. 예를 들면 최근 미국에서 유명했던 예언자 에드가 케이시는 미래에 대한 질문을 받게 되

면 자기도 모르는 사이에 영계의 도서관에 서 있게 된다고 했어
요. 그리고 눈앞에 미래가 적힌 책이 펼쳐져 있다는 거죠. 자긴 그
것을 읽고 전해주는 것뿐이라고……."

유진은 멀찍이 떨어진 채 하품을 하지만 정님은 모르는 체한다.
궁금하다. 이 여자의 운명의 책에도 모년 모월 모일에 최연숙을
만나게 될 것이고, 중요한 인연이라는 내용이 적혀 있었던 것일까
하고. 그러나 그것을 차마 정면으로 묻지는 못한다.

이 여자와 최연숙의 관계를 정님은 똑바로 쳐다볼 수가 없다.
생각만으로도 간지럼을 타듯 몸을 비비 틀게 된다. 생각으로는 얼
마든지 자유롭다고 자부하면서도 실제로 생활에서 부딪치면 완강
하게 고개를 쳐드는 선입견들. 최연숙과 이 여자의 관계를 정의하
는 말에서도 그렇다. 이건 이성에 의해 통제되지 않는 본능에 속
하는 문제라서 어쩔 수 없는 반응이라고 스스로를 변명해보기도
한다.

그러나 이 여자에겐 아주 자연스러운 모양이다. 최연숙과는 돌
고 돌아서 결국 이 생에서 만나게 되었다는 식의 표현을 거침없이
쓴다. 감정의 깊이가 절절하다. 정님의 기분을 눈치챘는지 그 여
자는 일없이 빙그레 웃는다. 그제야 적지 않을 그 여자의 나이가
느껴진다.

"우리나라 관습에 의하면 성은 되도록 비밀스럽게 다루어야 하
겠지만, 저쪽에선 성이야말로 그 사람의 정체성이다, 뭐 그런 사
고방식이 아닌가 싶어요. 한번은 이런 일이 있었죠. 어떤 단체에

서 사귄 친군데, 레즈비언이었죠. 부모는 몰랐어요. 그래서 퍽 고민을 했나 봐요. 부모가 딸이 누군지 제대로 모른다는 건 말도 안된다고. 돌아가시기 전에 알려야 한다고. 찬성이든 반대든 부모는 자식이 어떤 사람인지 알고는 있어야 맞는다는 거죠. 결국 어머니의 생일 파티에서 말하기로 했대요."

호로롱거리는 휘파람새 소리가 커진다. 벌써 저녁때가 됐나? 밖에 나갔던 새들이 제 둥지로 돌아와 저녁 인사를 주고받는 광경이 그려진다. 그 여자는 뜸을 들인다. 정님이 입을 연다.

"그래서요? 거긴 우리나라보다는 훨씬 개방적일 테니까……."

"아뇨. 여기서 짐작하듯 거기라고 그렇게 트인 것만은 아니에요. 아직도 보편적인 건 아니니까……. 그래도 과연 개인을 존중하는 서양답구나 싶은 결말이었죠. 어머니하고 딸은 포옹을 하면서 눈물을 흘렸대요. 힘든 고백을 해주었다, 네게 중요한 사실을 숨기지 않고 알려줘서 고맙다, 그런 말을 들었다나요."

아까부터 유진은 몸을 비틀다 못해 연못가에 가서 서성거리고 있다. 최연숙은 돌아올 것 같지가 않다. 나오는데 그 여자가 돌연 묻는다.

"두 분은 애인 사이인가요?"

힐끗 유진이 있는 쪽을 곁눈질한다. 화단의 나무들 사이로 내려앉는 햇빛이 어느새 조금씩 기울고 있다. 유진은 부레옥잠이 핀 연못 안을 홀린 듯 들여다보고 있다. 금붕어를 보나? 고개를 갸우뚱거리는 그 모습이 정답다. 뭔가 대답은 해야 할 것 같다. 정님은 난처해서 몰래 주먹을 쥐었다 폈다 한다. 손바닥이 끈끈하다. 머릿속은 하얗게 바랬다. 숨을 멈추고 눈을 꼭 감았다가 말한다.

"아직은 아녜요."

서귀포 시내를 가로질러 해안도로를 달릴 즈음 해가 저물기 시작한다. 4차선인데다 한산한 도로여서 운전하기는 쉽지만 그래도 마음이 급하다. 낯선 곳이라 어두워지기 전에 협재의 호텔에 닿았으면 싶다. 낮 동안 섬 서쪽 지역도 날씨가 개었던지 그들이 바라보고 달리는 하늘 끝엔 붉은 저녁놀이 길게 띠를 이루며 걸려 있다. 적당한 습기를 머금은 파르스름한 저녁빛이 푸른 물감 퍼지듯 몸에 스민다. 삼나무와 측백나무로 둘러싸인 귤농장을 지난다. 덩굴식물들이 무성하게 자라 나무 울타리를 휘감았다. 작은 읍 번화가에서 학교를 파한 여학생 무리를 지나친다. 버스정류장에서 버스를 기다리거나 짝지어 걸어가고 있다. 그들은 친구와 팔짱을 끼는 건 보통이고, 때로 서로 끌어안다시피 붙어 있다. 그게 서양에선 있을 수 없는 행동이고 오해받기 쉽다고 들은 말이 생각난다. 정님은 아까 그 여자의 질문과 자신의 대답을 몇 번이고 속으로 곱씹는다.

솔직한 대답이었을까? 유진이라면 그 질문에 어떻게 대답했을까? 이 아이는 날 어떻게 생각하는가? 아니, 어떻게 느끼는가? 갑자기 여행을 따라온 유진, 그리고 그 여행길에서 이런 질문들을 던지고 있는 자기 자신까지도 낯설기만 하다. 종종 유진과의 관계가 우정을 넘어선 것일까 걱정하기도 하지만 사실은 그 이상은 생각하지 않고 있다. 아직은 애인이 아니다? 그렇다면 앞으로는 애인이 되고 싶단 뜻인가? 내 마음에서 완강하게 고개를 젓는 이 벽은 어떡하고?

정님은 상념에 사로잡혀 거의 말을 하지 않는다. 유진은 침묵을 궁금해하는 기색이 없다. 그동안 유진이 자기 편할 대로 혼자 즐길 줄 아는 면을 높이 쳐왔던 것이지만, 오늘은 섭섭하다. 안타깝기도 하다. 이유를 몰라 더 그렇다. 뭔가 결락된 것이 있는데, 그건 느낌일 뿐, 내용을 모르는 것이다.

협재도 날씨가 완전히 개어 있다. 호텔 뒤편 마을 위로 노을의 끝자락이 아스라이 남고 남청빛 하늘은 점점 짙어지는 중이다. 저녁을 먹고 소금기가 있는 물로 샤워를 하고 나자 기분이 산뜻해진다. 바람이 시원하다.

"별 좀 봐."

캄캄한 바닷가로 산책을 나가자 유진이 탄성을 내지른다. 새털구름의 자취가 드문드문 남은 밤하늘엔 별이 많이 나와 있다. 제대로 보려고 그들은 불빛을 피해 어둔 솔숲을 걷는다. 유진이 추운 듯 몸을 떨며 정님에게 바싹 달라붙는다. 또다시 오렌지 향 같은 그 냄새가 파고든다. 콘크리트 방조제에 앉아 북두칠성을 찾는다. 쉽게 찾을 수 있다.

"북극성이 저거지? 저기서 죽 내려오면 아주 밝게 빛나는 게 직녀성이고……."

은하수를 따라 수평선이 있는 남쪽으로 하늘을 죽 훑어가자 몸이 오므라들어 무한한 우주 공간으로 빨려 들어가는 듯 어지러워진다. 목을 젖히고 있으려니 캄캄한 공간을 유영하는 기분이다. 유진이 남두육성을 찾아보라고 한다.

"남두육성? 그런 별자리가 있었어?"

"나도 말로만 들었어. 은하수 남쪽에 별의 늪처럼 별이 잔뜩 모인 곳에 있대. 저거 아닐까? 사수자리 옆에 있는 거. 북두칠성은 죽음을 결정하는 별이라는 거 알아?"

"우리나라 전설이야?"

"아니, 중국하고 아라비아. 저기 네모진 게 관이고 손잡이 부분에 있는 세 개의 별은 관을 끌고 가는 여인들이라고 생각했다는 거야. 중국에선 북두칠성이 죽음을 결정하는 별이고 남두육성은 삶을 결정하는 별이래. 사람이 한 명씩 태어날 때마다 두 별의 신선이 만나서 그 사람의 운명을 점지한다는 거지."

"그것도 일종의 운명론이네?"

그러고는 유진이 낮게 킬킬거리며 놀리기 시작한다.

"오후에 그 여자 이야기를 언니는 되게 진지하게 듣고 있더라. 누가 봤더라면 사이비 종교 신자가 되려고 결심하고 온 사람인 줄 알았을 거야. 언닌 그런 거에 참 쉽게 혹하나 봐."

겸연쩍어져 정님은 몸을 움츠린다.

"넌 아직 모르겠지만…… 세상이 내 의지대로 되지 않는다는 걸 깨닫는 순간이 있거든. 도무지 이성이나 의지로는 컨트롤되지 않는 불가항력의 느낌. 자신의 유한함에 대한 자각이랄까……. 어디서 왔는지, 그 끝은 어디인지 모르겠는…… 그런 느낌 때문인지 아카식 레코드니 인간은 우주의 홀로그램이라느니 하는 이론을 들으면 나도 모르게 자꾸 솔깃해하는 거 같아…….”

정님은 밤바다 소리에 귀를 기울이며 중얼중얼 변명한다. 갑자기 유진이 손을 꼭 잡는다. 무한한 우주 한가운데에서 작은 우주선들이 동력선을 연결하는 것처럼. 현기증이 난다. 오렌지 향이 진하게 파고든다.

빛의 제국

빛의 파편은 사방으로 퍼져나가고 있다.
어지럽다. 눈앞에 노랗게 빼미른 사막이 펼쳐져 있는 것만 같다.
그림자 한 뼘, 물 한 방울 없는 사막. 그녀는 천천히 빛 속으로 걸어 들어간다.
수분이 증발하듯 그 모습이 서서히 졸아든다

출입구는 동남쪽으로 나 있어 초봄이면 햇살이 길게 들이친다. 개점 직후 샤넬 화장품 코너까지 들어온 햇살은 시간이 흐르면서 한 발 한 발 뒤로 물러나다가 점심시간을 경계로 빗물 괸 웅덩이 같은 빛무리로 아롱거리고는 스러진다.

회전문이 빙그르 돌면서 빛의 파편이 날카롭게 눈을 찌른다. 물건을 정리하면서 진열대 뒤에 서 있는 그녀는 눈살을 찌푸리며 출입구 쪽으로 시선을 던진다. 유리문 밖 거리는 과다노출된 사진처럼 백열되어 있다. 햇빛은 하얗게 소금을 뿌린 듯 색을 바래게 하고, 그림자를 증발시킨다. 뿌연 빛의 안개 속에 그림자 없는 사람의 형체가 다가오고, 유리문이 빙글 돌면서 사방에 빛의 파편을 뿌리고, 역광을 받아 도깨비처럼 시커먼 실루엣들이 들어온다. 물론 그들은 그녀가 있는 곳까지는 오지 않는다. 대부분 샤넬이나 디올 같은 유명 화장품 코너를 기웃거리다 이층으로 올라간다. 그럼에도 그녀는 눈길로 사람들 뒤를 좇는다.

　그녀가 맡은 화장품은 인기가 없다. 하루에도 몇 번씩이나 인수하는 게 아니었다고 후회하지만 이제 와서 손해 보지 않고 발을 뺄 방도란 없다. 사해의 진흙으로 만든다는 이 화장품은 머드팩만 잠시 인기를 끌었을 뿐, 비싸고 인기 없는 화장품이 되었다. 그녀가 점원으로 이 가게에 왔을 땐 머드팩 인기 때문에 매상이 아주 나쁘지는 않았었다. 주인 여자는 장사를 그만두고 싶어했다. 대리점 체제에다 보증금도 많지 않았다. 불과 몇 백만 원을 갖고 내 가게를 할 수 있다는 점이 그녀를 꼬드겼다. 사실 삼십 중반을 넘기고 보면 점원 자리조차 쉽게 얻어지지 않는 것이다. 용기를 내어 가게를 맡았고, 결국 막차를 탄 자신을 발견했다.

　햇빛이 절정에 달할 즈음이면 조명이 휘황해지고 소음도 커진다. 하루도 빠짐없이 특판전이 열리고 심심치 않을 정도의 이벤트 쇼도 있다. 문 유리에서 반사되어온 빛의 파편은 모서리가 더욱 날카로워져 사방으로 파고든다. 그 밝음이 백화점 온 층으로 작열하면서 퍼져나가 몽롱해진다. 얼이 빠진다. 노랗게 메마른 사막, 물기 한 방울, 그림자 한 점도 없다. 지극한 빛은 어둠이나 마찬가지라는 걸 이 백화점에 나오면서 알게 되었다. 어두워질수록 휘황해지고, 시끄러워지고, 공기는 터질 듯 팽팽히 부풀지만, 정신은 점점 더 몽롱해진다. 직원은 반드시 서 있어야 한다는 규칙에 따라 하루 종일 서성대면서 조는지 깨어 있는지 모를 상태로 헤매게 마련이다. 그러다 문득 정신을 차리면 폐점을 알리는 음악이 흐르고 매장 안은 바람 빠진 풍선처럼 급속히 비어가고 있다.

진열대 포장을 덮는데, 누군가 그녀를 부른다. 종일 소음에 시달려 먹먹해진 귀는 듣지 못하지만 옆 가게 점원이 손짓으로 깨우쳐준다. 전화를 받으란다. 누가 끝나는 시각에 맞춰 전화를 할까? 주희일까?

얼마 전 그녀가 전화를 걸자 주희가 말했다. 나중에…… 날이나 따뜻해지거든 보자.

"나야, 형식이 엄마."

그녀가 세 든 아파트의 주인이다.

"오늘 바로 올 거지? 우리 혹들 좀 부탁해. 나 조금 늦을지 몰라서."

혹들이란 형식이와 소리 남매를 가리키는 것이다. 처음 이사했을 때, 그 남매는 구석에 착 달라붙어 그녀를 말끄러미 쳐다보았다. 아이들다운 붙임성도 장난기도 없이 보내오는 거무스레한 눈길. 구석진 곳에 그림자처럼 엉켜 있는 그 아이들의 모습이 떠오르면서 짜증이 인다.

"몰라."

"그러지 마. 어려운 일도 아닌데. 혹들은 자고 있을 거야."

형식이 엄마는 자기 좋을 대로 말하고 바로 전화를 끊는다. 늘 그렇다. 무슨 여자가 이따위람. 그녀는 한참이나 빈 수화기를 노려본다.

빚보증을 선 게 잘못되어 사는 집을 내놓아야 했을 때, 그녀는 독립적인 공간은 값이 비싸게 치인다는 사실을 비로소 알게 되었다. 가진 돈은 얼마 안 됐고, 앞으로 살아갈 일에 대한 자신감은 더욱 없었다. 월세가 비싼 원룸은 엄두를 내지 못했다. 아파트의 방 한 칸을 세 드는 방법뿐이었다. 세월의 늪에 서서히 침몰해가듯 아무 생각 없이 살아왔던 그녀는 그때에야 잠든 사이에 갑자기 덮고 있던 이불을 빼앗긴 사람처럼 깜짝 놀라 몸서리를 쳤다. 혼자라는 실감이 진하게 왔다.

오래 물색한 끝에 형식이네를 점찍었다. 아이 둘을 데리고 산다는 과부. 그녀가 구석에 서 있는 아이들에게 시선을 던지자, 형식이 엄마는 와락 아이들을 끌어안았다. 어휴, 내 혹들. 순간 그 여자가 뿜어내는 모성애가 자욱이 퍼져 숨 막히게 했다. 우리 집은 애들하고 나뿐이라 조용해요. 난 얘네 때문에 살죠. 형식이 엄마는 한탄조로 말꼬리를 길게 뽑았다. 그녀 자신과 비슷한 연배로 보였고, 수다스럽고 화장이 짙어서 그런지 필사적으로 꾸민 바비 인형 느낌이었다. 핑크의 유행을 좇아 화장을 진하게 하고 반짝이가 든 화려한 분홍색 옷을 입었다. 정면으로 보기가 눈부셨다. 그런데 아이들은 무채색으로 침울하고 말이 없었다. 구석에서 침입자를 경계하는 야생동물의 눈빛으로 가만히 쳐다보기만 했다. 그 대비가 마음에 걸렸으나 부부와 자식이 사는 집보다는 나을 것 같았다. 아파트처럼 닫힌 구조의 집에 방 한 칸 세 든다는 건 그 가족의 사생활에도 끼어드는 것이니까. 원치 않아도 그렇게 될 터였다.

형식이 엄마는 그녀에게 호기심을 품고 연신 캐물었다. 짐이 어찌 이것뿐인가로 시작하여 남편은? 아이는? 이혼했나? 등등. 그녀는 짐을 풀기도 전부터 후회하기 시작했다. 어쨌든 궁금증을 풀어주는 것 말고는 질문공세에서 벗어날 길은 없었다. 오래전에 이혼했다고 했더니, 그 여자의 눈에선 파르스름한 광채가 번득였다. 적대감일지도 몰랐고, 부러움일 수도 있었다. 형식이 엄마가 재차 물었다. 집 나올 때 애가 마음에 걸리지도 않았어? 아무렇든지 애는 엄마가 있어야 하는 건데. 늘 받아온 질문이어서 그녀가 픽 웃었다. 별로. 지 아빠하고 잘 사는데 뭐. 고아원에다 버린 것도 아니잖아. 어깃장을 놓듯 대답했다.

"무슨 여자가 염치가 없어. 다른 방을 구하든지 해야지……."

유니폼을 벗으며 그녀가 투덜거린다. 휴게실 역시 시끄럽다. 퇴근을 앞두고 점원들은 새로 산 옷을 입어보거나 화장을 고치느라 분주하다.

가끔 점원 아이들은 돈을 벌기 위해서가 아니라 쓰고 싶어서 백화점에 취직한 게 아닌가 싶다. 직원에게 적용되는 할인가격으로 옷이나 화장품을 사들이려고 말이다.

거울 앞에 몰려서 옷과 장신구를 비교하고 립스틱을 바꿔 바르는 등 난장판이다. 그들은 바비 인형처럼 반짝이는 광채를 만들어내느라 혈안이 되어 있다. 오로지 화려하게 치장하고 옷을 갈아입기 위해서만 존재하는 인형.

잡화 코너의 여자가 새 핸드백을 샀는지 한참을 만지작대다 그녀에게 묻는다.

"이 브랜드가 50프로 할인이면 무지 싼 거 아냐? 알아주는 상푠데."

"그러네."

그녀는 머리를 빗으며 건성 대꾸한다.

"좋지? 할인해준대서 샀어. 자기도 하나 사."

"돈이 없는걸."

"카드 긁지."

"카드빚이 이미 얼만데, 또 긁어?"

"소심하게 웅크리고 살아봤자 자기만 손해야. 카드빚 없는 사람이 어디 있다고 그래? 겨우 몇 백이면 빚도 아니지. 이미 수천인데도 팍팍 긁으면서 사는 사람도 있는데…… 얼굴이 왜 그래? 고민 있어?"

잡화 코너의 여자가 뒤늦게 우울한 표정을 알아보고 묻는다.

"아줌마두, 참. 젊은 처녀도 아닌데 무슨 고민이 있겠어?"

다른 여자아이가 톡 끼어들며 말을 가로챈다. 잠시 멍하다. 뒤늦게 그녀는 속으로 싸가지가 없다고 화를 내지만 이미 그 아이는 가버리고 없다.

'젊은이는 노인을 바보라고 생각하고, 노인은 젊은이가 바보라는 걸 안다.'

그녀는 옛말을 떠올리며 거울에 비친 자기 모습을 뜯어본다. 하

루 종일 입가에 붙였던 미소를 지우고 나자 잔뜩 굳은 얼굴 근육
이 드러난다. 입술을 오므려본다. 경련이 인다. 혼잣말해본다.

"이곳은 빛의 도시야. 도처에 빛이 넘쳐 앞이 보이질 않아."

문득 주희의 편지가 떠올라 해본 말이다.

'이곳은 물의 도시 암스테르담이야. 도처에 물밖에 보이지 않
고 비도 자주 내린다⋯⋯.'

이렇게 시작된 편지를 끝으로 주희와 소식이 끊어졌었다. 3년
전이었다. 긴 유학생활을 끝내고 귀국하기 전, 유럽여행을 하면서
보낸 편지였다. 그러나 그 후 주희는 나타나지 않았다. 주희에게
보낸 편지는 주소불명으로 반송되었다. 무슨 일이 생겼는지 궁금
했으나 알아볼 새가 없었다. 그사이 그녀는 긴 불화를 청산하고
이혼했던 것이다. 그 후 어쩌다가 문득문득 주희가 생각나면 마지
막 온 그 편지를 꺼내보곤 했었다.

"그렇게 끙끙대지 말고, 이 병에다 발바닥을 대고 문지르라니
까."

옆에서 화장을 고치던 점원 아이가 빈 맥주병을 발로 밀어준다.
그제야 그녀는 자신이 부어오른 발을 억지로 구두에 쑤셔 넣으려
고 끙끙대고 있다는 걸 깨닫는다. 발은 코끼리 다리처럼 부어올라
구두에 들어가기엔 어림없다. 의자를 당겨 바로 앉아서 발바닥을
병에 대고 비빈다.

'⋯⋯아무리 화창한 여름 낮에도 암스테르담의 바닥에는 칙칙

한 어둠이 깔려 있어. 서늘한 기온 때문에 드는 착각일까? 이곳은 자주 흐리고 비가 내려. 마이클은 이곳에 오자 비로소 숨을 쉬겠다고 하더니 아예 퍼져버렸어. 내가 왜 그와 동행하고 있는지 모르겠어. 브뤼셀에서 갈라져 파리로 갈 예정이었는데. 그에게는 여기가 드럭의 도시이고, 나에겐 카뮈의 『전락』에 나오는 도시야. 어제도 오후 내내 비가 내려, 호텔에 틀어박혀서 운하의 짙은 물빛을 바라보며, 학교 때 너와 나란히 읽었던 『전락』을 생각했어. 『전락』의 주인공이 왜 평범한 삶을 내던지고 암스테르담에 왔는지 수없이 토론했었지. 부조리? 허무? 그땐 너도나도 카뮈가 내세운 설명을 납득하지 못했던 것 같아. 하지만 브뤼셀을 거쳐 암스테르담에 오니, 비로소 알 거 같아.

브뤼셀이 고풍스럽고 우아하고 수채화 빛 밝은 도시라고 한다면 암스테르담은 어둠의 도시야. 거리엔 언제나 땅거미가 절반쯤 퍼진 것 같은, 칙칙한 검은 물빛이 깔려 있어. 브뤼셀에서 본 르네 마그리트의 그림 〈빛의 제국〉, 그런 느낌이야. 빛의 극한은 어둠이고, 어둠은 항상 빛의 바닥에 깔려 있다? 그런 생각. 그런 생각을 하는 사람은 빛을 단순한 밝음으로만 받아들이지 못하겠지……. 말이 되는 것 같니? 요즘은 그런 기분에 침몰해 허우적거리고 있어…….'

머릿속으로 편지 내용을 더듬다가 벌떡 일어난다. 뒤축을 구기다시피 신발을 꿰고 서둘러 걷는다. 빨리 집에 가서 그 편지를 다시 읽고 싶다. 소식이 끊겼던 3년 동안 주희가 무엇을 했는지, 왜 이제야 돌아왔는지, 그리고 돌아온 후 혼자 틀어박혀 사는 이유가 무엇인지 그 편지를 읽으면 알 수 있을 것만 같다. 이미 읽고 또 읽어서 외우다시피 한 것이지만 그래도 놓친 무엇이 있을 것이다. 마음이 급하다.

밤의 바닥은 희뿌옇다. 바람에 섞인 황사 알갱이가 어둠 속에 허옇게 떠올라 베일처럼 시야를 가리고, 길에 널린 휴지들이 유령처럼 날아다닌다. 아파트 단지는 이미 잠들기 시작했다. 꼬리를 내린 차들이 제 우리로 찾아든 짐승처럼 웅크리고 쉬고 있다. 한참을 두리번거리다 화단 앞에서 빈 주차공간을 발견한다. 차를 세우고 입구로 들어서는데, 메마른 밤공기 속을 떠도는 술렁거림 같은 게 느껴진다. 무슨 전조일까? 미미한 파동은 드러날 듯 말 듯 찰싹거리다 점점 진해져서 바늘처럼 피부를 쿡쿡 찌른다. 애들이 울고 있을까? 걱정된다. 도리질한다. 물론 자고 있을 것이다. 형식이 엄마는 언제 나갔을까? 언제 돌아올 건가? 조급하게 승강기 버튼을 누른다. 텅 하고 울리면서 승강기가 내려온다. 인기척이 없다. 어두운 복도를 서둘러 걷는다. 누군가 그녀의 동작을 지켜보는 듯 복도의 전등들은 차례로 켜졌다가 꺼진다. 마음이 급해져 열쇠를 찾는 것도 문을 따는 일도 쉽지가 않다. 순간 맞은편 집 현관문이 빠끔히 열리더니 이웃집 여자가 고개를 내민다. 그녀는 도둑처럼 동작을 멈춘다.

"난 또…… 형식이 엄만 줄 알았지……."

이웃집 여자가 투덜거린다. 방이 네 개가 있는 평형이어선지 이 건물에 사는 주부들은 대부분 그녀보다 연상이다. 이웃집 여자도 고등학생 아들을 둔 사십 대 주부이다. 간신히 열쇠를 맞춰 문을 여는데, 그 여자는 아예 밖으로 나온다. 그녀는 적잖이 당황한다. 이 아파트로 이사와 이웃과는 왕래하지 않았다. 반상회는 물론 갈 일이 없었으며, 복도나 승강기에서는 원수진 사이처럼 슬그머니 눈길을 피하는 식으로 스치곤 해왔다.

"왜요?"

그녀가 어리둥절해서 묻는다. 그쪽은 말하지 않았음에도 이미 귀엔 소리가 먹먹하니 들어차 무슨 소린가 들은 것 같았던 것이다.

"우리, 모르는 사이는 아니니까 말 좀 합시다. 댁이 형식이네 세 들어 산다는 거 알아요. 그런데 대체 형식이 엄만 어떻게 된 거예요? 아까 그렇게 초인종을 누르고 인터폰을 했는데도 아무도 받질 않으니……."

화가 나서 멱살이라도 잡을 기세이다.

"지금 퇴근하는 길이라 무슨 영문인지 모르겠네요. 무슨 일인 데요?"

"노상 저렇게 애들을 울리니 시끄러워서 살 수가 있어야죠. 낮 엔 그렇다고 쳐요. 애 있는 집이니까 시끄러울 수도 있다고 이해 할게요. 하지만 밤에도 애들이 저렇게 울어대니 어떡하면 좋아. 오늘도 우리 애가 집에서는 도저히 공부를 못 하겠다고 독서실에 갔어요…… 세상에. 하루 이틀로 아니고, 이럴 수는 없어요. 애들은 집에 있는 모양인데 아무리 벨을 눌러도 대답을 안 하고. 애들만 놔두고 형식이 엄마는 어딜 갔어요? 나도 어디 좀 들여다봅시다."

주인의 허락도 없이 이 여자를 들어오게 해도 되는지 얼떨떨하다. 그러나 이웃집 여자는 그녀를 밀치듯이 거침없이 현관문을 젖히고 들어간다. 현관등이 켜졌다가 그들이 마루로 올라서자 꺼진다. 집 안은 도로 캄캄하다. 흐릿하니 윤곽이 뭉개진 가구의 그림자가 어른거린다. 집 안 바닥도 회끄무레하니 떠올라 있는 것처럼 보인다. 어둠 속을 떠도는 허연 연기처럼 어슴푸레하다. 정적. 이웃집 여자는 멈칫거리며 마루 끝에 서 있다. 애들은 저희 방에서 자고 있을 것이다.

참 이상한 아이들이다. 전화 정도는 받을 수 있는 나이인데도, 아이들은 전화를 받거나 초인종 소리에 응답하지 않는다. 낯선 사람은 경계하라는 교육을 단단히 받은 것일까? 이사 온 지 한 달이 넘었건만, 아이들은 여전히 그녀를 똑바로 보지 못하고 말도 건네지 않는다. 여러 마디 말을 붙이면 고작 얻는 반응이 고개를 젓거나 끄덕이는 정도이다.

"아휴, 이게 무슨 냄새야?"

이웃집 여자의 목소리가 날카롭게 떨린다. 뭉클뭉클 어둠 속을 떠도는 지린내. 그녀도 얼굴을 찌푸린다. 아이들이 또 아무 데나 오줌을 싼 모양이다. 어쩌면 똥을 싸놓았을지도 모른다. 하나는 일곱 살이고 하나는 여섯 살이니까 늦되어도 정말 늦되었다.

이웃집 여자는 그쯤에서 단념하지 않고 안방을 열어보려 하지만 잠겨 있다. 작은방으로 향한다. 그녀가 세 든 방을 마주 보는 방이다. 그녀는 코를 싸쥐고 어둠 속을 돌아다니는 이웃집 여자의 등을 지켜본다.

"자는 모양이네요."

"아홉시쯤인가…… 울음소리가 멎는다 싶었는데…… 울다 지쳐서 잠든 모양이네."

그들은 목소리를 낮춰 속삭인다. 무슨 마음인지 이웃 여자가 방 안에 들어가려다 또다시 낮게 비명을 지른다.

"쉿, 애들 깨요."

"똥이야."

이웃집 여자가 진저리 치며 말한다. 문을 열면 바로 화장실인데, 아이들은 방바닥에 또 똥을 싸놓았다. 화장실 불을 켠다. 이웃집 여자의 얼굴엔 놀라움이 그득하다. 양말을 신은 채로 변기에 발을 넣고 샤워기를 튼다.

"어쩜 이럴 수가. 애들을 저 지경으로 방치하다니…… 형식이 엄마가 원래 이런 사람은 아니었는데……."

문가에 멀거니 서 있는 그녀를 힐끔거리며 이웃집 여자가 발을 씻는 내내 중얼댄다.

그녀는 그 방문을 꼭 닫고 자신의 방으로 간다. 늘 이불이 펴져 있는 방 안은 지저분하다. 힘이 빠진다. 거울 앞에서 대충 화장을 지우고 눕는다. 까무룩하니 정신이 멀어진다.

어? 형식이 엄마가 돌아온 것 같다. 며칠 전처럼 또 손님을 달고 온 모양이다. 그 기척을 아이들은 귀신처럼 알아챘다. 언제 깼는지 쿵쾅거리며 안방으로 달려간다. 맨발이 마루에 붙었다 떨어지며 찰싹거리는 소리가 들린다. 방문을 쾅쾅 두드리면서 열어달라고 칭얼대는 기척. 그래도 안방 문은 열리지 않을 것이다. 조그맣던 소리가 점차 높아지겠지…… 내다보지 않아도 안다. 방 안에 누워서 그런 광경을 선연히 그려보지만 자기가 참견할 일은 아니라고 생각한다. 결국 아이들은 안방 문 앞에 쪼그리고 앉을 것이다. 두 마리의 굶주린 짐승처럼 서로의 온기에 의지하여 몸을 꼭 붙이고. 울음소리가 점점 커지고 신경질적인 형식이 엄마의 비명이 들리고 방문이 벌컥 열리는 소리. 그녀는 모로 돌아눕는다.

'상관하지 말고 자야지. 내일 출근하려면 잠을 자둬야지.'

자야 한다는 강박관념이 선명하게 몰려오면서 잠을 깬다. 아파트 안은 괴괴하다. 꿈이었다. 아직도 형식이 엄마는 돌아오지 않은 것이다. 아이들도 잠잠하다. 눈을 뜬다. 형광등이 가는 파장을 던지며 떨고 있다. 삐, 삐……? 고개를 갸웃거린다. 접속 불가. 결국 불을 끄고 제대로 눕지만 잠은 달아나버렸다. 정신이 점점 또렷해진다. 눈을 부릅뜬다. 어둠의 바닥은 환하다. 서둘러 집에 오려고 했던 이유가 그제야 생각난다. 주희의 편지를 다시 읽어보려고.

이 주 전, 머드팩을 사러 온 동창이 말했다.

주희가 한국에 온 거 넌 아니?

정말?

우리 동생하고 걔 동생이 같은 회살 다니잖아. 그래서 나도 알게 됐어.

그녀는 빛과 소음에 얼이 빠져 있다가 번쩍 정신을 차렸다. 갑자기 찬물을 뒤집어쓴 기분이었다.

어떻게 아무 소식도 없이 돌아왔다니? 정말 아무한테도 안 알리고 온 거야? 언제 왔는데?

그게…… 온 지는 일 년쯤 됐다나 봐. 그런데 말야. 내가 전화를 해봤더니…… 걔 정신이 좀 이상해진 거 같아.

뭐?

외출도 안 하고, 사람들도 절대 안 만난대. 돌아와서 여태까지 집 밖을 한 번도 안 나갔다나 봐.

무슨 일이래? 정말?

그녀의 목소리가 카랑카랑하니 갈라져 나왔다.

나도 걔랑 직접 통화한 건 아니라서 잘 몰라. 전화했더니 걔 엄마가 받아서 그러는 거야. 걔 엄마 정말 안됐더라.

동창은 씩 웃으며 말했다. 드러난 하얀 이가 맹수의 그것처럼 빤짝했다. 빛의 파편이 눈을 찔러와 그녀는 눈살을 찌푸렸다.

주희가 나한테 이럴 수는 없는데. 혼자 남자 머릿속에 처음 떠오른 생각이었다. 어떻게 내게 알리지도 않았단 말야? 동창에게서 받은 번호로 전화를 거는데 손이 떨렸다. 십 년 가까이 만나지 못했었다. 유학 간 처음 몇 년 동안은 자주 편지를 주고받았으나,

276

점차 뜸해지다가 연락이 끊어졌다.

그녀가 기억하는 주희는 삼십 대 중반이 아닌 이십 대의 밝은 모습이었다. 약간은 멍하고 지나치게 솔직해서 푼수기도 느껴지는. 대학 1학년 독서회에서 만났는데, 친해진 것은 주희의 바로 그런 허술한 매력에 끌렸기 때문이었다.

대학에 들어간 첫해 봄에는, 여자아이들은 투피스를 자주 입는다. 중고교 육 년 동안 줄창 교복만 입은 데서 오는 반발일까? 나머지 대학 시절을 청바지 하나로 때우게 될 수더분한 여학생도 처음 두어 달은 스커트를 입고 짐짓 숙녀행세를 해보는 것이다. 아침, 그녀는 등굣길에서 자주색 투피스를 입은 여학생을 뒤따르게 되었다. 하얗게 벚꽃이 깔린 길에서 자주색 자태가 두드러졌다. 그런데 분위기가 이상했다. 자기뿐 아니라 힐끔거리는 시선들은 자꾸 그리로 쏠렸다. 자세히 살펴보니 그 여학생의 스타킹 색이 각각이었다. 한쪽 다리는 살색이고 한쪽은 진한 커피색이었다. 그런데도 그 여학생은 모르는지 태연히 걷고 있었다. 주희였다. 알은체하자 주희가 활짝 웃었다. 거기다 스타킹이 짝짝이라고 말해줘야 할지 망설여졌다.

오후 동아리실에서 만나자 주희가 먼저 말을 꺼냈다.

"아침에 만났을 때 너도 내 스타킹이 짝짝이라는 거 알았니?"

"응. 장님이 아니라면 금방 알았을걸. 색이 아주 다른걸."

"그런데 왜 말을 안 해줬어? 좀 전에 남자 선배가 여자가 칠칠맞다고 큰소리로 야단을 치잖아. 창피해서 죽는 줄 알았어."

"그럼 넌 모르고 신었던 거야?"

"알긴 알았지. 하지만 비슷한 갈색이니까 신으면 표가 안 날 줄 알았지."

"어떡하니?"

"그냥 신어야지 뭐. 이따 어두워지면 아무도 모를 거야."

소리 내어 웃었다. 창피를 당한 사람치고 주희는 지나치게 태연했다.

그렇게 별난 구석이 있는 애였다. 그러면서도 토론을 하거나 하면 지나치게 진지해서 사람들을 질리게 했다. 발언이 길고, 질문이 많았으며, 어떤 토론이든 시작했다 하면 끝장 보기를 원했다.

나중에 남편이 그녀에게 쏟아놓던 불평, '넌 왜 그렇게 쓸데없이 진지해야만 하는 거니? 그냥 살면 어디가 덧나니? 그렇게 진지한 척하는 거 정말 못 봐주겠어' 하는 따위의 말을 들으면 그녀는 자신이 아니라 주희가 들어야 할 말처럼 느꼈었다.

독서회에서 주희는 다른 회원들이 참을 수 없어할 만큼 진지한 구석을 보였고, 그래서 주희가 발언을 시작하면 회원들은 미리 지루해하며 시계를 보거나 몸을 비비 꼬았었다. 독서토론뿐 아니라 일상적인 면에서도 주희는 너무 진지한 태도여서 칙칙해 보인다는 말을 많이 들었었다.

교사로 평탄하게 사회생활을 시작한 주희가 갑자기 유학을 떠나버린 것은 어쩌면 그런 면 때문이었을지도 모른다.

이십 대의 막바지에 그녀는 결혼했다. 간신히 자리를 얻고 어른의 권리를 획득했다는 안도감과 한편으로는 세상에서 혼자만 뒤처지고 있는 것 같은 초조감이 뒤섞인 불안정한 날들을 보내게 되었다. 미혼으로 지방에서 교사생활을 하던 주희는 전교조 건으로 해직되어 명동성당에서 농성을 할 거라고 서울에 올라왔다.

그해 여름은 많이 가물고 뜨거웠다. 어디를 봐도 눈부신 빛만 있어 눈이 멀 것만 같던 긴 여름날 오후들. 그녀가 사는 아파트는 서향이어서 오후가 되면 아예 눈을 뜰 수가 없을 정도로 눈부신 빛이 들어왔다. 그녀는 시장에서 값싼 중국산 대발을 여러 개 사서 베란다 창에 걸었다. 그래도 햇빛은 구석구석으로 퍼져 집안을 달구어놓았다. 오전에 집안일을 대충 해놓고는 오후 내내 발그늘에서 선글라스를 끼고 대본집에서 빌려온 대하소설을 읽었다. 십여 권이 한 시리즈인 지리한 소설들.

그 삼복의 한가운데서 주희가 전화를 걸었다. 농성 중 하룬가 이틀을 잠잘 곳이 필요하다고 했다. 마침맞게 남편은 출장 중이었다. 신혼 초부터 남편은 자주 출장을 다니곤 했다. 대발을 늘어뜨린 아파트에서 이른 저녁을 먹었다. 그래도 아직 해가 남아 있었다. 땀을 삘삘 흘리며 차게 식힌 수박도 먹고 커피도 마셨다. 그래도 해가 지지 않았다. 그들 사이엔 침묵이 잦았다. 오랜만에 만난 터였다. 어색했는지 주희는 자주 시간을 묻곤 했다.

"여름 해는 지겹게도 길구나. 인생처럼 권태롭고 길기는 길고⋯⋯. 근데 넌 집에만 있으면 따분하지 않니?"

거실 구석에 밀쳐놓은 소설책 더미에 시선을 주며 주희가 물었다.

"아냐. 편해. 정말. 그동안 너무 부대꼈던지 이제야 한숨 돌리는 기분인걸."

그녀는 서둘러 부정했다. 절반은 거짓이었다.

당시 그녀는 미혼인 주희에게 행복한 걸 보여줘야 한다는 의무감 같은 걸 느꼈을 것이다. 그들은 여전히 친구였지만, 그 사이엔 기혼과 미혼이라는 벽이 있었다. 어쩐지 그랬다. 결혼을 했으니까 당연히 행복해야 한다는 강박관념. 그래도 뭔가가 불만스럽다면 그건 자신이 잘못되었다는 증거라는 의구심. 결사적으로 남들 눈에 행복하게 보여야 했다.

그녀의 거리낌이 눈치챘는지 주희가 도전적인 투로 재떨이를 찾았다. 담배를 피운다면서.

"요즘 너무 골치 아파."

담배 연기를 내뿜으며 주희가 말을 툭 던졌다. 연애를 하고 있는데, 상대 남자에게 처자가 있다는 사연이었다.

"흔해빠진 연속극 하나 쓰고 있구나. 결말이 어떻게 날지 몰라서 바보짓을 하니?"

제대로 들어보기도 전에 그녀는 비난을 퍼부었다. 스스로도 놀랄 만큼 맹렬하게. 주희는 놀라 멍하니 쳐다보았다. 대꾸하지 못했다. 마치 얼이 빠진 것 같았다. 그래서 더욱 화가 났고 급류에 휩쓸리듯 마구 떠들었다. 책, 영화, 연속극, 주위들은 일화들을 마구 꺼내놓으며 그런 연애의 종말은 뻔하다고 단언했다. 그때 왜 그렇게 흥분했는지 모른다. 조금이라도 주희를 이해하려고 하기에는 그녀는 화가 나 있었다. 어쩌면 그녀는 그 무렵에도 자신의 결혼생활이 불안하다는 느낌이 있었는지도 모른다. 아무튼 주희가 이상적인 결혼상을 공격하는 적군인 양 비난하기에 열중했다.

"너, 그런 식으로 불장난을 계속할 거면 네 엄마에게 일러바칠 거야. 널 위해서도."

그녀가 정의의 여신처럼 말했다. 그래도 주희는 여전히 멍한 태도였다.

"글쎄, 앞으로는 어떻게 해야 할지 몰라. 헤어져야지 하다가도…… 사람 일이 그렇잖아. 칼로 베듯이 싹둑 정리되지는 않지. 더구나 이번에 전교조 문제도 있고……. 전교조에 참가해서 해임되고 보니까 그것도 골치 아프네. 정말 어떻게 해야 할지 모르겠어. 출근투쟁이니 하는 건 난 죽어도 못할 거 같은데……."

"다 때려치우고 유학이나 가지 그래?"

그해 가을, 주희는 유학을 준비한다고 다시 서울로 왔다. 정리하고 오스트레일리아에 가서 공부나 하기로 결정했다고 했다. 왜 하필 오스트레일리아였을까?

자연과 인간이 조화된 빛 밝은 땅. 광활한 대지에 드문드문 자리 잡은 작고 아름다운 도시들.

문득 어디선가 그런 글이 쓰인 포스터를 본 게 기억났다.

후다닥 잠을 깬다. 현관문 열리는 소리가 들린다. 얼핏 갓등을 켜고 시계를 본다. 새벽 네시가 넘었다. 형식이 엄마는 이제야 돌아온 모양이다. 술에 취한 모양 발소리가 어지럽다. 중얼중얼하는 혼잣말도 들린다. 거기엔 자장가처럼 취기가 만들어낸 높낮이가 있다.

"어이구, 내 혹들, 내 혹들. 안녕하신가? 잘 주무시는가……?"

형식이 엄마의 술에 취했을 때 나오는 입버릇이다. 발소리가 그녀 방 쪽으로 다가온다. 아이들 방을 들여다볼 모양이다. 문 열리는 소리가 나고 비명 소리가 뒤따르며 집 안을 뒤흔든다.

"야, 일어나. 썩 못 일어나? 지겨워, 정말 지겨워. 이러고 어떻게 살아. 니들도 죽고 나도 죽자. 난 죽으면 죽었지 이렇게는 못 살아. 이렇게는 못 산다구."

급작스럽게 오르내리는 감정 변화 때문에 성격 파탄자가 악쓰는 것 같다. 취해서 저럴 것이다. 아이들을 두들겨 깨우는 소리. 아이들의 놀란 웅성거림에 이어 왕 하고 울음소리가 터져 나온다. 문이 탕 닫히는 소리. 형식이 엄마의 날카로운 신경질이 꼬리처럼 문틈에 끼어 남은 것 같다. 아이들의 울음소리가 점점 높아진다. 이대로는 못 살겠다는 신세한탄이 끈질기게 추임새를 넣고 있다. 드디어 타닥타닥 매타작 소리가 뒤따른다.

교통사고로 남편이 죽고 사 년, 아이 둘을 데리고 살아오는 게 형식이 엄마로선 많이 힘들었을까? 아니면 외로운 게 더 힘들었을까? 가끔 나타나 밤을 지내고 가는, 그녀로선 발소리로밖에는 짐작할 길이 없는, 그러나 한 명이 아닌 듯한, 남자들은 형식이 엄마를 위로해주고 있을까? 아니면 더 외롭게 만들지나 않았을까?

아이들은 분명히 남자들을 싫어했다. 남자와 함께 돌아온 밤엔, 그렇게 늦게, 기척도 없건만, 아이들은 귀신처럼 알아채고 안방으로 뛰어간다. 물론 안방 문은 잠겼다. 아이들은 안방 문 앞에 쪼그리고 앉아 칭얼댄다. 형식이 엄마는 기분에 따라 반응하여 화를 내거나, 무시하거나 했다. 그녀는 남자들의 방문을 눈치채지 못하다가도 아이들 칭얼대는 소리 때문에 알게 되었다.

매 맞는 아이들의 울음소리는 점점 절박해지더니 숨이 넘어가는 듯 까르륵거린다. 어떻게 들으면 웃음소리 같기도 하다. 저러다 숨 막혀 죽는 게 아닐까 싶다. 슬그머니 일어나 마루로 나온다. 방문은 닫혀 있다. 문 손잡이를 만지작거린다. 잠겨 있다. 그렇다고 단념하고 방으로 돌아가기엔 아이들이 우는 소리가 절박하다. 그녀는 귀를 쫑긋거리며 서성인다. 들어가 말려야 할 것이다? 아니, 참견하지 않는 게 나을 것이다? 갑자기 행복한 우리 집이란 동요가 흐른다. 인터폰이다.

"애들 울음소리 때문에 잠을 못 자겠다고 여러 집에서 항의가 들어왔어요."

자다 깬 듯 늙은 경비원이 쉰 목소리로 투덜댄다. 그녀는 알겠다고 대꾸하고 방문을 두드린다.

"누구야?"

형식이 엄마의 목소리는 취기와 비탄으로 뒤범벅되어 물기 많은 밀가루 반죽처럼 뚝뚝 떨어진다.

"경비실에서 항의가 왔어. 너무 시끄럽대. 무슨 일이야?"

"상관 마. 당신네는 몰라……."

형식이 엄마는 제풀에 더욱 서럽게 운다. 곧 이불이라도 뒤집어 씌웠는지 울음소리가 줄어들었다. 어쩔 수 없다. 곧 끝나겠지. 형식이 엄마는 취기에 쓰러져 잠들 것이고 아이들 역시 잠들 것이다.

집 안이 조용해진 다음에도 잠이 이어지지 않는다. 멍하니 방구석을 노려본다. 갓등의 불빛이 닿지 않는 어둠 속에서 무엇인가가 자신을 노려보는 것 같다. 몇 번이고 엎치락뒤치락하다 서랍에서 주희의 편지를 찾아낸다. 말도 없이 은거하고 있다는 주희. '인간과 자연이 조화된 밝은 땅.' 오스트레일리아를 선전하는 포스터의 문구가 떠오른다. 그 포스터에는 노랗게 펼쳐진 눈부신 황야가 있었다. 그림자조차 증발된 빛의 황야.

'어쩌면 주희는 그곳에서 무슨 일…… 음, 어쩜 안 좋은 일을 당했을지도 몰라.'

번개가 치듯 그런 생각이 번쩍인다.

갑자기 세상이 생선 가시만 남은 듯 앙상하게 뵈기 시작한 때가 있었다. 처음부터 끝까지 단숨에 질러버린 듯 세세한 색감을 잃은 시간들. 세상은 날이 갈수록 가파른 속도로 휘황해지고 있었지만 그 속도에 비례하듯 색채들이 점점 사라져갔다. 나이의 함정일지도 모른다. 갑자기 자신을 더 이상 젊지 않다고, 한계가 있다고 깨닫게 되는 어떤 지점이 인생에는 분명히 있긴 한 모양이다. 한 번도 상상하지 못했던 경계였다. 스무 살의 점원 아이들이 나이 든 아줌마들이 사는 황야를 짐작하지 못하듯. 예전에는 서른다섯 살인 자신, 혹은 마흔 살인 자신을 상상할 수 없었던 것과 비슷한 문제였다. 이건 아닐 텐데 하는 막연한 의문들의 퇴적. 시들해진 정서들. 남편은 그런 그녀의 증상이 술에 취해서 생긴 거라고 단정짓기를 잘했다. '우울증에서 가장 먼저 나타나는 증상은 대인기피증이죠.' 언젠가 정신과 의사에게서도 그런 말을 들은 적이 있었다.

주희도 한국에 돌아와선 아무도 만나지 않고 집에만 틀어박혀 산다고 한다. 무려 일 년 이상을. 가장 친했던 그녀가 만나자고 해도 시큰둥해한다. 자신의 근황을 설명하지 않을뿐더러, 그녀의 현재 생활을 궁금해하지도 않는다.

삼 년 전 주희의 소식이 끊어지자 주희네 가족들은 당황했다. 딸을 외국에 혼자 보냈다가 아주 잃어버린 게 아닌지 불안해했다. 주희는 살던 집에서 말도 없이 사라졌는데 불화가 있었던지 주인 할머니의 대답은 모른다는 소리뿐이라고 들었다. 주희 엄마는 그곳에서 주희와 가장 친했던 마이클이라는 친구 이름을 알아내었다. 마이클을 찾는 데도 많은 시간이 걸렸다. 결국 주희가 어느 산속에 들어가 있다는 걸 알아냈고 간신히 찾아 한국으로 데려왔다.

"그 뒤로 집에만 틀어박혔어. 말도 잘 안 하고. 걔가 부모보다 친구를 더 극진히 생각한다는 거 너도 알지? 그런데 이젠 어떤 친구도 만나고 싶어하질 않는 거야. 저번에도 영순이가 주희를 만나겠다고 집까지 찾아왔는데 그냥 돌려보내지 않았겠니? 이를 어쩌면 좋으니. 우리 주희가 아무래도 어떻게 된 거 같아 요즘은 통 잠을 못 잔다."

주희 엄마의 목소리에는 울음이 섞여 있었다.

"요즘은 뭐 하고 지내는데요?"

"나야 모르지. 만날 제 방에 틀어박혀만 있으니까. 낮엔 자고 밤엔 뭘 쓴다고 앉아 있는데 뭘 그렇게 미친 듯이 쓰는지 몰라. 어디서 영어를 가르치러 오래도 싫다, 바람 쐬러 가자고 해도 싫다, 밤에는 혼자 깨어서 미군 방송을 하는 텔레비전 틀어놓고 히죽히죽 웃고 있는데……."

아무래도 우울증이 아닌가 싶었다. 조르고 졸라 주희와 통화하게 되었을 때 그녀는 조심스럽게 말해보았다.

"너 혹시 마음을 다쳐서 돌아온 거라면……."

그 말이 무척 힘들었다. 그녀는 자기도 모르게 두 눈을 꼭 감으며 용기를 쥐어짰다. 말은 해봐야 할 것 같아서.

"의사하고 한번 이야기를 나눠보는 건 어떠니? 내가 전에 많이 우울했을 때 다닌 의사가 있는데……."

"너도 날 미쳤다고 생각하는 거야? 그런 거야?"

전화가 끊겼다. 그녀는 빈 수화기를 들고 생각했다. 이런 태도가 바로 자신의 우려를 입증해주는 게 아닐까 하고.

밤은 계속된다. 그러나 이제 어둠의 명도는 점점 밝아져 바닥의

흰빛이 짙어진다. 눈을 감고 있지만 잠들지 못하고 두서없이 기억 속을 헤맨다. 가슴이 답답하다. 숨 쉬기가 어렵다. 육중한 무게를 가진 어떤 것이 가슴 위에 걸터앉아 목을 죄고 있다. 눈 뜨기가 두렵다. 눈을 뜨면 가슴에 올라앉은 무엇을 보게 될 것이다. 그것은 하얗게 광채 나는 얼굴에 찬란한 옷을 입은 발광체 같은, 그래서 형체를 분간하기는 어려운 모습일 것 같다. 백열된 빛은 어둠과 같다. 신드바드의 어깨 위에 걸터앉은 바다의 노인. 이곳에서 저곳으로, 노인이 원하는 대로 몇 번이고 왕복하지만 노인은 절대 신드바드의 어깨에서 내려오지 않는다. 점점 더 커지고 무거워진다. 그녀는 한참을 헉헉대며 씨름하다가 온 힘을 쥐어짜 번쩍 눈을 뜬다. 어둠 속에 전화기가 회부옇게 떠올라 있다.

한밤의 전화 벨 소리는 소스라치게 만드는 구석이 있다. 먼 곳으로 뻗은 긴 팔. 그 팔의 간절한 아우성이 사람들 귀에 들릴까? 그녀는 전화기에 매달려 뚜뚜거리는 벨 소리를 한참이나 듣고 있다. 아무도 받지 않는다. 팔이 굳도록 기다리다 단념할 즈음 저쪽에서 수화기를 드는 기척이 난다. 주희이다.

"나야, 끊지 말고 이야기 좀 해."

어둠 탓에 저도 모르게 속삭이게 된다.

"네 전환 줄 알았어."

주희가 조용히 대답한다. 침묵이 흐른다. 그녀는 솔직해지기로 한다.

"궁금해서 그래. 도대체 무슨 일이 있었던 거니?"

"아무 일도, 아무 일도 없었어. 네가 걱정하는 그런 건. 네가 날 걱정해주는 건 알겠는데, 뭐라고 설명해야 할지 모르겠어서 만나지 않는 거뿐이야. 넌 이해할 수 없을 거니까."

"어떻게 말도 해보지 않고 이해할 수 없을 거라고 단정하니?"

"너도 내가 마음에 상처를 받았다고 단정해버리지 않았어? 거기다 무슨 말을 하겠어?"

"하지만 말은 해볼 수 있는 거 아냐?"

그녀가 물고 늘어진다. 주희는 망설이다가 조금씩 쏟아놓는다.

"돌아올 무렵, 조금 힘들었어. 공부가 끝났을 땐 유럽 여행을 하고 오려고 했는데, 여행하고 가보니까 한국어 가르치는 일자리를 맡으라고 하더라. 망설이다가 그러기로 했어. 거기서 일 년쯤 하고 밀려나고 말았어. 공사가 명확하고 선이 분명한 사회라고 해놓고서도, 정실에 따라. 막막했어. 실체도 없이 공기 속을 떠도는 유령 같은 기분 알겠니? 그곳은 여기처럼 틀은 없으니까 좋다고들 하는데, 거기도 나름으로 틀은 있어. 그러니까…… 거기는 그렇더라, 결사적인 행복이랄까…… 모두들 행복한 표정으로 방실방실 웃으면서 살지 않으면 무슨 병자가 아닌가 싶은 그런 분위기거든. 평화롭고 조심스럽고 안락한 표정들…… 첨엔 되게 이상하더라. 너도 이상하지? 암튼 거기선 당연히 그래야 할 것 같은 분위기인 거야. 안 행복한 게 어쩐지 의심스럽고 병든 것 같은. 그런 의심을 받지 않으려고 결사적으로 그런 척하는, 그 압박감도 정말 대단했어……."

이젠 여기도 그래라고 대꾸하려다 말을 가로채지 않으려고 꾹 참는다. 주희는 머뭇거리다 조심스럽게 말을 잇는다.

"그래서 더 외로웠던 거 같아. 많이 부대끼면서 지내는데 마이 클이라는 친구가 그러더라. 명상을 해보래. 도움이 될 거라고. 그래서 한번 시작해봤어. 거기는 생활 걱정할 거 없이 명상만 하면서 산에서 지낼 수 있는 센터 같은 게 있거든. 필요한 만큼 숙식을 제공받으면서 마음 놓고 명상하며 지낼 수 있어. 우리 엄마가 날 찾아냈다는 게 바로 그런 데야. 거기 들어가서 일체 연락을 끊고 명상만 하면서 지냈어…… 그러다가……."

주희는 말끝을 흐렸다. 그녀는 수화기를 꼭 붙잡고 한참을 기다렸다.

"그러다가 뚜껑이 열렸다고 해야 하나. 무의식 말야. 아니면 세계의 이면을 봤다고 하나? 알아듣겠어?"

"이면?"

"인과가 촘촘히 그물 지어져 있는 세계랄까. 그게 지금 내 눈앞에 활짝 펼쳐져 있는 거지."

"글쎄, 있을 수도 있는 일이라고 생각하지만…… 하지만 왜 지금 바로 이생이 아닌 그 세계로 넘어가는데? 그냥 여기서 살면 안 돼?"

그녀는 전혀 생각해보지 않은 말을 하고 있었다.

"좀 더 깊이 있게 세계를 보면 왜 안 되는데?"

주희가 비웃는 투로 반문했다.

깨어보니 열시이다. 화사한 봄볕이 가득 들어와 있다. 그녀는 한참이나 눈을 껌벅거리며 환한 빛에 적응하려고 애쓴다. 늦었다는 생각이 머리를 친다. 서둘러야 한다. 부랴부랴 일어나 세수하고 옷을 입다가 오늘이 백화점 휴일이라는 걸 깨닫는다. 멋쩍어 주저앉는다. 화장을 하다 만 얼굴이 거울에 동그랗게 떠올라 있다. 계속 칠할지 지울지 마음을 정하지 못한다. 난장판이었던 새벽의 일이 떠오른다.

이 집에 있기 싫어, 나가야지.

휴일이니 주희를 찾아갈 수도 있을 것이다. 그렇게 마음을 정하고 나자 한결 편해진다.

전화 통화로 서로를 잘 알 수가 없어. 얼굴을 마주 보고 살과 피가 통하는 얘기를 해야 해.

그녀는 빙그레 웃으며 거울을 향해 말한다.

벨 소리가 요란하다. 쉽게 그치지 않는다. 나오다가 형식이 엄마와 마주친다. 부석부석한 얼굴이지만 벌써 깨끗이 정돈하고 화장도 했다. 지난 새벽의 일이 꿈이었던 양 말끔하다. 아이들도 유치원에 보낸 모양이다. 형식이 엄마는 툴툴거리며 문을 연다. 얼핏 경비원이 서 있고 뒤에는 제복을 입은 사내의 모습이 어른거린다. 그들은 낚아채듯 현관문을 열어젖히며 들어선다.

"뭐라고? 세상에. 누가 날 모함하고."

형식이 엄마가 찢어지는 목소리로 되묻고 있다. 그녀는 방으로 들어가려던 걸음을 멈춘다. 제복을 입은 사람은 경찰이다. 그는 험상궂은 표정으로 형식이 엄마를 노려보고 있다.

"신고가 들어왔다니까요. 김형식, 김소리. 이 집 아이들이 맞죠? 댁이 바로 아이들 엄마고? 정말 어처구니가 없어서. 사람이 어떻게 애들을 그렇게까지…… 혹시 계모 아네요? 어떻게 아이들을 그렇게 고문할 수가……."

그는 딱딱 끊어지는 소리로 목청껏 떠들며 연신 형식이 엄마의 위아래를 훑어본다.

"경찰이 왜…… 우리 애들은 유치원에 갔는데……."

형식이 엄마의 목소리가 자꾸 졸아든다.

"같이 가자니까요. 애들은 경찰서에 있습니다. 애들 몸도 벌써 조사했어요. 차마 눈뜨고 볼 수가 없는 지경이더군요. 전신이 몽땅 매 맞아서 생긴 상처에 멍투성이고, 심지어 담뱃불로 지지기까지 했던데. 그러고도 참. 계모도 아닌 친엄마라면서 애들을 그렇게까지 학대할 수가 있어요? 당장 나와요."

더 말할 필요도 없다는 듯 경찰은 손을 홰홰 내저으며 몰아세운다. 반항하면 당장 끌어내기라도 할 기세다. 문득 그녀는 경찰의 경멸 어린 시선이 자신에게도 퍼부어지고 있다는 사실을 깨닫는다.

"……세 든 사람이에요."

묻지도 않았는데 그녀는 공범이 아니라고 변명한다. 경찰은 그녀를 위아래로 뜯어보며 혀를 찬다.

"참, 세 들어 있으면서 여태껏 그냥 구경만 했다니. 옆에서 애들이 당하는 걸 봤을 텐데 아무렇지도 않았어요? 이건 엄연한 아동 학댑니다, 아동학대. 애들이 진짜 잘못되기라도 하면 어쩔 뻔했어 요? 그땐 아주머니까지도 살인 방조죄가 된다는 거 알아요, 몰라 요?"

아동학대? 그 말이 주는 엄청난 무게에 눌려 머릿속이 멍하다. 그렇게까지 심각한 문제라고 생각하지 못했다. 아니면 속 편하려 고 유별난 아이들과 유별난 엄마 정도라고 스스로에게 변명하면 서 애써 외면해온 걸까?

형식이 엄마는 옷차림도 추스르지 못하고 핸드백만 챙긴 채 나 간다. 경찰은 그 뒤에 바싹 붙어서 걸어간다. 여기저기 숨어서 엿 보는 이웃의 시선이 느껴진다. 그녀는 얼른 현관문을 닫고 베란다 에 가서 밖을 내다본다. 출입구 부근의 목련나무 그늘 아래 하얗 고 파란 경찰차가 서 있다. 목련은 하얗게 피어 있다. 형식이 엄마 는 순순히 차를 타려고 한다. 그런데도 경찰은 거칠게 형식이 엄 마를 밀치며 뒷좌석으로 쑤셔 넣는다.

저럴 필요까진 없을 텐데. 술만 아니면 얌전한 사람인데…….

동네 사람들의 이목이 사라지기를 기다렸다가 그녀는 집을 나 선다.

주희네 집으로 가려는 것이다. 혼란스럽긴 해도 결국은 만나야 할 것이니까. 화단에는 개나리며 목련이 활짝 피어 있다. 빈 가지 에 꽃만 하얗게 피어오른 모습이 아침 햇빛을 받아 눈부시다. 빛 의 파편은 사방으로 퍼져나가고 있다. 어지럽다. 눈앞에 노랗게 메마른 사막이 펼쳐져 있는 것만 같다. 그림자 한 뼘, 물 한 방울 없는 사막. 그녀는 천천히 빛 속으로 걸어 들어간다. 수분이 증발하듯 그 모습이 서서히 졸아든다.

해설 | 이경재(문학평론가)

상실과 애도

상실

이남희의 소설집 『친구와 그 옆 사람』은 한 편의 중편과 여섯 편의 단편소설로 이루어져 있다. 이 작품집에 등장하는 인물들은 거의 모두 소중한 무언가를 상실한 사람들이다. 「친구와 그 옆 사람」의 영우는 김환에게 쓰라린 배신을 당하고, 「낯선 이들의 집」의 정님과 「빛의 제국」의 그녀, 그리고 「세 번째 여자」의 은정은 이혼녀들이다. 「거미집」의 주인공은 성폭력을 당한 후 아버지에게 버림받는다.

이처럼 상실은 개인적인 차원에서 발생하기도 하지만 시대적인 차원에서 이루어지기도 한다. 「친구와 그 옆 사람」은 1980년대를 지배했던 이념적 대타자를 상실해버린 1990년을 배경으로 하고 있다. 이경택의 작업실은 과거의 동지들이 만나는 모임방으로 사용되는데, 이곳에서 이들은 시커멓게 죽은 얼굴을 하고 핏발 선 눈으로 화투장을 들여다본다. 이것은 처음 영우가 경택을 보았을 때의 눈, 즉 "갓난아기의 눈이 그렇듯, 새파랗고 맑고 선명했"던 눈과 대비되어 이념 상실의 피폐한 현실을 압축해서 보여준다. 동지적 사랑을 보여주었던 서지연 부부의 이혼이나 사람들이 즐겨 읽는 밀란 쿤데라의 소설 역시 변화된 시대를 의미하는 기호들이다. 이 작품의 김환은 쿤데라의 소설을 읽지 않았다면, "아직도 주사파나 뭐 그런 거였겠지"라고 말한다. 김환은 쿤데라를 통해 "인생이 결국은 한낱 농담에 지나지 않는다는 것"과 "위대한 휴머니즘에서 촉발된 공산주의가 역사 속에 구현되는 과정에서 어떻게 괴물스럽게 변해갔는지"를 깨닫는다.

김환이 1980년대적 현실과 아무런 미련 없이 결별한다면, 영우는 그렇지 못하다. 그에게 1990년대적 현실, 즉 쿤데라가 말하는 가벼움이란 "영화 〈영웅본색〉 시리즈가 보여주는 신파적 비장미"나 "실존적 허무감이니 하는 말"과 비슷한 "포즈"로만 보일 뿐이다.

또한 그것은 김환의 경박함과도 상통한다. 김환은 영우에게 결혼을 제안하고, 그들은 성관계를 맺고 동거를 한다. 그러나 곧 김환은 결혼하기 싫어졌다고 말하며, 이후 김환은 이전에 자신과 사귀다가 다른 남자와 결혼한 조예린을 다시 만난다. 이 작품은 영우가 김환이 조예린과 거리에서 키스하는 장면을 목격하는 것으로 끝난다.

이번 작품집에 빈번하게 등장하는 사막의 이미지는 상실에 따른 정서적 상태의 메마름과 관련된 것으로 보인다. 「친구와 그 옆사람」에서 김환과 조예린이 키스하는 것을 바라볼 때, 영우의 귓속에서는 "수증기를 빨아들인 기압대가 통과해 가버리고 거대한 사막만 남았어"라는 소리만 울릴 뿐이다. 「남자와 여자」에서 독신녀 이은정은 "사막을 헤매다 모래 구덩이에 빠진 꿈"을 꾼다. 「빛의 제국」의 마지막은 "눈앞에 노랗게 메마른 사막이 펼쳐져 있는 것만 같다. 그림자 한 뼘, 물 한 방울 없는 사막. 그녀는 천천히 빛 속으로 걸어 들어간다. 수분이 증발하듯 그 모습이 서서히 졸아든다"로 끝난다. 상실을 삶의 가장 근본적인 조건으로 받아들인 사람들에게 화급한 삶의 과제는 애도가 될 수밖에 없다.

파국

애도가 제대로 이루어지지 않을 때, 그것은 치명적인 결과를 불러올 수도 있기 때문이다. 「빛의 제국」에는 실패한 애도에 따른 여러 파국적 상황이 나타나 있다. 주인공에게는 오랜 친구 주희가 있다. 그녀는 오스트레일리아로 떠났고, 이후 유럽여행을 하며 보낸 편지를 끝으로 3년째 연락이 없다. 그러던 중 주인공은 우연한 기회에 주희에 관한 소식을 전해 듣는다. 한국에 돌아온 주희는 혼자 틀어박혀 세상과의 소통을 거부하고 있다. 과거에 주희는 교사생활을 했으며, 전교조 일로 해직되어 명동성당에서 농성을 하기도 했다. 그 시절 "'넌 왜 그렇게 쓸데없이 진지해야만 하는 거니? 그냥 살면 어디가 덧나니? 그렇게 진지한 척하는 거 정말 못 봐주겠어' 하는 따위의 말"을 듣기에 적당할 정도로 진지하고 적극적이었다. 그러나 주희는 "전교조에 참가해서 해임되고 보니까 그것도 골치 아프네"라며, '다 정리하고 오스트레일리아에 가서 공부나 하기로 결정'한다. 그녀는 전교조로 상징되는 사회적 삶을 잃어버린 존재라고 할 수 있다.

그러나 외국에서의 생활 역시 만만하지는 않아서, 그녀의 리비도를 온전히 투자하기에 불충분하다. 그곳에도 나름의 틀은 있으며, "안 행복한 게 어쩐지 의심스럽고 병든 것 같은. 그런 의심을 받지 않으려고 결사적으로 그런 척하는, 그 압박감도 정말 대단"한 곳이다. 그리하여 주희는 명상센터에 머물게 되고, "무의식", "세계의 이면", "인과가 촘촘히 그물 지어져 있는 세계"를 보고 만다. 결국 주희는 방 안에만 틀어박혀 세상과의 접촉을 거부하고 있다. 심각한 우울증에 걸린 것이다.

이러한 주희의 증상은 실패한 애도에 따른 우울증의 전형적인 증상이라 할 수 있다. 프로이트(Sigmund Freud)는 「애도와 우울」이라는 논문에서 애도를 사랑하는 대상으로부터 그동안 투여된 리비도를 분리시키는 것으로 규정하고 있다. 정상적인 애도 작업이 원활하게 작동하지 않아 자아의 일부가 상실된 대상과 동일시될 때, 자아는 자신의 일부를 외부 대상으로 여기게 된다. 이때 자아는 상실된 대상을 자기 일부의 상실로 받아들이며, 이로 인해 우울증이 발생한다고 말한다. 요컨대 애도가 상실된 대상 대신 또 다른 대상을 찾아내는 것이라면, 우울은 대상을 상실한 후에 자신을 대상으로 삼아 병리적 드라마를 연출하는 것이라고 볼 수 있다.

이로 인해 우울증에서는 자애심의 빈곤과 자신을 비난하고 처벌하려는 태도가 나타난다. 주회는 전교조로 표상되는 지난 삶과 결별할 수밖에 없었지만, 그것을 대체할 만한 대상을 발견하지 못한 것이다.

「빛의 제국」에서 주인공이 방 하나를 세 들어 사는 아파트의 집주인 역시 애도가 제대로 이루어지지 않은 경우라고 할 수 있다. 그녀는 4년 전 남편을 교통사고로 잃고 혼자서 형식과 소리 남매를 기르고 있다. 그녀는 자식들을 혹들이라 부르며, 학대한다. 아이들을 방치하는 것은 물론이고, 고문에 가까운 폭력을 휘둘러 나중에 경찰에 연행되기까지 한다. 평소 집주인은 수시로 다른 남자들을 집에 불러들이고는 했지만, 누구에게서도 만족을 얻지 못했다. 우울증자들이 애도를 제대로 수행하지 못하여 자신을 대상으로 삼아 애증의 비극을 연출하듯이, 집주인 역시 남편과의 사별이라는 결별의 상황을 제대로 처리하지 못하여 자기의 분신이라고 할 수 있는 남매를 상대로 애증의 비극을 연출한다고 말할 수 있다.

사랑

　이념적 대타자의 상실이든 사랑하던 사랑과의 이별이든, 이제
사람들은 정상적인 삶을 살기 위해 상실의 극복이라는 문제에 맞
서 나가야만 한다. 대상 상실의 상황에서 사람들은 각기 "다들 대
체할 만한 한 가지씩을 찾아"(「친구와 그 옆 사람」) 나선다. 서지연
은 다시 성당에 나가기 시작하고, 경택은 명상과 요가를 하고, 이
념적 대타자의 상실에 맞서 영우는 김환과 사랑을 나눈다.

　그중에서도 이 작품집이 가장 크게 기대를 거는 것은 바로 사랑
이다. 사랑이라는 문제를 중심으로 하여 현대인의 삶을 탐색한다
는 점에서, 『사랑에 대한 열두 개의 물음』(문예출판사, 1993), 『음모
와 사랑』(삼진기획, 1994), 『플라스틱 섹스』(창비, 1998), 『연인이 되
는 절차』(텐에이엠, 2009)에 이어진다고 볼 수 있다.[1) 「남자와 여
자」에 나오듯이, "사랑이라는 전염병. 매스컴이 교육하고 대중문
화가 확대, 재생산하는 신화. 사랑교는 현대세계의 유일한 종교입
니다. 우리는 믿어야만 합니다. 사랑만이 인간을 구원할 수 있다

---

1) 이 시대 남녀의 사랑을 문제 삼는 작품 이외에 이남희의 작품 경향은 리얼리즘적
경향의 소설들과 역사소설을 들 수 있다. 이남희는 1980년대 후반과 1990년대 전반을
대표하는 리얼리스트 중의 한 명이다. 장편소설 『바다로부터의 긴 이별』(풀빛, 1991)
과 소설집 『지붕과 하늘』(문예출판사, 1989), 『개들의 시절』(실천문학사, 1991), 『사십
세』(창비, 1996) 등을 통해 리얼리스트로서의 면모를 잘 보여주었다면, 등단작인 『저
석양빛』(동아일보사, 1987)과 『그 남자의 아들, 청년 우장춘』(창비, 2006) 등은 역사소
설가로서의 모습을 확인시켜주었다.

고. 사랑이 바로 인간이 살아가는 단 하나의 이유"라고 말할 수 있는 시대가 바로 지금이기 때문이다.

「친구와 그 옆 사람」의 주인공 영우 역시 인생에서 가장 중요한 것은 "두 번 생각할 것도 없이 사랑하고 사랑받는 것"이라고 생각한다.

그러나 「세 번째 여자」가 압축해서 보여주듯이, 이러한 시도는 대부분 실패한다. 결혼 3년 만에 미국으로 유학 간 남편과 이혼한 후, 상가 분양사기에 걸려 남은 돈을 모두 날린 사십 대의 정애는 현재 로얄 파이낸스에서 일을 하고 있다. "온종일 어깨넓이의 칸막이에 갇혀 같은 말을 되풀이하고 번번이 거절당하는 일. 두 마디도 하기 전에 전해져오는 거부감이며 노골적인 귀찮다는 반응, 때로는 방해된다는 신경질이며 화풀이, 한가한 남자들의 음흉한 흉수" 등으로 퇴근할 때면, 정애는 늘 만신창이가된다. 그런 그녀가 괌으로 여행을 갔다가 호텔 로비에서 이인행이라는 남자를 우연히 만나게 된다. 한국으로 돌아온 지 한 달쯤지났을 때 이인행으로부터 전화가 걸려오고, 다시 만났을 때 이인행은 정애에게 자신의 사업처가 있는 일본에 가서 살자고 말한다. 정애 역시 그 남자와의 결혼을 통해 현실의 모든 곤란을 극복하겠다고 결심한다.

정애는 약속된 날짜에 맞추어 모든 준비를 끝낸 채 공항에서이인행을 기다린다. 그러나 출발시간이 되어도 이인행은 나타나지 않는다. 「세 번째 여자」에서 모조 명품을 일본에 팔던 이인행

은 그 자신이 바로 모조 명품에 불과했던 것이다. 이인행의 산동
네 집에 갔을 때, 젊어서 소박맞은 그의 누나는 돌아오지 못한다
는 뜻의 〈귀불귀(歸不歸)〉라는 판소리를 구성지게 부른다. 그러
고 보면, "어머니도, 마누라도 아닌. 의심스럽고 불안하기 짝이
없는 수상한 여자들"인 지금 이 땅의 '세 번째 여자'들이 다시 첫
번째나 두 번째 여자로 돌아오는 길은 무척이나 어려운 일인지
도 모른다.

윤리

이번 작품집에서 주목해야 할 것은 상실의 주체들이 철저하게
여성으로 한정되어 있다는 점이다. 이것은 여성적 고통이나 아픔
에 민감하게 반응할 수 있는 이남희의 작가적 역량에서 비롯되는
것이기도 하지만, 보다 근본적으로는 이 사회에서 여성이 겪는 구
조적 문제 때문이라고 볼 수 있다. 각종 성폭력을 다루고 있는 「거
미집」과 가정폭력의 문제를 깊이 있게 심문하고 있는 「어두운 층
계 위」는 이러한 상황을 잘 드러내주고 있다.

여성에게 가해지는 질기고도 오래된 폭력을 그리고 있는 「거미
집」은 "어릴 때 나는 세상에는 인과응보가 있다는 말을 믿었다"
는 문장으로 시작된다. 그러나 이 작품은 이 세상에서 여성에게
가해지는 악이 처벌받기는커녕 계속 형태를 달리해서 지속되고

있음을 형상화하고 있다. '나'는 어린 시절 남자어른에게 성추행을 당한다. 더욱 문제적인 것은 주변 사람들의 태도이다. 그중에서도 아빠의 태도는 그 정도가 심하다. 아빠는 맏딸인 '나'를 끔찍이도 위했다. 그러나 그 성추행을 당한 이후 아버지는 '나'에게 배신이라도 당한 것처럼, '나'를 멀리하고 차갑게 대한다. 결국에는 가족 모두를 멀리하다가 다른 여자에게 새장가를 든다. 이로 인해 '나'는 어린 시절부터 생활력 없는 엄마를 대신해 소녀 가장이 된다.

옆 사무실의 김 사장은 '나'에게 노골적인 성희롱을 한다. 이에 강력하게 반항하자, 김 사장은 "대학도 못 나와 심부름이나 하는 애라, 역시"라는 막말을 던진다. 결국 파출소까지 가지만, 김 사장은 별다른 처벌 없이 풀려난다. 파출소에서 돌아오는 길에 '나'는 자신도 모르게 아빠의 가게가 있는 시장통으로 향한다. 이것은 그녀가 아직도 아빠와의 이별을 제대로 극복하지 못했음을 보여준다. 그녀는 동생의 말처럼, "아빠한테 집착해서 남자라면 이를 갈면서. 그러니까 여태 연애도 못 하고 시집도" 못 간 "파파걸"인 것이다. 이것은 '나'가 어린 시절 끔찍한 성추행을 당했을 때, 아빠가 그녀를 철저히 외면하며 떠나갔기 때문이라고 할 수 있다. 그녀는 지금 아버지의 가게에 도착해서 유리문을 보며 다음처럼 심중에 감춰둔 말을 토해낸다.

"무슨 말을 하고 싶은 건데?"

"내 잘못은 아니었어."

유리문 속의 그녀가 웅얼거렸다.

"그래도 아빠는 싫었겠지. 공주님이 망가졌다고 느꼈겠지."

내가 좋도록 변명해주었다.

"그래도 그래선 안 됐잖아. 아빤데. 나한테 그래선 안 되었던 거야." (198쪽)

그런데 이 순간 아빠 대신 김 사장의 얼굴이 유리문에 떠오른다. 그는 정말 자신이 '나'에게 반했다며, 자신의 부탁을 들어달라고 애걸한다. 그녀를 괴롭히는 김 사장과 그녀의 아버지가 동일시되고 있는데, 그녀가 겪는 고통에 아버지가 결국 연루되어 있음을 상징하는 것이라 할 수 있다.

「어두운 층계 위」는 가정폭력에 대한 고발과 더불어 새로운 애도의 윤리까지 탐구하고 있는 작품이다. '나'는 극심한 불면증으로 정신병원에서 치료를 받고 있다. 그는 불면에 시달리다 못해 밤의 남자들을 찾기도 한다. 그는 지금 정신병원에서 "인간의 밑바닥", 즉 그녀의 가족 이야기를 의사에게 털어놓고 있다.

어머니는 일찍부터 계모 밑에서 자란다. 외할머니는 외할아버지의 폭력에 못 이겨 집을 나갔고, 이후 외할아버지는 어머니에게 무지막지한 폭력을 휘두른다. 어머니는 "갑자기 어머니가 사라져 열두 살 때부터 살림을 했다는 작은 여자아이. 쉽게 겁먹고 우물쭈물하는 태도 때문에 아버지에게 더욱 구박받는 아이. 뚱한 모습 때문에 한 대 맞을 매를 두 대 세 대로 벌어들이는 아이. 작은 쥐처럼 몸집이 작고 재빠르게 눈을 굴리며 눈치를 보려고 애쓰는 아이"가 되어야만 했던 것이다. 가출에도 실패한 어머니가 할 수 있는 일은 외할아버지의 매질에 익숙해지는 것뿐이다. 어머니는 아버지의 굴레를 벗어나 새로운 남자를 만나지만, 그 역시 아버지와 마찬가지로 폭력적이다. 어느 날 유일하게 아버지를 무서워하지 않던 '나'의 쌍둥이 오빠는 아버지가 어머니에게 휘두르는 폭력에 개입했다가 아버지에게 구타당한 후, 층계에서 굴러 떨어져 죽고 만다. 이러한 상황에서 어머니는 어린 시절 아버지의 매질에 익숙해질 수밖에 없었던 것처럼, 술에 의지한 결과 지금 간암으로 죽어간다.

이남희의 장점은 이러한 폭력을 다루는 시각이 결코 단순하지 않다는 것이다. 작가는 그 원인을 단순하게 가해자의 폭력적인 성격 탓으로 돌리지 않는다. 그것을 가능케 하는 사회적 환경과 사람들의 심성구조 역시 꼼꼼하게 살피고 있다. 「어두운 층계 위」에서는 우리 집이라는 울타리가 그러한 폭력을 가능케 한다. 어머니에게 폭력을 휘두르던 외할아버지가 죽어도 못 견디는 것은 "남이 우리 집안일에 참견하는 것"이다. 아버지 역시 늘 강조하는 것은 "집안일은 집안일로 끝내자"는 것이다. 어머니 역시 이러한 말에 동의하여, 그 모진 폭력과 아들의 죽음도 견뎌낸다. 어머니의 뇌리에 박힌 '남의 눈'이란 것은 우리 가족을 가두는 울타리이며, "단란한 가정이라는 식물은 '남의 눈'이라는 울타리 밖에서 무성

히 꽃 피우는 것"에 불과했던 것이다.[2]

「어두운 층계 위」는 가정폭력을 고발하는 것에 머무르지 않는다. 이 작품에서는 인간 내면의 심연에 대한 탐구 역시 이루어지고 있다. '나'는 어머니가 아버지의 무지막지한 폭력과 구박에 시달리면서도, 아버지가 머무는 이층 방으로 낮잠을 자러 가는 것에 대해서 불가사의하게 생각한다. '나'는 어두컴컴한 층계 위편을 바라보면, "알지 못해서 억울하고 그러면서도 한편으로는 알게 될까 봐 두렵다는 이율배반적인 느낌이 불안이라는 외피를 쓰고 스멀스멀 가슴팍을 기어 다니는" 느낌을 받는다. 나중에 아버지는 오빠가 굴러 떨어져 죽고, 어머니가 올라가던 바로 그 층계에서 떨어져 죽는다. "작은오빠처럼". 여러 가지 정황상 아버지는 어머니에 의해 타살되었다는 가능성이 주어져 있다. 아버지가 죽고 나자 어머니는 부동산 이 씨 아저씨와 그 층계를 통해 이층 방으로 올라가고는 한다.

'나'는 현재 모든 것에 대하여 "판단을 중지해버린 상태"이다. 오빠의 죽음으로 '나'는 미치지 않고 살기 위해 "부모와 나 사이에, 아니 타인과 나 사이에 지구와 달만큼 먼, 텅 비고 막막한 거리를 두었"기 때문이다. '나'의 자세는 데리다(Jacques Derrida)가 말

---

2) 모든 폭력의 기원에는 외부로부터의 고립이 놓여 있다. 「빛의 제국」에서도 엄마로부터 무지막지한 폭력과 방치 속에 놓여 있는 아이들은 전화를 받거나 초인종 소리에 응답하지 않는다. "낯선 사람은 경계하라는 교육을 단단히 받은 것일까?"라는 의문이 들 정도로, 이사 온 지 한 달이 넘건만, 아이들은 여전히 그녀를 똑바로 보지 못하고 말도 건네지 않는다.

한 '애도의 윤리'를 생각나게 한다.

　　이것이 내가 오래전 집을 떠날 때 일어났던 일이고, 당신이 파헤쳐 드러내고 싶어하는 전부이다. 그러나 이렇게 밑바닥까지 파헤쳐 끄집어 내놓은들 이제 와서 무엇이 달라지겠는가? 이런다고 밤마다 찾아와 내 이름을 외쳐 부르는 소리들을 침묵하게 만들 수 있을까? 그들로 하여금 나의 잠을 훼방 놓지 못하게 막을 수 있을까?

　　죽은 사람들의 잠은 방해하지 말고 내버려두는 편이 나을 것이다. 이건 이렇고 저건 저렇다고 말로 입 밖에 내어 해명하려고 하면 그들은 그 말소리에 깨어 일어나 각자 자기 상처를 되새김질하고, 고통의 크기를 서로 비교할 수 있기라도 한 것처럼 아우성치며 서로 다툴 것이다. 그들은 자기편을 들어달라고 손을 내젓겠지만 우리는 그저 어리둥절할 따름인 것이다. 결국 우리는 깨닫게 될 것이다. 어느 손을 잡든 다른 쪽에 대한 배신이 되는 건 피할 수 없다는 것. 아무리 말로 달래려고 해보아도 아무 소용없으며, 상처는 결국 자신만의 것이라는 것. 우리에게 허용된 유일한 일은 잠자코 지켜보는 것이라는 것. (230~231쪽)

　　주인공은 자신의 반쪽인 억울한 오빠의 죽음(상실) 앞에서 프로이드적인 의미의 애도를 달성하지 못한다. 그러나 오빠를, 아빠를 혹은 엄마를 상징화한 후 그들을 기억의 공간에 편입하여 정상적으로 애도하는 것, 그리하여 그들을 나와는 완전히 분리시키는 것을 과연 윤리적이라고 말할 수 있는가? 이러한 모습은 애도라는 측면에서는 성공일지 모르지만, 타자가 지닌 심연과도 같은 타자성을 제거한다는 점에서 하나의 폭력일 수 있다.

이러한 맥락에서 "잠자코 지켜보는 것"은 진정한 애도에 이르는 하나의 길을 수도 있다. 그러나 이것만으로 주인공은 자신의 몫을 다했다고 말할 수 있을까? 위 인용문에서 놓치지 말아야 할 것은 오빠의 죽음에도, 아빠의 죽음에도, 엄마의 삶에도 '나'의 자리는 존재하지 않는다는 것이다. '나'의 내부에 타자가 타자로서 충실하게 보존될수록 이 타자는 나와 무관한 존재가 되며, 그리하여 성공적인 애도보다 더욱 폭력적으로 자아와의 관계에서 배제될 수도 있다. 그렇다면 「어두운 층계 위」에서 주인공이 겪는 끔찍한 불면 속에는 불가피하지만 불가능한, 그리하여 과정으로서만 존재하는 애도의 윤리가 고통스럽게 아로새겨져 있는지도 모른다.

희망

「낯선 이들의 집」과 「남자와 여자」는 상실에 대응하는 새로운 가능성을 제시한다는 점에서 앞의 작품들과는 구별된다. 「낯선 이들의 집」의 정님이 상실한 것은 남편인 동시에 남편의 젊음과 순수이기도 하다. 남편은 어느 날 갑자기 불가사의하게 변해버린다. 몸무게가 불어나고 걸음걸이가 느려지면서 성격도 느글느글해진다. "'그럼에도 불구하고'가 입버릇이던 사람이 '오죽하면'이란 말을 자주 쓰게 되었다. 걸핏하면 좋은 게 좋은 거라고 얼버무리곤 하였"던 것이다.

이러한 상실에 대처하는 방법으로 정님은 동성애라는 새로운 코드를 보여준다. 정님은 남편의 선거운동을 돕던 기간에 사진을 찍어주던 유진과 제주도로 여행을 떠난다. 둘은 돈내코에 사는 최연숙을 만나러 간다. 그러나 연숙을 만나지는 못하고 "프랑스에서 만나 같이 살고 있다는 그 친구"를 대신 만나게 된다. 처음에 정님은 이 여자와 최연숙의 관계를 생각하는 것만으로도 간지럼을 타듯 몸을 비비 튼다. 생각으로는 얼마든지 자유롭다고 자부하면서도 실제로 생활에서 부딪치면 완강하게 고개를 쳐드는 선입견 때문이다.

그러나 마지막에 정님은 "세상이 내 의지대로 되지 않는다는 걸 깨닫는 순간이 있"다며, "도무지 이성이나 의지로는 컨트롤되지 않는 불가항력의 느낌"에 대해서 유진에게 말한다. 이에 유진은 그 말을 하는 정님의 손을 꼭 잡는다. 이때 정님의 코에는 오렌지 향이 진하게 파고든다. 이때의 오렌지 향은 정님과 유진 사이에 이루어질 새로운 관계를 환기시키기에 충분하다. 고등학교 시절 정님은 제주도로 수학여행을 왔다가 친구인 미경에게 동성애를 느꼈다. 그 이후 오렌지 향은 미경을 환기시키는 냄새이자, 정님에게는 "전면적이고 결사적인 열정"을 의미했던 것이다.

「남자와 여자」에서는 능동적이며 육체적인 관계를 중요시하는 남자와 그 반대편의 속성을 가진 것으로 이해되는 여자의 속성이라는 이분법이 해체되고 있다. 이 작품의 한복판에는 여자이기도 하고 남자이기도 한 인간의 모습이 놓여 있다. 이 이미지는 "두 가지 성적 가능성이 다 들어 있"는 인간의 근원적 속성을 의미한다고 볼 수 있다. 인간 사이의 관계에서 가장 중요한 것은, '남자'와 '여자' 이전에 인간으로서의 기본적인 사랑과 배려인지도 모른다. 그것은 다음과 같은 김규한의 마지막 말에 잘 압축되어 있다.

> 난 말이죠. 남자든 여자든 구별 없이 내가 인간을 상대할 때 그 인간에게서 바라는 게 뭔지 확실하게 안다고 자신해요. 부드러움, 편안함, 상호 이해, 그런 거…… 결국은 평화롭고 따뜻한 관계. (139~140쪽)

다른 작품들에서 사막의 이미지는 결말부에 배치되어 상실을 극복하는 일의 지난함을 드러냈다. 그러나 이 작품에서는 건조한 사막의 이미지로 시작되어, 따뜻한 메시지의 전달로 끝나고 있다. 서로를 향한 연대의 부드러운 몸짓 속에서 인간은 상실이라는 지난한 과제를 극복하는 과제를 비로소 완수할 수 있는 것이다. 상처 없는 인생이 어디 있으며, 상실 없는 세상이 또 어디 있겠는가? 그러고 보면 상실에 대한 문제 제기야말로 가장 보편적인 인간 조건에 대한 성찰이라고 말할 수 있다. 시대의 아픔에 누구보다 민감하게 반응하던 작가는 이번 소설집 『친구와 그 옆 사람』을 통해 인간의 삶에 대한 본원적인 성찰을 웅숭깊은 시선으로 형상화하는 데 성공하고 있다. 이제 우리는 이 시대의 상처를 어루만질 수 있는 또 한 명의 멘토를 가지게 되었다고 감히 말할 수 있을 것이다.

작가의 말

작가의 말

여기에 묶은 소설들을 쓴 지는 꽤 된다. 이 중에서도 중편 「친구와 그 옆 사람」은 1990년을 배경으로 했기 때문에 쓰고 발표하던 시점에도 옛날이야기를 한다는 기분이었고, 2011년인 지금 책으로 묶으려고 다시 읽어보니 한강에서 공룡이라도 튀어나오는 게 아닐까 두리번거리게 된다.

새천년으로 접어드는 마지막 십 년. 1990년을 뒤돌아보면 사회가 너무나 급속도로 변화하여 정신을 차리기 어려웠다. 겨우 민주사회로의 첫발을 내디뎠다고 안도하려는데 갑작스레 변화가 감지되기 시작했다. 감을 잡기 어려웠다. 우두커니 정신 줄 놓았다가 그에 휩쓸려 따라갈 수밖에 없다고 변명하거나 세상이 달라졌다고 되뇌었을 뿐, IMF가 쳐들어와 그 거대한 궁둥이를 들이밀고 우리의 숨통을 짓누르며 자리를 잡을 때까지, 어디로 내몰리고 있는지 몰랐다.

스티븐 킹의 소설『내 마음의 아틀란티스』에서 포커에 열중하는 대학생들 이야기를 읽고, 중대한 순간이 닥치면 사람이 결단을 미루기 위해 하는 짓은 비슷하다 싶어 실소했었다. 그들은 자칫 월남전에 투입될 위기를 맞았고, 그걸 생각하지 않으려고, 스스로는 아무 결단도 내릴 수 없어서 포커로 날을 지새운다. 떠밀려서 나가떨어질 때까지, 월남전이란 수렁으로. 이래선 안 된다고 반성하면서도 그 추락을 중지시킬 행동을 취할 힘이 그들에겐 없다. 그렇게 휩쓸려 사라지고 마는 것이다.

1990년도 그랬다. 세상은 회전목마처럼 빙빙 돌았고, 우리는 껍데기도 촉수도 잃어버린 달팽이들처럼 눈 질끈 감고 더듬더듬 고스톱이나 치며 사회정세니 하는 소리는 말도 못 꺼내게 서로를 윽박질렀다. 결사적으로 고스톱에 매달렸다. 화투 말고는 잠도 음식도 공부도 회의도…… 모든 것을 미루고 또 미루었다. 나중에 오는 것이 이처럼 잔인한 '패자독박사회'일 거라는 건 상상도 하지 못한 채.

그러고는 긴 세월이 흘러갔다. 순간은 더뎌서 인생이 수백 년쯤 되는 게 아닐까 지루해하다가도 돌아보면 여기까지가 겨우 한 뼘 거리인 것만 같다. 그처럼 여기에 묶는 소설들도 가까우면서도 아득하다.

한때는 이런저런 원칙을 앞세우며 생각을 했고, 그것을 가지고 소설을 썼다. 무성한 개념의 숲. 그렇다고 '소설은 이야기를 해준다'는 본연을 잊은 건 아니었으나 숲을 거니는 산책은 흥거웠고 내 취향에도 잘 맞았었다.

어느 때부터인가 숲보다는 나무들을 주의 깊게 봐야 한다고 말하기 시작했다. 당황하여 멍하니 구경하기도 벅찼다. 그래도 손을 놓지 않으려고 애썼다. 나무를 그리는 건 서툴러서 그 가운데서 발견의 즐거움도 있었으나, 낯선 백사장에 밀려와 모래를 움켜쥐는 조난자처럼 허망하고 땀만 삐질삐질 났다. 때로는 이야기를 해준다는 본연까지 잊은 게 아닌지 걱정되었다.

그래도 살아왔다는 게 기쁘다. 어디서 뭘 했든 글과 아주 멀리 살지 않은 게 기쁘다.

그런데도 무엇을 어떻게 쓸지, 이 두 가지가 다 고민스러운 것을 보면 여전히 세상을 읽고 이야기하는 데 자신이 없구나 싶어 미소 짓게 된다.

챙겨주신 손택수 시인과 다른 편집자 여러분이 고맙다. 그 손길들이 없었더라면 책으로 묶을 엄두를 내지 못했을 것이다.

2011년 봄 이남희

친구와 그 옆 사람

2011년 3월 25일 1판 1쇄 찍음
2011년 3월 31일 1판 1쇄 펴냄

지은이   이남희
펴낸이   손택수
편집   김혜선, 이상현
디자인   풍영옥
관리 · 영업   김태일, 이용희

펴낸곳   (주)실천문학
등록   10-1221호(1995.10.26.)
주소   우121-820, 서울시 마포구 망원1동 377-1 601호
전화   322-2161~5
팩스   322-2166
홈페이지   www.silcheon.com

ⓒ 이남희, 2011

ISBN 978-89-392-0651-9 03810